グリーン・ノウの煙突

The Chimneys of Green Knowe

ルーシー・M・ボストン 作
ピーター・ボストン 絵　亀井俊介 訳

評論社

THE CHIMNEYS OF GREEN KNOWE

BY LUCY M. BOSTON

ORIGINAL ENGLISH LANGUAGE EDITION PUBLISHED
BY FABER AND FABER LTD., LONDON.
JAPANESE TRANSLATION RIGHTS ARRANGED WITH
DIANA BOSTON THROUGH TUTTLE-MORI AGENCY INC., TOKYO.

グリーン・ノウ物語2

グリーン・ノウの煙突

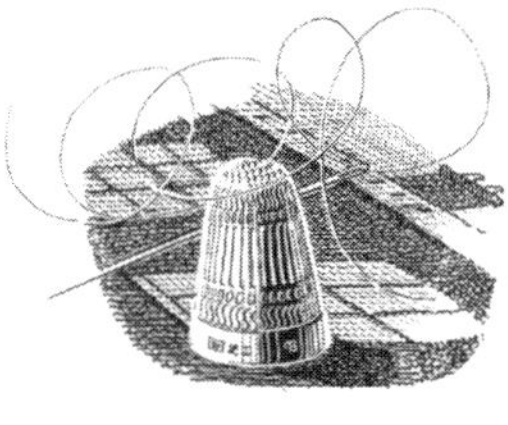

もくじ

1　グリーン・ノウの春休み

　待ちに待った復活祭《ふっかつさい》の休みがはじまった。トーリーは汽車の座席《ざせき》にすわって、ゴトゴトゆれながら、窓《まど》の外をながめていた。横すべりにとおりすぎていく生垣《いけがき》やニレの並木《なみき》、汽車がにぶいうなり声をあげてとおりこしていく川、はるか前方に見えたかと思うと、たちまち小屋や木立《こだち》の群《む》れの中に大きくそびえる姿《すがた》となり、すぐにまた車掌《しゃしょう》の乗っている後方の車のかなたへ消えさっていく村の尖塔《せんとう》——そのひとつひとつが、トーリーにとって、あのすばらしいグリーン・ノウの家にむかっていることをあらわす目じるしだった。グリーン・ノウの家には、トーリーのひいおばあさんがすんでいる。

　少年たちが、スクールバスからどっとあふれ出て、プラットホームまで先を争《あらそ》ってかけたときには、いつものように、にぎやかな興奮《こうふん》のうずがまきおこった。みんな、重すぎるほどのカバンをひきずりながら、おしあったり、いっしょに乗ろうと友だちによびかけたりするのだ。旅の幕《まく》あきは、ふざけるやら、歌をうたうやらで、大さわぎだった。

そうした中で、トーリーはものしずかな子ではあったが、ひそかに、じぶんほど胸《むね》がたかなっているものは、ほかにいるはずがないと感じていた。ほかの少年たちは、みな、これから帰っていく家庭が、いつもとおなじであることを知っていた。だがトーリーは、その家庭がまえとちがってしまっているのではないかしらと思って、不安でならなかったのだ。トーリーは、ついこのまえのクリスマスに、はじめてそこに行ったときのことを思い出していた。おとうさんと二度目の新しいおかあさんは、ビルマ（ミャンマー）にすむため行ってしまった。トーリーは、ひとりぼっちでとてもさびしかった――ところがグリーン・ノウで、どんなにじぶんをむちゅうにさせてくれる仲間《なかま》を見つけたことか！　あのふしぎな仲間のトービー、アレクサンダー、リネットが、夢《ゆめ》の中の登場人物だったとは、トーリーにはほとんど信《しん》じられなかった。

少年たちのひとりが、もの思いにふけっているトーリーに気づき、キャンディーの棒《ぼう》を口からポンとひっぱり出して、いった。

「よぼよぼのひいおばあさんのところで、休みをすごすなんて、つまらないにきまってるよ」

トーリーはかっとなって、立ちあがった。

「ひいおばあちゃんは、お城《しろ》みたいなところにすんでいるんだ――ゆうれいたちといっしょに」

じっと耳をすませていたほかの少年たちは、トーリーの返事《へんじ》を聞いたとたん、おそろしい顔つきをしたり、ヒーヒーいう泣《な》き声《ごえ》やホーホーという不気味《ぶきみ》な声を出したり、指をものすごいかっこうでつき出して、おたがいにおそいかかったりしはじめた。それから、ひとりの少年がいった。

「こいつ、あんなこといって、かっこつけてるつもりなんだ」

それで、トーリーはもうなにもいわなかった。けっきょくのところ、それはきみょうなことにはちがいないのだ。といって、みんなが考えているようなことことは、まるっきりちがう。それより、もっとずっときみょうなことなのだ。なぜなら（もし、三百年もまえに生きていた子どもたちが、いまもいると信じることさえできるなら）、トービーもアレクサンダーもリネットも、ぼくのいままでの友だちのうちで、いちばんほんとうの、楽しくてたまらない仲間なのだから。三人とも、あの古い家にすみついているわけだし、それにひいおばあちゃんだって、あの子たちが生きていることを信じている。それとも、ひいおばあちゃんは、ぼくがまだ小さいので、いっしょになって信じているふりをして、遊んでくれただけなのかしら？　トーリーは心配でたまらなくなってきた。ようやく、グリーン・ノウについたとき、トーリーの心臓《しんぞう》は、かってにかけまわる蒸気機関車《じょうききかんしゃ》のように、はげしく鼓動《こどう》していた。

まっさきにトーリーを出むかえたのは、小犬のオーランドだった。犬にお帰りなさいのあいさつをしてもらったことのある人なら、だれでもそのさまが想像《そうぞう》できるだろう。オーランドが、いきなり電流が走ったようにとびついてきたので、トーリーはほかのものがほとんど目にはいらなかった。

もちろん、家のようすはまえとちがっていた。トーリーは、まえにきたとき、洪水《こうずい》や氷や雪にとざされたところしか見ていなかった。こんどは、ゆったりひろがった庭が、ラッパスイセンの花で絹《きぬ》のようにかがやいていた。桜《さくら》の木は花が咲《さ》きはじめ、小鳥たちが、えさのパンくずを待ちうけて、じっとしていられないとでもいうように、いっぱい群《むら》がり、いそがしそうに、思い思いのことをしていた。高い石の壁《かべ》は、日の光にあたってあたたまっていた。そして、そのてっぺんの屋根の下に、トーリー用の屋根裏《やねうら》べやの窓が、かれを歓《かん》迎《げい》して、あけはなってあった。川はしずかに流れ、大きな白い雲をうつしていた。

トーリーのひいおばあさん、オールドノウ夫人《ふじん》は、玄関《げんかん》でかれを待っていた。ふたりはだきあった。オールドノウ夫人は、小柄《こがら》でやわらかくて、ウズラのようなかっこうだった。そして、トーリーにまた会えて、たいそうよろこんでくれた。ほかのだれにもわからないことが、オールドノウ夫人にはわかった。ひいおばあさんといっしょにいると、トーリーはたちまち、じぶんが学校の生徒《せいと》であることをわすれてしまった。トーリーとひいおばあさんとは、まったくおなじ人間どうしだった。

トーリーは、すべてがもとのままであってほしいと思いながら、急いで家や庭をしらべに行こうとした。だが、しきいをまたいだとたんに、もとどおりでないことを知った。トーリーは、春の花をいっぱいさした花びんと、梁《はり》のはしの下にある木彫《きぼ》りの天使の像《ぞう》を見つめて、立ちつくした。この天使の像の肩《かた》の上には、去年の鳥の巣《す》がそのまま残《のこ》っていた。オーランドが、壁にこだまするほどにほえつづけ、そのため、家そのもの——なにが起こるかわからない家、子どもたちが世紀《せいき》から世紀へとかくれんぼのできる家——に、トーリーは耳をかたむけることができなかった。しかし、どういうわけか、かれには、家が沈黙《ちんもく》していることがわかった。ちょうど話しかけるのによい頃合《ころあい》になって、トーリーはひいおばあさんのほうへ顔をむけた。

「このまえとちがってるね」

「あなたは気づくのじゃないかしらと思っていたわ。いつでも敏感《びんかん》でしたものね。でも、すぐに気づくとは思っていなかった。とにかく、もとのままのものもたくさんあるのよ――聖《せい》クリストファーさまと、みどりの動物たちは、いまも庭にいますよ。お昼の用意をしているあいだに、行って見てごらんなさい」

トーリーは、ゆっくり外に出た。軽はずみに思われたくなかったので、走れなかったのだ。新しくよりあわさった小さな青銅色《せいどういろ》のツタの葉を身にまとって、家の壁を背《せ》に立っている聖クリストファーの巨大《きょだい》な像に、トーリーはまた会うことができた。そして、はじめてめぐりあったときとおなじくらいに、心を打たれた。たいそう古く、風雨にさらされていたんだ像。それはこの家とまったくおなじ石で作られ、まったくおなじツタをわけ合いながら、人のすんでいる家を背に、親しい家族のようにくつろいで立っている。ふしぎな感じがするくらいだ。十三世紀に彫られてからずっと、人々に見られつづけてきたにもかかわらず、見るということのない石の目をつけて、この場所に、巨人のように、じっとうごかず立っている。この像になにかあいさつをしなくちゃあ、とトーリーは感じた。でも、どんなあいさつがいい?

ちょうどいい魔法《まほう》の合図を思いつかなかったので、トーリーは、ただ名まえを大きな声でよんでみた——聖クリストファーさま。すると、石像の肩のそばのツル草の中に、巣をつくるためのわらをくちばしにくわえたヒワの姿《すがた》が、ちらっと見えた。

トーリーは、木立の下を流れている堀《ほり》のそばの小道にそって、庭の中を走った。すると、イチイの木でできたみどりの鹿《しか》が見つかった。葉のしげったその首を、トーリーはくしゃくしゃになるほどだきしめた。それから、みどりの野ウサギも、みどりのリスも、そしてみどりのクジャクも見つけた。これらの動物のまわりを、サクラソウやコケや日の光や影《かげ》がとりまいていた。冬のあいだに枯《か》れて折《お》れやすくなった小枝《こえだ》が、トーリーの足にふまれ、はでな音をたてた。

トーリーはひとまわり調査《ちょうさ》をおえると、家の中にはいった。そして、大きなあけっぴろげの暖炉《だんろ》のまえに立ちどまった。火は元気よく燃《も》えていた。ところが、かなりすすけた壁にわたしてある梁の上のところに、大きな、よごれのない白《しら》けた部分ができていた。このまえ、オールドノウ家の人たちの絵がかかっていたところだ。そのかたすみだけは、もっと小さな絵をかけてうめあわせがしてあったが、トーリーは見る気もしなかった。

トーリーは、オールドノウ夫人にむかって、せめるようにいった。

「あの子たちは、どこへ行ってしまったの？　トービーにアレクサンダーにリネットは——みんなどこなの？　どうしておばあちゃんは、あんなのととりかえたの？」
「あの絵は、ロンドンの展覧会《てんらんかい》にいっているんですよ。古い絵を持っている人は、よく貸《か》して
ほしいってたのまれるものなの。あなたが残念《ざんねん》がるだろうってわかっていたけれど、わたしは
ことわることがすきじゃないから」
「どのくらい、そこにいってるの？」
「展覧会は、六週間つづくのよ」
オールドノウ夫人のいい方は、どうもあやふやだったので、トーリーは、しつこくこたえを
求めた。
「そうしたら、もどってくるの？　いつ展覧会はおわるの？」
「わたしはね、トーリー、とてもたくさんの人たちが、ほめてくださっているんだから、この
機会《きかい》に、あの絵を売ったほうがいいんじゃないかしら、と考えているのよ」
トーリーは、すっかり興奮した。
「そんなの、だめだよ！　売るなんて、だめだ。あの子たちは、ここにいなくちゃいけないん
だ。おばあちゃん、トービーやアレクサンダーやリネットを売ることなんて、ぜったいいや
だ」

トーリーは、涙《なみだ》があふれそうになっていた。

「わかっていますよ、トーリー。ええ、わかっていますとも。でもね、わたしにはお金があまりないのよ。それに、雪どけのあと、屋根がどこもかしこも、もってしまっているの。ちゃんとなおさないと、くさっていってしまうわね」

「あの子たちを売るなんて、だめだ。考えてみてよ、おばあちゃん。あの子たちのほんとうにすむところじゃない、よその場所に絵がかかってしまうんだよ。あの子たちのいるところは、どこにもなくなってしまうよ」

トーリーには、これ以上《いじょう》のおそろしいことは想像できなかった。そしてつづけた。

「もしも屋根が落ちたって、あの子たちは、ここにいたいよ。屋根のことを気にするなんて、そんなことは考えられないよ」

オールドノウ夫人は、トーリーを見てほほえんだ。

「わたしも、あの子たちが気にするとは思わないわ。それにネズミだったら、くずれたところが大すきだろうし。でもね、この家はあなたのものになるのよ。それから、あなたの子どもたちのものになることも、わたしは望《のぞ》んでいるの。家がたおれてしまうようなことがあっては、いけないのよ」

「ぼくは、この家がこわれてしまったって、あの子たちがずっとここにいるほうがいいんだ」

こういいながらも、トーリーは、家のことを考えるにつれて、だんだんその行《ゆ》く末《すえ》が気になりだした。

「たとえ、わたしたち自身は、雨がもってたれてくるベッドで寝《ね》ることが気にならないとしても、そういうことはゆるされないのよ。グリーン・ノウは古い史跡《しせき》なので、法律《ほうりつ》で保護《ほご》するように義務《ぎむ》づけられているの」

「ほかのものを売ることはできないの？」

「ほんとうにねうちのあるものなんて、ほかになんにもないのよ。宝石《ほうせき》さえなくなっていなければねえ！　あったら、よろこんでぜんぶ売ってしまったでしょうに。そうしても、ちっとも惜《お》しいなんて思わなかったでしょう」

「だれの宝石なの？」

「あの人のものよ」

トービー、アレクサンダー、リネットのかわりにかけてある絵をさしながら、年とった夫人はつかれたようにいった。トーリーはそれを見つめた。四頭の白馬にひかれてやしきにむかう軽快《けいかい》な馬車に乗った、たいそうおしゃれな女の人をえがいたものだ。どうやら、やしきのまわりを流れる川にかけられた、小さな橋にちかづいているところらしい。トーリーは、どうも見おぼえのあるところのように思えたが、それがどこだか、思い出せなかった。

「あの女の人はだれなの？」と、トーリーはたずねた。

「マリア・オールドノウよ。英国海軍《えいこくかいぐん》にいたオールドノウ船長――あなたの知っているのとは別《べつ》のオールドノウ船長――の奥《おく》さんですよ。一家には、海と結《むす》びつく血統《けっとう》があったのね。男の人はみんな船乗りになったわ。この絵はね、マリア・オールドノウが、パーティーから馬車で帰ってくるところなの。一七九八年の、宝石が消えてしまったその日のことよ」

「ここにすんでいなかったの？」

「いいえ、すんでいましたよ。でも、結婚《けっこん》するまえに、船長さんはこの人のために、大きくてりっぱな家を建《た》てなくてはならなかったの。あなたは笑《わら》うかもしれないけど、絵の中のあの大きな家が、いまのこの家をすっぽりつつみこむ形に建てられたのよ！　この家の煙突《えんとつ》が、屋根からつき出ているのが見えるでしょう。もちろん上等のへやはぜんぶ、新しい建物《たてもの》のほうにあったわ。それで、わたしたちのいるこの家のほうは、子どもたちと、ばあやと、召使《めしつか》いたち用に残されたの。それから、そのあとで火事があって、新しい建物はすっかり焼《や》けおちてしまったの。そして厚《あつ》い石の壁でかこまれたこの建物だけが、残ったのね」

「宝石はぬすまれたの？」

「それがだれにもわからないのよ」

2　パッチワーク

トーリーは、庭で午後をすごした。庭には、庭師《にわし》のボギスのほかにだれもいなかった。トーリーの遊び相手は、オーランドだった。うずたかくつまれた木の葉の下に、くるくるまいた生垣《いけがき》用のとげつき針金《はりがね》があるのを、オーランドが見つけた。これで、トーリーに希望《きぼう》がわいてきた。しかしすぐに、このまえきたときの遊び友だちがあらわれないことは、いたいほどはっきりした。あの子たちは、まったく手のとどかないところに行ってしまったのだということを、ひしひしと感じた。日ぐれには悲しくなって、家の中にはいった。ずいぶん長いこと楽しみにして待っていたあとなので、休みの第一日目は、まるでクリスマスに、長くつしたがからっぽなのを見つけたときとおなじくらい、気のぬけた感じだった。

ひいおばあさんは、暖炉《だんろ》のそばにすわって、古くなったパッチワークのキルトを、つくろっていた。トーリーは、パッチワークの布《ぬの》がすきだった。いくつかのキルトは、カーテンとして居間《いま》の窓《まど》にとりつけられ、石の壁《かべ》を背《せ》にして、ふっくらとひだをつくり、天井《てんじょう》から床《ゆか》までたれさがっていた。ひいおばあさんのひざのまわりにひろげられ、床の上でまくれていると、それはますます親しみやすく、ますます心をひきつけた。さまざまな色や模様《もよう》が、暖炉のあかりをうけて、とてもいきいきしていたので、トーリーは、すぐさまますわって、楽しむことにした。

オールドノウ夫人《ふじん》は、わきにかごをおいていた。その中には、おなじ大きさと形に切りとられた紙が、いっぱいはいっていて、それに、色あざやかな木綿《もめん》の生地《きじ》が、オールドノウ夫人の手できちんと縫《ぬ》いつけられてあった。オールドノウ夫人は、キルトのやぶれた箇所《かしょ》に、これらの布をあててみて、どれがいちばん似《に》あうか、考えていた。

「青い星がいいかしら、それともまっ赤なシダがいいかしら？」

オールドノウ夫人は、じゅんばんにためしながら、トーリーにたずねた。

「ぼくは、まっ赤なシダがいいと思うな」

「わたしもそう思いますよ。でも、古くなったところにつぎをあてておおってしまうのは、いやなことですね。まだ死ななくてもいいかもしれないものを、うめてしまうようで。だからわたしは、古くなったところがほんとうにすっかりだめになってしまうまで、けっしてつぎをあてないの。ほら、このつぎ布には、だれかが墨《すみ》で一八〇一年と書いてるわ。キルトは、この家でつくられたものよ。布きれはぜんぶ、もと一八〇一年にここにすんでいた人たちの服――服とかカーテンだったのよ。たいていは、あの人の服だけど」

オールドノウ夫人は、四頭立ての馬車に乗っている婦人《ふじん》をえがいた絵のほうに、顔をぐいとむけていった。

「あの人は、ずいぶんたくさん、服を持っていたの。みえっぱりでおろかな女だったのね。このすり切れた布は、」――老夫人《ろうふじん》は指でそれをつついた――「あの人のいちばん上等なインド製《せい》モスリンのひとつだったのよ。新品のときには、カナリアのようにあざやかな黄色で、クモの糸のようにこまやかだったわ。すばらしいものだったといわなくちゃならないでしょうね。

ほら、ここにまだ穴《あな》のあいていない、おなじ布地のはぎれがあるわ。指でさわってごらんなさい。こんな手ざわりのやわらかなものに、いままでさわったことあるかしら？」

トーリーは、指でさわって、考えてみた。そしていった。

「タンポポの綿毛《わたげ》みたいだ」

「タンポポの綿毛！　うまいことというわね。それからあの人は、じぶんこそ、世の中でいちばん優雅《ゆうが》に生まれついているんだと、いつも想像《そうぞう》していたわ。あの人の手が、このモスリンと比《くら》べてどれだけやわらかかったか、わかったものではありませんけどね。さて、あなたはどんな探偵《たんてい》になれるか、ためしてみましょう。このパッチワークの中に、ほかにどんな人たちを見つけ出せる？　あらゆる人たちがいますよ」

「ええと、オールドノウ船長がいると、ぼく思うよ。ここに、シャツのきれがある。でも、かなり厚《あつ》いや。ボギスさんむきのだな――むかしもボギスさんがいたとしたらだけど？」

「たしかにいましたとも」

「ここに、もっと船長さんむきのがあるよ」

「よくできましたね。ほかになにが見つけられるかしら」

「子どものが、なにかあるはずだ」

トーリーは、パッチワークの布の折《お》り重《かさ》なっている中をさぐりながら、いった。

「ボギスさんは、ずいぶんたくさんシャツを持っていたんだね」

「使用人はボギスだけじゃなかったのよ。たとえば、主人のお供《とも》や給仕《きゅうじ》をする従僕《じゅうぼく》がいたの。その人が、銀の食器《しょっき》や真ちゅうの器具をみがくときにつけていた、黄と黒のしま模様のエプロンがここにあるわ」

「いやな感じの布だね。スズメバチみたいだ」

「いやな人だったわ」

「リネットが着ていたようなのは、まるっきりないよ」

「リネットをさがしてもだめよ。ここにあるのはぜんぶ、百五十年あとのものなの。女の子たちは、お母さんとそっくりおなじで、ただもっと小さいというだけの服を着ていました――たけが長くて、からだにぴったりあったドレスよ」

トーリーは、じれったそうにいった。

「ぼく、女の子の着るものなんて、わからないよ。そうだ、魔《ま》法《ほう》を使ってさがすことにしよう」

「探偵は、魔法を使わないものよ」

「地下の水脈《すいみゃく》を見つける人は、使うよ。両手をいっぱいにひろげて、パッチワークの上にあちこち手をうごかしてみるんだ。指がむずむずしたら、そこがあたりだよ」

トーリーは、地下の水脈をさがす人のようにしようと思って、口をへの字に結《むす》び、いかめしい顔つきになった。そして目をとじると、指をゆっくり、おずおずと、キルトの上にもっていった。

「女の子の名まえはなんていうの？」

トーリーは、手をうごかしつづけながら、たずねた。

「スーザンよ」

「スーザン、スーザン、スーザン。よびかけているのは、トーリーです。スーザン、どこですか。きみのほうへむかっています。スーザン」

トーリーの指は、ひとつの布の上にとまった。そこでかれは目をあけた。ひいおばあさんは、からだをかがめて、見つめた。

「大あたりだわ！　あの子の服じゃないけれど、ベッド用のカーテンに的中《てきちゅう》したわ。ベッドはどれも、赤ちゃんの寝台《しんだい》のように、頭のところにカーテンをつけておいたものなの――おとな用のはね。テントみたいなのもあったわ。スーザンのがそれよ」

「ぼく、テント形のベッドがほしいな」

「でもね、いったん中にはいると、ひとりだけにはなれるけど、息がつまりそうよ」

「おばあちゃんは、スーザンが、ぼくの指を正しい布のところまでひっぱっていったと思う？」

「いいえ。ほかのだれかだと思うわ。あなたとおなじくらい魔法のすきだった子よ」

「ほかにだれがいたの？」

「じぶんで見つけてごらんなさい。みんなここにいるんですよ」

「白と紫《むらさき》の模様のはいった黒いきれが、たくさんあるね。おばあさんのじゃないかな？　スーザンのおばあさんは、魔法がすきだった？」

「すきではなかったわ。おばあさまほど、魔法をきらっていた人もいなかったわね。魔法は、ひどくひどく悪いことだと考えていたのよ」

「それじゃ、だれなの？」

しかし、オールドノウ夫人は、縫い物をしながらほほえむだけだった。

「エメラルドみたいに明るいみどりとまっ赤な色で、寄宿舎《きしゅくしゃ》のシーツぐらい厚い布を着ていたのは、だれ？」

「もうすこしであたりそうになってきたわね。その布を、じつはとてもいやがっていただれかさん。ひどくむじゃきな子だったわ」

「それ、スーザンのお兄さん？」

「セフトン？　いいえ、セフトンは、気に入らないものを、がまんする必要《ひつよう》なんてなかったわ。おかあさんに似て、とても顔立ちのととのった子なので、おかあさんは、セフトンのほしがるものはなんでも与《あた》えました。ほら、ここにあの子のシャツのきれはしがあります。おとうさんのより質《しつ》のよいものですよ。それから、おかあさんの寝室《しんしつ》でのんびりするための、模様入りのガウンがあるわ。セフトンはおかあさんの寝室で、陰口《かげぐち》をたたいたり、人のうわさ話をしたり、おかあさんを笑《わら》わせたりして、何時間もすごしたの。ここに、あの子の乗馬用の上着があります。クリ色のあや織《おり》ね。サクラソウ色の裏地《うらじ》がしてあったものよ。セフトンの髪《かみ》の毛《け》の色も、クリ色だったわ。それで、狩《かり》に行くときはいつも、じぶんはキツネ王だといっていたものよ」

「どうも、トービーと比べて、感じがよくないみたいだね」

「トービーとは、比べものにならないわ。でも、ここでセフトンに会うことはないでしょう。セフトンは、このやしきのことなんか、ちっとも大事に思っていなかったから」

「ということは、だれかほかの人に会うかもしれないってこと？」

「会うかもしれませんよ。この家に耳をかたむけて、不意《ふい》に相手を見つけてやればね。この家には秘密《ひみつ》がいっぱいあるわ。あなたは、もうよく知っているでしょうけど」

「ぼく、どんな人でも、トービーやアレクサンダーやリネットほど、大すきにはなれないような気がするよ。でも、ひょっとしたら、悪だくみをした連中《れんちゅう》が、宝石《ほうせき》をどこにかくしたか話しているのを、聞くことができるかもしれない。そうしたら、あの絵をとりもどして、いつまでも守っていられるんだ。あの子たちが帰ってくるんだ」

トーリーは、屋根の下のじぶんの寝室にもどってきたのがうれしかった。クリスマスの休みのときには、つららが、窓いちめんに、ふさかざりのようにたれさがっていた。でもいまは、窓はすっかり、あたたかい春の風にむかって、あけ放たれている。からだを乗りだすと、川があちこちとまがりくねって、長くのびているのが見えた。それは、夕焼《ゆうや》けにはえて、ピンク色をしていた。

トーリーは、オーランドといっしょに寝《ね》たかった。けれども、トーリーが学校へ行っているあいだに、オーランドは、居間のひじかけいすをじぶんのベッドにしてしまっていた。ひじかけの部分が、あごをのせるのにちょうどよくて、気分満点《まんてん》なのだ。それでオーランドは、どちらかといえば、そこにいたかった。トーリーは、屋根裏《やねうら》べやへくるようにたのんだが、オーランドは目をつむってしまい、まったく耳を貸《か》さなかった。そして、このうえもなくやすらいだようすで、ほほえみをうかべているのだ。

トーリーは、ベッドにもぐりこんで、キルトのかけぶとんをあごのところまでひきあげた。すると、つぎはぎしたたくさんの布きれが、階下《かいか》でひいおばあさんのひざのまわりにひろげられていたのと、おなじ生地《きじ》であることに気づいた。

（どこにでも、あの人たちがすこしずついるってわけなんだな）とトーリーは思った。これまで、このキルトのかけぶとんのことを、ぜんぜん考えたことのなかったのが、ふしぎに思えてきた。オールドノウ夫人が、トーリーにおやすみをいいにあがってきて、ベッドに腰《こし》をかけた。

「ぼくのかけぶとん、おばあちゃんのとおなじ布きれがたくさん使ってあるよ」

「あなたのは、スーザンのかけぶとんだったんですよ。あの子のおばあさまが、みんなつくったの。おばあさまは、いつでも、ただすわりこんで、パッチワークをし、きびしい顔つきをしている人でした。ほんとうに、パッチワークをすることがなによりすきだったんだけど、なんについても、楽しい気分になるのはいけないことだ、とも考えていたのね。むすこのお嫁《よめ》さんのマリアが、しゅすとレースのほうが気に入っているから、じぶんのベッドにはキルトなんていらないとことわると、おばあさまはかんかんになって、ぷりぷりしながらいったわ。『それじゃ、かわいいスーザンが、結婚《けっこん》するときに持たせてやりますよ』。すると、スーザンの兄のセフトンがこういうの。『スーザンが結婚するなんて、じつにいいや。まったく、うれしいじょうだんだよ！』。マリアはこういいました。スーザンが結婚の申しこみをうけるなんて、ほとんどありえないことですけど、おばあさまがパッチワークをつづけたいのなら、スーザンはなんダースでもいただきますよ。どんなに流行おくれになったって、スーザンならかまわないでしょうからね、って」

「なんて失礼《しつれい》なんだ」

「マリアとおばあさまは、ぜんぜん気があわなかったのね。マリアもセフトンもスーザンも、おばあさまにとっては、みんな期待はずれだったわ」

トーリーの考えは、ほかのことにとんでいた。

「ぼく、学校の友だちに、おばあちゃんはゆうれいたちとお城《しろ》みたいなところにすんでいるんだと話したら、みんな、ぼくのいうことを信《しん》じなかったよ」

「ゆうれいたちですって！　なんていうよび方でしょう」

「おばあちゃんは、あの人たちをなんてよぶの？」

「ほかの人たち、よ」

「ぼく、この家がすきだ。どんどんほんとうのことになっていく本の中にすんでいるみたいだもの」

3　オーランドの友だち

朝になって、トーリーがまっさきに見たものは、古いゆり木馬だった。だれか子どもがきて起こすまでは、こんこんとねむりこんでいるかのように、そこにじっと立っていた。トーリーは、ゆり木馬に乗るには、もう大きすぎた。学校では、ほんものの馬に乗るけいこをしているのだ。もっとも、学校の馬ときたら、トービーの馬のフェステとは似《に》ても似つかなかった。毛皮は、つややかな絹《きぬ》のようではなくて、汽車の座席《ざせき》の布張《ぬのば》りのように、ごわごわしていた。それを手ではたくと、もうもうとほこりが出た。おまけに骨《ほね》ばっていて、足が大きく、いつもいやいやうごいていた。人間に乗り方を教えることには、もうあきあきしていたのだ。馬にとっては、どの生徒《せいと》もおなじで、うんざりだったのである。こういう馬に乗ると、木馬に乗るのとかわりがなかった。あと足ではねまわって、乗り手を待てずに走りさってしまうような馬が、トーリーはほしくてたまらなかった。いつかは、その思いがかなうこともあるだろう。なんといっても、トーリーは、まだほんの九歳《さい》なのだ。

トーリーはベッドから起き、きょうはどんな日になるかしらと、外のようすを見にいった。窓《まど》はたいそう高いところにあるので、庭がはるか下のほうで、おもちゃの模型《もけい》のようにきちんとひろがって見えた。芝生《しばふ》をよこぎって、白黒のぶちの小犬が、足を規則正《きそくただ》しくうごかしながら、走りまわっていた。ひとりでなにをしようとしているのかなと、トーリーは目をこらした。オーランドは、おもしろいくせをいっぱい持った、かわいい犬だ。夜中にきていたのに、いまはいなくなっている動物のにおいをたどるつもりなんだ、とトーリーは思った。すると、不意《ふい》に、オーランドはその動作をやめて、門のところへ走っていったかと思うと、友だちがたったいま中にはいってきたばかりのときのように、とびあがったり、おどったりしている。トーリーはあっけにとられて、オーランドを見まもっていた。

(オーランドは、ぼくが家に帰ってきたというんで、歓迎《かんげい》ごっこをしているのかな？　それとも、ぼくのいないあいだも、ぼくが帰ってきたというふりをして、ああいう遊びをしていたのかしら？)

オーランドは、空想上《くうそうじょう》の友だちを連《つ》れて、家に案内《あんない》してきたようなかっこうだった。そこで、トーリーは、からだを乗りだして、よびかけてやった。すると、たちまちのうちに、急な階段《かいだん》を飛《と》ぶようにのぼってくる足音が聞こえた。

朝ごはんのとき、トーリーは、オールドノウ夫人《ふじん》にこのことを話した。けれども、夫人はよく話を聞いていないようだった。ただこうこたえただけなのだ。

「あなたのいないあいだに、だれかと友だちになったのだと思うわ」

「でも、だれもそこにいなかったんだよ、おばあちゃん」

「そう？　わたしは、犬がそんなふりをするなんて、一度も聞いたことがないわ。信《しん》じられませんよ」

4　おもちゃ箱の中

　トーリーは、午前中、探偵《たんてい》になって、どこかにかくれているはずの宝石《ほうせき》をさがしてすごした。石の壁《かべ》の中に空洞《くうどう》のところはないかどうかしらべるために、家じゅうの壁をたたいてまわった。とくに、食器《しょっき》だなのうしろの壁をしらべてみた。それからまた、床板《ゆかいた》に注目し、いったん切り取って、あとからまたねじでしめてもどした板がないかどうか、見てまわった。楽しいゲームだったが、なにも見つからなかった。オーランドは、トーリーのお供《とも》をした。たえず前を行き、たえず一番乗りし、たえずつきしたがう、カンのするどい助手だった。食器だなのとびらがすぐにあかないと、いつでもすきまに息をふきこみ、ほえたてた。

　トーリーは、ひいおばあさんに、おばあちゃんのへやの中をしらべてもいいかしら、とたずねた。ひいおばあさんは、見つけたものをそっくりそのままにしておくなら、いいでしょうといってくれた。オーランドは、どんどん先に階段《かいだん》をかけあがっていった。トーリーがあとを追って、オールドノウ夫人《ふじん》の寝室《しんしつ》にはいると、オーランドは、またあのへんな動作をしていた。

そこにいないものにむかって、しっぽをふっているのだ。だが、もしだれかいるとしたら、その人は、オールドノウ夫人がそこにおいた子ども用のひじかけいすにすわっているようだった。

このへやは、大きな窓《まど》の下の壁のくぼみが、腰《こし》かけになっていた。座席《ざせき》の上にクッションがおいてあって、その下は、正面に木を張《は》って箱のようになり、たたくとうつろな音がした。トーリーは、取っ手がなくなったとびらか、あるいはひょっとして、ひっぱり出せるひきだしになっているかもしれないと思って、木の板をしらべてみたが、びくともうごかなかった。そこでクッションをのけ、座席をしらべてみた。オーランドはあと足で立ち、その下で息をはっはとはいていた。座席の上は、たしかに、ふたになっていた。しかし、ずいぶん長いあいだあけていなかったので、うごかすことができなかった。それでも、力いっぱいにひっぱると、やっと、不平《ふへい》たらしいギーという音をたてて、ふたがもちあがってきた。

中には、パッチワークで手にふれて、トーリーのよく知っている、はぎれや布《ぬの》きれのたくさんはいった、大きなリンネルの袋《ふくろ》があった。それから、人形用に小さく作ったキルトのかけぶとんと、あちこちへこんだ木製《もくせい》の人形もあった。オーランドは、この人形をくわえて持っていき、ネズミのようにふりまわしてから、骨《ほね》のように、大事そうにしゃぶった。トーリーは、それをやめさせようとしたやさきに、小さな木の船を見つけた。明らかに手製《てせい》の木彫《きぼ》りで、長いやりだしと、三本のマストをつけた、とても精巧《せいこう》なものだった。「ウッドペッカー号」（キツツキ号）という名前が、船首にペンキで書かれてあった。この船は、船首が低《ひく》く、船尾《せんび》が高いという、かわった形をしていたが、ガリオン船とよばれるスペインの大型帆船《おおがたはんせん》とはちがって、たいそうかっこうよかった。

トーリーは、全体をなでまわしたり、手で重さをはかってみたりして、この船が、水にうまくうかんで走りそうなことを知った。そしてすごく気に入ったので、これをじぶんがあずかっていいかどうか、オールドノウ夫人にきいてみたいと思った。帆《ほ》はついていたが、だれかがふみつけたのか、まん中のマストが折《お》れ、支《ささ》え綱《づな》がひきちぎれていた。でも根気よくなおせば、もとどおりになるだろう。

トーリーは、船をちょっとわきにおいた。そして、腰かけの下のほうにある、古いカーテンのがらくたの中に手をつっこんでみると、毛皮にふれた――それから、箱だ！　宝石にちがいない。トーリーは、それをひっぱり出した。銀の止め金のついた平たい皮製の箱がひとつ。ふたに四角い真ちゅうをはめこんだ、大きなつやつやした木の箱がひとつ。その真ちゅうには、一センチ四方よりずっと大きなローマ字で、しかも、字と字のあいだをひろくあけて、「スーザン・オールドノウ」という名まえが、きざみつけてあった。このほかにも、ふたつ箱があっ

たが、トーリーは、いちばんおもおもしげな箱を、まず先にひらいた。興奮《こうふん》のあまりに、ほとんどらんぼうな手つきになっていた。

皮製の箱には、さんごのビーズをよりあわせて、うっとりするほどみごとな輪《わ》の形に作った、ネックレスと腕輪《うでわ》がはいっていた。それぞれ、しゅす張りのしまい場所に、おさめられていた。とてもきれいだった。しかし、さんごは、アリババが盗賊《とうぞく》たちの洞《どう》くつで見つけた財宝《ざいほう》の中にはなかったから、たぶん宝物《たからもの》としてのねうちはないんだ、とトーリーは考えた。ほんものの宝石は、大きな箱の中にちがいない。でも、なぜスーザン・オールドノウなのだろう？　マリアのはずじゃないか。

その箱は、鍵《かぎ》がかかっていなかった。それでトーリーは、もしそのなかみが、ひと目見てすてきと思えるようなものでなかったら、あけたとたんに、ひどくがっかりしてしまったことだろう。そこには、みごとな取り合わせのお盆《ぼん》がたくさんはいっており、ひとつ取り出すごとに、下からまた別《べつ》のお盆が出てきた。最初《さいしょ》のお盆には、あらゆる種類の貝がらが、つめ物の上にいく列にもきちんとならべてあった——扇形《おうぎがた》の貝、らせん形の貝、うずまき形の貝、青貝、バラの花びらのような貝、キャベツのようにくるまった貝、重い貝やとても軽い貝など、いろいろあった。どの貝がらにさわっても、楽しかった。中には、トーリーの指のすきまにするりとはいってしまうほど小さなのもあった。トーリーは、ぜんぶの貝がらを、見つけたときとおなじようにきちんとならべて、次のお盆にうつった。これには、小石、月長石《げっちょうせき》、こはく、めのう、石英《せきえい》、雪花《せっか》せっこう、大理石、それに粘《ねん》板岩《ばんがん》がおいてあった。海の波にころがされて、どの石もすりへり、最高にすばらしい形をしている。いじってみると、わくわくと胸《むね》がおどってくる。つるつるすべりやすい石、うすくてくだけやすい石、紙やすりのようにざらざらする石、つめたい石、あたたかい石。

ぜんぶで、四つのお盆があった。どれも、海の宝物でいっぱいだった。からからにかわいた海草、ヒトデ、ウニ、植物のように成長した水晶《すいしょう》、天然《てんねん》さんごの枝《えだ》。トーリーは、まえに一度海へ行ったことがあるだけだった。散歩道《さんぽみち》のそばの砂利浜《じゃりはま》に、波がたたきつけている荒海《あらうみ》だ。

それでも、『さんご島』という冒険物語《ぼうけんものがたり》を読んだことはあった。

マリアの宝石を見つけられなかったことは、もうはっきりした。そうとすれば、急ぐことはない。トーリーは、長い時間、コレクションをいじってすごした。どれも、持ってみるまでは、どのくらいの目方があるのか、見当がつかなかった。子安貝《こやすがい》のからのようなものが、思いのほか重かった――ひとつ口の中にぽんとほうりこんで、その形を味わった。あまり軽いので、つまみあげるとき、息をひそめたり、指につばをつけて、先にくっつくようにしなければならないものもあった。

もうひとつの箱には、あらゆる形をした大小さまざまのビーズと、ガラス、象牙《ぞうげ》、陶磁器《とうじき》、青みがかった砂岩《さがん》、ほのかに果実《かじつ》のにおいのするスギ材《ざい》などがはいっていた。

最後の箱には、波がまじりあっているような、手のこんだ線の模様《もよう》が、いちめんに彫《ほ》られていた。ふたの中央で、ぜんぶの線が集まって、まるい太陽の光線をつくり、太陽のまん中に、S《エス》という字があった。トーリーは、指先でそのSの字をたどりながら、考えこんだ。これは、魔法《まほう》のしるしかなにかのように、トーリーには思えた。ひいおばあさんは、だれか、魔法のすきな子がいたといっていた。あざやかな赤とみどりの服を着ていただれかだ。いままで手がかりになるものが見つからなかっただれかだ。

この箱の中には、いろんなものがごちゃごちゃとはいっていた。モミの実、トチの実、ドングリ、ブナの実が落ちるときに残《のこ》る木のようになった小さな花、羽毛、おはじき、コマ、カットグラスのびんの栓《せん》、チェスの駒《こま》のナイト。すべて、どんな少年のポケットにでも、見つけられそうなものばかりだった。じつのところ、トーリーは、じぶんの見つけたものがぜんぶ、指先で楽しむもの――目で見なくても、手の中と心の中でもてあそぶことのできるもの――だということに思いあたって、びっくりした。

宝石は見つからなかったけれど、ぼくは探偵としてはなかなかりこうだぞ、とトーリーはいま思った。そして、オールドノウ夫人におもちゃの船を見せに持っていこうとしたとき、日光がへやのすみにさしこんで、それまで気がつかなかった小さな絵を照《て》らした。それがなんと、あらしの中の帆船の絵だった。その下には、活字体でこう書いてあった。

一七九七年、テネリーフ島沖《おき》で暴風《ぼうふう》にあうフリゲート艦《かん》、ウッドペッカー号

トーリーはあわてて、オールドノウ夫人にじぶんの見つけたものを知らせようと、とびだした。だが階段のところで、ひいおばあさんのへやをきちんとかたづけ、クッションを窓の腰か

けにもどしておかなければならないことを思い出して、くるりとむきをかえ、ひきかえした。するとドアをとおりぬけたとき、音楽室に通じる別の戸口に立っている女の子に、もうすこしでぶつかりそうになった。トーリーとおなじくらいの年の女の子だ。大きな、やさしい、褐色《かっしょく》の目をしていた。晴着を着ており、はなやいだ気分だったのか、それだけに驚《おどろ》きも大きく、おずおずしているようだった。それでも、逃《に》げだすようなことはなく、はじめに口を開いたのも、その少女のほうだった。

「そこにいるのはだれなの？」とトーリーをじっと見つめて、いった。

「ぼく、トーリーだよ」

「トーリー？」

「トーズランド、といったっていいんだ」

「あら！　いとこたちがきているなんて、あたし知らなかったわ。ドレスを着がえたほうがいいわね。あなた、おばあさまに、あたしすぐ行きますって、伝《つた》えてくれる？」

少女は、まるで耳をすましているかのように、そっとへやの中をとおっていった。そして手をさしだし、ベッドのそばにさがっている、古い呼《よ》び鈴《りん》のしじゅう入りの革《かわ》ひもにふれた。トーリーは呼び鈴が鳴るのを聞き、どこで振動《しんどう》しているのか、鳴りやむまえに見てみたいといういいわけをじぶんにしながら、階下へ走っていった。ところが、てすりに乗るようにして階段をすべりおりたとき、階段をあがっていく足音が聞こえた。トーリーは、おかしな気持ちになった。

ひいおばあさんは、階段の下で、トーリーを待っていた。トーリーは、息をはずませ、船をうしろ手に持って立ちつくし、なにもいうことができなかった。

「スーザンに会ったのね」とひいおばあさんはいった。

「どうしてわかったの？」

「スーザンのほかはだれも、あの呼び鈴を鳴らさないのよ」

「ぼくだって、鳴らそうと思えば鳴らせたよ」

「いいえ、できないの。ここにきて、見てごらんなさい」

ひいおばあさんは、トーリーを台所の壁のところへ連《つ》れていった。天井《てんじょう》のすぐ下で、なん本かの針金《はりがね》が、一列にならんだ呼び鈴の止め金につながっていた。しかし、鈴《すず》はぜんぶ取りはずされていた。トーリーには、そのうちの一本の針金が、ふるえているように見えた。

ひいおばあさんはいった。

「いまでは、鈴をはずして、電気のベルになっているのよ。でもわたしは、あそこにしじゅう入りの革ひもを残しておいたの。気に入っているから。それに、スーザンの物はもうたくさん残っていないのでね」

「これを知っていた？」

トーリーは船をさしだした。

「ウッドペッカー号！」

「そのとおり。一七九七年、テネリーフ沖で暴風にあったんだ！」

トーリーは、わっと笑《わら》って、ぴょんぴょんとんだが、オールドノウ夫人は真剣《しんけん》だった。じぶんの眼《め》が信《しん》じられないといったかっこうだった。

「どこで見つけたの？」

「おばあちゃんのへやだよ。スーザンのおもちゃ箱があること、知らなかったの？」

「ええ。どこなの？」

「スーザンのおもちゃや、パッチワークに使う布きれや、いろんなものを入れた箱がたくさんあるよ」

ふたりは、いっしょに二階へあがっていった。ふたが、またギーギー鳴ってあいた。リンネルの袋の上に、ぜんぶの箱がおいてあった。オールドノウ夫人は、ひろいかんかくできざみこまれた箱の文字を指でたどりながら、遠くに思いをはせているようだった。

「わたしは夏に、なんどもなんどもここにすわって、縫《ぬ》い物《もの》をしたり、パッチワークのつくろいをしたりしたものだわ。そのあいだずっと、こうしたものがぜんぶ、ここにあったなんて！　ちぢめたときの望遠鏡《ぼうえんきょう》みたいに、はしとはしとがくっつきすぎて、よく見えなかったのね」

「この毛皮はなんなの？」

「おやまあ、セフトンがおばあさまにあげた足ぬくめですよ」

「キツネ王があげたんだね？」

足ぬくめは、キツネの毛皮でできていた。綿《わた》が中にはいっていて、眠《ねむ》っているときの犬のように、まるくちぢこまっていた。

「足を入れるところは、キツネが鼻をおしあてている、おなかの下のところよ。そこは羊の皮で裏張《うらば》りがしてあるの。ほら、たいそうあたたかいでしょう……。わたしも、冬にはこんなのがほしいわね。おばあさまは、縫い物をしているあいだ、いつもそこに足を入れてすわっていたのよ。わたしもそうするでしょうね」

「オーランドが見つけなくってよかったね」

「オーランドはどこなの？　あなたといっしょだと思っていたんだけど」

「いっしょだったんだけど――あ、そうだ。オーランドは、古い人形をかじっていた。すごく古ぼけた木の人形なの。かまわないよね、おばあちゃん。ひょっとすると、まだくわえて遊んでいるかもしれない。ぼく、行って見てくるよ」

トーリーは、ブナの木の根もとにすわって、しっぽをふっているオーランドを見つけた。ネコを追いかけてきたのに、木にのぼって逃げられてしまい、下におりてくるまで、何日でも待っているつもりだといわんばかりに、枝をじっと見上げていた。トーリーには、ネコも、そのほかのなにも見えなかったが、このブナが、木のぼりにもってこいだということには、気がついた。高いところがとくいな人なら、いちばんてっぺんまでのぼることができるだろう。トーリーには、じぶんがとくいかどうか、わからなかった。このブナの木と比《くら》べられるくらい高い木にのぼったことは、いままでなかったのだ。しかし、トーリーは、いつかためしてみようと決心した。ともあれ、トーリーはオーランドの首輪をつかまえて、家の中へひっぱっていった。とちゅうで、木の人形をひょっこり見つけた。しゃぶられ、割《わ》られ、歯形をつけられていたが、それでもまだ、人形だと見分けることはできた。

5　目の見えない子

「さあ、スーザンのことを話してよ」

夜ふけて、ふたりが暖炉《だんろ》のそばに腰《こし》をおろしているとき、トーリーはいった。このごろの季節《きせつ》だと、夕暮《ゆうぐ》れになってから、ようやくあかあかと火を燃《も》すのだ。すると、火あかりと夕日とが、へやの中でまじりあって、表面につやのあるものは、なにもかも、二倍にかがやいた。ふたりはおしゃべりをしようとしているだけなので、オールドノウ夫人《ふじん》は、どのランプにもあかりをともさなかった。夫人が話しているあいだ、トーリーは、影《かげ》がうごくさまや、窓《まど》ガラスにうつるほのおを、じっと見つめていた。窓ガラスでは、まるでイチイの木が燃えているように見えた。

トーリーが口をひらいた。

「スーザンにはなにかあるよね。リネットとはちがっているもの。スーザンは、ぼくがまるでいないみたいに立って、ぼくのほうを見ていた。ぼくは、まるでじぶんが、ほかの人たちのひとりになったような気持ちがしてきたよ。それでぼくは、おばあちゃんに会って、そうじゃないってこと、たしかめてもらいたかったんだよ」

「スーザンは、あなたがいることを、非常《ひじょう》にはっきりと、ほかのだれにも負けないくらいはっきりと、感じとったんだと思うわ。じつはね、スーザンは目が見えないのよ」

「スーザンには、ぼくが見えなかったの？」

「あの子はまったく目が見えないのよ」

「でも、ふつうの人みたいに、歩きまわっていたよ」

「リネットのかわいがっていた、モグラの正直やさんもそうだったわ」

スーザンの話

ほんとに信《しん》じがたい話だけど、スーザンのおかあさんと年とったソフトリーばあやは、あの子が歩きまわるようになるのを、できるかぎり、じゃましました。スーザンの目の見えないことがはじめてわかったとき――顔を見ただけでは、だれにもわからなかったのよ――ふたりは大いになげき悲しみ、泣《な》きわめきました。でも、マリアの絶望《ぜつぼう》のさけびは、こうだったのです。

「いったい、目の見えない娘《むすめ》をどうしたらいいかしら——社交界《しゃこうかい》には連《つ》れていけない——結婚《けっこん》はぜったいできない——ドレスを着せる楽しみもない——じぶんで正装《せいそう》することもできやしない。それなのに、あの子は、永久《えいきゅう》に、わたしたちの子どもなんだわ」

ここまでいうと、マリアは気がふさいでしまっていて、ベッドに寝《ね》かせつけなければならなくなるほどでした。

おばあさまは、それはマリアのうわついた生活への天罰《てんばつ》だ、といいました。そして、この子は、脳《のう》を冒《おか》されているのとたいしてちがわないだろうけれど、すくなくともキリスト教徒《きょうと》ではいるように気をつけていきましょう、といったのです。

セフトンは、スーザンが生まれたとき、すでに十歳《さい》になっていましたが、母親にあまやかされていたので、もうひとりふえた子を、すぐさまもうれつにしっとしました。そしてひそかに、これはうまくいった、女の子で、おまけに目が見えないなんて、まったくいうことなしだ、と思いました。

ソフトリーばあやは、からだをゆすり、涙《なみだ》を流しながら、その子をふくよかな胸《むね》にだきしめて、こういうのでした。せめて、このかわいそうなちっちゃな子を愛《あい》してあげるものが、いなくちゃいけないんだわ。この子のかわいそうな、かわいい頭に、どんなにかこぶができてしまうことか！　でも、昼も夜も見まもって、けっして目をはなさないようにしてやりましょう。

年とったソフトリーばあやは、いつもスーザンといっしょにいようとしました。これは、じつのところ、マリアの無関心《むかんしん》よりも、スーザンのためには、もっとずっとこまったことなのでした。なぜなら、愛されることはありがたいけれども、なにかをじぶんでやってみることがぜったいゆるされないのは、おそろしいことだからです。スーザンは、活発な、頭のいい、好奇《こうき》心《しん》でいっぱいの子どもでした。ですから、腹《はら》ばいで進んだり、歩いたり、探検《たんけん》したりしてみたいと思いました。人々がどこへ消えていってしまうのか、さぐってみたかったし、あらゆるものにふれ、いじくってみて、それがなんなのか、またどこでもう一度見つけられるのか、知りたいと思ったのでした。

ソフトリーばあやは、じぶんでいったとおりに実行しました。親切でおろかな女だったのですね。スーザンをひとりにしておこうとはしませんでした。ばあやがいたしますよ。ばあやが持ってきてあげますよ。ばあやがボタンをかけますよ。ばあやが結《むす》びますよ。ばあやが食べさせてあげますよ。ばあやがあなたの手をあらいますよ。

スーザンは、じぶんでやってみたいと思うことはなんでも、ばあやがその場にいないあいだに、大急ぎでしなければなりませんでした。あるとき、ばあやはスーザンが火のそばで手をあたためているところを見つけました。またあるときは、こともあろうに階段《かいだん》のてっぺんに立っているところを見つけ、スーザンが落ちて死んでしまうといって悲鳴をあげ、さっとだきかかえていくと、いすに皮ひもでくくりつけてしまいました。それからは、スーザンは、ばあやのひざにしっかりとらえられてすわっているか、またはだれかに手をとられて歩いているときのほかは、いすに皮ひもでくくられたまま生活したものです。

スーザンを連れて歩くとき、みんなはいつもじれったくなりました。というのは、みんなの考えは、スーザンを行く先に早く連れていくことでしたが、スーザンのほうは、とちゅうでさわれるものにはすべてさわってみたい、と思っていたからです。すべてのものが、スーザンには、このうえなく神秘的《しんぴてき》でした。それというのも、ひきずられながらとおりすぎるとき、たとか、ドアの取っ手とか、カーテンのひだとかいうふうに、ほんの一部にさわることができただけだからです。そのほかは、たぶん、ちがったにおいがするとか、音のひびきがちがうとかいうこと以外《いがい》には、なにも感じなかったでしょう。いろいろなものが、どのくらい大きいのか、どんな形をしているのか、スーザンにはぜんぜんわかりませんでした。まるで海からつき出ている氷山のように、空間からつき出ていたのです。こういうわけで、スーザンは、ずっとつづいている、おもしろい形をした階段のてすりを、楽しんでいました。ソフトリーばあやにおされたり、ひっぱられたりしながら、のぼりおりするとき、らんかんにそっと指をすべらせていくことがすきでした。

(「ひもでしばられた犬みたいだ」とトーリーは悲しそうにいった。そういうふうになったオーランドのことを思うと、よく理解《りかい》できたのだ。)

じきに、スーザンはばあやをうらみはじめました。ばあやは、スーザンをいらだたせ、じゃまばかりし、手をつかんではなさず、茶わんを口にあてているときも、こぼすかもしれないというので、手をおさえており、口もじぶんではぬぐわせてくれないのでした。それから、スーザンにとってたいそう興味《きょうみ》のあるもの、たとえば、アイロンをかけるときのへりかざりなどをいじったりすると、その手をピシャリとたたくのです。いい争《あらそ》いをしたり、かんしゃくをおこしたりすることもありました。するとそのおしおきは、またいすに皮ひもでくくられ、おきざりにされることでした。

スーザンは、何時間もいすにすわったきりでした。スーザンの木の人形は、ひもをつけて、腕《うで》に結《むす》ばれていました。落としても、ばあやが立ちあがってひろってやる手間がはぶけるように、というわけです。でも、じぶんにひもで結びつけられたおもちゃを、だれがほしがるでしょうか。それでも、あなたが見たとおり、木の人形でしたから、スーザンは、うまいぐあいにそれで八つ当たりをすることができ、あるとき、ソフトリーばあやの頭にごつんとぶつけました。するとばあやは、人形を燃してしまうといっておどしたのです。まるで、さあ、こまったことでしょう、とでもいうように！

ソフトリーばあやは、たいそうおしゃべりで、家じゅうのものが、この人とおしゃべりをしに、子どもべやへやってきました。もちろん、その中には、スズメバチ色のエプロンをつけた下男のキャクストンや、庭師《にわし》のボギス、それにセフトンもはいっていました。セフトンは、なにかじぶんのためにしてほしいときとか、罰をのがれるために、おとうさんにうそをついてほしいとき、あるいはまた、ばあやにただじまんしたいときなどに、やってきたのです。ばあやときたら、セフトンのいうことはなんでも信じていて、ぼっちゃまは一日一日と、ますます顔立ちがよくなり、男らしくなっていくと、いつも話していたのです。セフトンは、そのおせじを聞くのがすきで、ばあやには、とくにきげんをとるようなあまい声を出しました。

「ばあや、ねえ、ぼくの監督《かんとく》さん、ぼくのために、とても願《ねが》いをきいてはくれないだろうな？」

「よくもまあ、わたしのことをそんなふうにいえますね、セフトンぼっちゃま！　まるで、わたしがいつもあなたのいいなりにならなかったみたいに」

「ぼくのいいなりだって！　ばあやはずいぶんきびしかったから、ぼくは、いのちがあぶないんじゃないかと、びくびくしてきたんだよ。ぼくがおそろしいのは、ばあやだけだ」

ばあやは、このばかばかしいおせじを聞いて、とくとくとした気持ちになり、満足《まんぞく》そうにのどを鳴らしました。

「それはとにかく、セフトンぼっちゃま、わたしはその成果《せいか》を誇《ほこ》りに思っています。あなたのおかげで、わたしの鼻が高いですよ。で、願いというのはなんですか？」

「ねえ、聞いてくれよ、ばあや。馬丁《ばてい》がいうには、セント・ニーツで、フランス王の首を切り落とす見世物があるっていうことなんだ。みんなが、まるでほんとうに首がちょん切られるみたいにはやしたてたりして、なかなかはいれないくらいの評判《ひょうばん》なんだって。ぼくが、そんなのを見のがせると思うかい？　ぼくは、馬丁を連れて行くつもりだけど、たぶん、帰ってくるのはおそくなると思うんだ。王が死ぬとき、だれかが歓声《かんせい》をあげたら、乱闘《らんとう》になる。そしたら、ぼく、それも見のがせないからね。だから、おやじさんには、ぼくが州《しゅう》の国民軍《こくみんぐん》の演習《えんしゅう》を見に行ったと、話してくれないか。いいね、ばあや？　フランスのスパイを追いはらうことだって、いいことだとぼくは思うんだ。ぼくたち、たがいに打ち明けあった仲《なか》だものね、ばあや！ほら、キスをおくるよ」

こうしておしゃべりをしていく人たちは、みんな、スーザンはじぶんたちを見ることができないから、話していることも聞こえないのだとでもいうふうに、気ままにふるまっていました。すくなくとも、問題にしていませんでした。しかし、スーザンは、ほかの人たちよりもはるかにたくさんのことを聞いていましたし、それに、ずっとよく理解してもいたのです。スーザンには、耳をすます以外、ほかにすることはなかったのです――スーザンの世界は、声の世界だったのですもの。声は、スーザンをだますことはなかったし、だますつもりのほほえみは、スーザンの目には見えませんでした。人々が、ほんとうはなにをいうつもりなのか、話しかけている相手のことをどう思っているのか、スーザンにはすぐわかりました。口に出していわなかったことでさえも、わかりました。

スーザンがおそろしく思い、またきらってもいたのは、キャクストンでした。キャクストンは、おとうさんかおかあさんがいっしょにいるときは、スーザンのほおを軽くつねって、赤ちゃんに話しかけるような話し方をしましたが、ソフトリーばあやしかいないときには、よくこういったものでした。「子ネコみたいに、川にすててしまうべきだったのになあ」。スーザンは、あなたの年ごろになるまでには、みんなの秘密《ひみつ》を知っていました。セフトンとキャクストンは、かけ事、闘鶏《とうけい》、クマいじめ（つないだクマに犬をけしかける残酷《ざんこく》な遊び）、ばくちや、もっとよくない遊びにふけって、たくさんのかくし事を持っていたのです。

スーザンが楽しみにしていたことのひとつは、寝るまえに、おかあさんのところへ、あいさつをしに連れていってもらうことでした。マリアの声は、低《ひく》くて、楽しいことが大すきといった調子でした。笑《わら》い声《ごえ》は、いつもやさしいとはかぎりませんが、たいそうほがらかで、人の心をひきつけました。娘にとって、マリアは、特別《とくべつ》なやわらかみがあって特別な香《かお》りのするへやを持っている人でした。スーザンがノックをしたときの――ソフトリーばあやも、せめてそれだけはひとりでやらせてくれたのです――「おはいりなさい」というマリアのいい方でさえ、はいることをゆるされるのは、特別な好意《こうい》のように聞こえました。それから、ひんやりとした手が、ばあやからスーザンをうけとるためにさし出されるのですが、それといっしょに、マリア独特《どくとく》のにおいがぷーんとただよってくるのです。手には指輪をいくつかはめ、手首のところが、腕輪《うでわ》でチリンチリンと鳴りました。そして、腕はたいていあらわになっていて、あたたかでした。ドレスやひざかけが、あんまり高価《こうか》なものでなくて、しわになってもかまわない場合は、ひざの上にすわることがゆるされました。また、マリアは愛されることがすきな人でしたから、スーザンが、両手で、なめらかな肩《かた》や首すじ、あごのまわりから顔まで、さわることをゆるしてくれました。それから、マリアはよくこういったものでした。

「では、おかあさまの鼻はどこにあるの？　おかあさまのまつ毛（とっても長かったのよ）とえくぼはどこ？」

そこでスーザンは、順番《じゅんばん》にそれぞれのところを、指でさしました。それから、すばらしい布地《ぬのじ》でつくられた服とか、毛皮、やわらかいラシャのひざかけなどを、指さしました。マリアは、いつも、「わたしのサフラン色のモスリン」とか、「わたしのクワの実色のビロード」とかよんで、話をしましたが、スーザンは、そうしたものを、手でさわるだけでそれとわかるのでした。ほとんど毎晩《まいばん》、ふたりはおなじことをしました。

マリアはまた、宝石箱《ほうせきばこ》を持ち出してきて、スーザンに自由にえらばせ、それをお母さんの首に巻《ま》きつけたり、手首にはめたりすることをゆるしてくれました。イヤリングは、もちろん、あつかいにくいもののひとつでした。ちゃんと耳につけられているときには、そっとさわってみることができたかもしれません。しかし他人《たにん》の耳につけることは、とてもスーザンの手におえませんでした。真珠《しんじゅ》のネックレスを指にとおしてみたり、ダイヤモンドを掌《てのひら》においてみたりすることも、ゆるされました。スーザンは真珠がとても気に入りました。それと、金銀の針金《はりがね》細工《ざいく》とか、金のくさり、ビロードのひもがついたロケット、指輪といったものが、すきでした。でもスーザンには、ダイヤモンドがどうして貴重《きちょう》なのか、想像《そうぞう》がつきませんでした。ダイヤモンドはかたくて、重いし、ごつごつとして、つめたいのです。それでも、スーザンは、この特別なものを、首のまわり、手首、指などにつけることが、とても重要《じゅうよう》なことで、それがおかあさんをほかの人たちと区別《くべつ》し、すぐれた人にしているものだということを、すんなり信じたのです。スーザンはひそかに、宝石はおまもりなのだと信じていました。スーザンは、ばあやが「悪魔《あくま》の目」(にらまれると災難《さいなん》が起こると信じられていた不吉《ふきつ》な目)について話すのを聞いたことがありました。「見る」とはおよそどういうことなのか、想像もできないものにとって、「悪魔の目」は、わけがわからぬ、とてもおそろしいものです。宝石は、それからじぶんをまもってくれるものなのかもしれません。

マリアは、スーザン自身には、どの宝石も、けっして身につけてみさせてはくれませんでした。小さな手を、腕輪にそっととおしてみるのが、せいぜいでした。それもすぐに、スーザンが落としはしないかと、はずされてしまうのです。マリアもソフトリーばあやも、スーザンが、けっしてなにひとつ落としはしないことに、気がついていないようでした。スーザンは、ものを落とさないように、おずおずと気をつかっているようには見えなかったので、ふたりとも、スーザンを不注意な子だと思っていたのです。

マリアは、いつもよりさらにのんびりして、きげんのよいときには、スーザンを長い時間遊ばせ、歌をうたって聞かせたり、スーザンにうたわせたりすることがありました。しかしまた、とつぜんスーザンにあきてしまうこともありました。まだ宝石を宝石箱にしまわないうちに、そうなのです。そして、ソフトリーばあやをよんで、いうのです。

「スーザンを連れていっていいわよ。今夜は、もうたくさんだわ」

スーザンは、ふたと止め金をぴったりしめるやいなや、もうひっぱっていかれました。心おどる皮の箱——だえん形、長方形、まるい腕輪を入れておく半球形の箱を、ぜんぶあとに残《のこ》していくのです。それぞれの箱は、香水《こうすい》のにおいがし、絹《きぬ》やビロードで裏張《うらば》りされ、中に入れるものにぴったりあうくぼみができていて、ふたをしめると、気持ちよくパチッと鳴りました。まるで、天国からひきはなされていくようでした。スーザンの指が、なごりおしそうに、鏡《きょう》台《だい》のまわりのレースのひだかざりをつまんでいても、ソフトリーばあやは、情《なさ》け容赦《ようしゃ》ありませんでした。

「さあ、いらっしゃい、スーザンおじょうさま。指でいじるのは、おぎょうぎの悪いことですって、もうさんざん申しあげたでしょ」

ときどき、といってもしょっちゅうではないのですが、おとうさんが、航海《こうかい》と航海のあいだの休暇《きゅうか》で、家に帰ってきました。おとうさんは、娘をたいそう深く愛していました。娘の目が見えないことは、おとうさんにとって、欠陥《けっかん》ではなくて、神秘的な魅力《みりょく》のように思われました。マリアとソフトリーばあやが、スーザンをなんとおろかにあつかっているか、また、スーザンがいつも熱心《ねっしん》で、好奇心にみち、自信をもっているというのに、ふたりがむりやり、がんじがらめにしてしまうのを見て、おとうさんは、心をいためていました。家に帰ってくるたびに、そのことが、おとうさんの悩《なや》みの種《たね》でした。

おとうさんは、ときには一年間も家をるすにしました。そのあいだ、セフトンは、めだってますます、かってでわがままになっていったのですが、スーザンのほうの変化《へんか》はといえば、おとうさんが家をはなれるたびに、ますます人のいうなりになることだけでした。おとうさんは、スーザンのために、なにをしたらいいかわかりませんでした。当時は、まだ点字というものをだれも知りませんでしたし、盲人《もうじん》のための学校もありませんでした。目の見えない人は、貧《まず》しければ、ものごいになるほかありませんでした。もしお金持ちなら、召使《めしつか》いつきの囚人《しゅうじん》といったところでした。オールドノウ船長は、娘にたいする愛情《あいじょう》から、ふたりのスーザンのあつかいかたが、なんの役にもたたないばかりか、まちがっていることに、気づいていました。

「スーザンには、指でさわらせなさい、ソフトリーばあや。急ぐことはないんだ。おまえは、スーザンがどうやって、ものごとを知っていくと思っているのかね？」

「すみません、だんなさま。わたしは、できるだけのことはしているつもりなんです。それに、いつも子どもといっしょにいるものが、いちばんよく知っていることもあるんです。もしわたしが、おじょうさまをひきとめなければ、おじょうさまはしじゅう、なんでもかんでも、指でいじくってしまうことでしょう。おじょうさまにものを教えることほど、たいへんなことはありません。指を、火や、石炭《せきたん》や、シロップの中につっこんでおしまいになるでしょう。なにかも、こわすか、なくしておしまいになるでしょう。おじょうさまは、ものをぬすむこともしかねないと思います。ついこのあいだ、わたしがおじょうさまのしきぶとんの下に、なにを見つけたかおわかりになりますか？　奥《おく》さまの金の腕輪が、あったんですよ。ですから、どうか、指でいじるのをすすめるようなことは、なさらないでください、だんなさま。いまのままでも、おじょうさまをしつけるのはたいへんなことなんです」

「ぬすむなんて、ひどい言葉を使わんでくれ、ソフトリーばあや。わしのかわいい娘は、ぬすんだりはせん。ただ、じぶんの母親の持ち物を、ベッドにいっしょに持っていきたいだけなんだ。スーザン、こっちへきて、パパにおやすみをいっておくれ。今夜、わしの持っているもので、ベッドにいっしょに持っていきたいものがあるかい？　時計はどうだね？」

おとうさんは、時計をさげておく小さなくさりから、金時計をはずし、印《いん》と鍵《かぎ》もぜんぶ出して、スーザンの手にわたしました。スーザンは、時計のどこかをおして、時をきざませる方法《ほうほう》を知っていました。

「きみは、娘におやすみのキスさえできないのかい？」と、とくとくとした幸せな気持ちで、ベッドにはいりました。スーザンは、オールドノウ船長は、スーザンが行ってしまったあとで、妻《つま》にむかってきびしくいいました。

「ええ、できませんわ。母親と娘が、キスをかわすなんて、ぞっとするほど下品なことだと思いますわ。ソフトリーばあやが、たっぷりキスをしていますのよ。それがあなたのお望《のぞ》みのことなら、ばあやは、まったくのところ、スーザンをなめまわすようにしていますわ。わたしは、毎晩ここでスーザンといっしょにすごして、にぎやかに遊ばせていますのよ。それに、たとえどんなに、あなたがわたしのことを非難《ひなん》しても、子どもというものは、母親をむしょうに愛しているものですわ。あなたは、そのことをおみとめにならなければ」

「たしかにみとめているよ。それが、その逆《ぎゃく》だといいと思うがね。ソフトリーばあやは、無知な年おいた女だ。きみがスーザンを教育し、じぶんでいろいろなことをするのを、助けてやるべきなんだ」

「天使のようながまん強さが必要《ひつよう》でしょうね。おまけに、わたしはどうやってひまを見つけたらよろしいんですの？　ばあやでさえ、スーザンには立木でもうんざりするでしょうって、いってますわ」マリアは頭をうしろにそらし、のどをコロコロと鳴らすように笑いました。「なんていういい方でしょう！　とにかく、あの子のおばあさまが、信仰《しんこう》のことを教えていらっしゃいますわ」

「わしの母は、とても厳格《げんかく》な人だ。わしには、セフトンがあんまりあまやかされているものだから、母はかわりにスーザンをきびしくしつけすぎて、苦しませているように思える」

「ああ！　あなたの目からみれば、セフトンはなにひとつ正しいことができないんですわね。目の見えない妹より、どうしたって生活をよりよく楽しむことになるという理由だけで、セフトンのあらをさがしているのは、あなた、わたしのご主人さまなんですよ」

オールドノウ船長は、波と波のあいだにはさまれた船のように、ため息をつきました。そして、その場をはなれて、書斎《しょさい》をゆっくりと行ったり来たりしました。家にいるときは、船長はできるだけ多くの時間を、スーザンといっしょにすごしました。散歩《さんぽ》に連れていったり、話をして聞かせたり、書斎でいっしょに遊べるゲームをくふうしたりしたのです。かくれんぼは、そのひとつでした。おとうさんは、いつもかくれるほうで、スーザンは、おとうさんを見つけるために、ひとりでへやを歩きまわらなければなりませんでした。このようにして、おとうさんの書斎は、スーザンが自信をもって、だれにもたよらなくてもよい場所となりました。子どもべやなど問題になりません。というのは、船長は、すべてのものをそれぞれのきまった場所にきちんとおいておくよう、強くいいわたしていたのですが、ばあやはだらしがなくて、子どもべやのそうじをすると、なにもかも、もととちがったところにおいてしまうのです。

おとうさんのひざにのって、スーザンは、海や、そのむこうにある陸《りく》の話を聞きました。スーザンが、「海ってなんなの?」とたずねると、おとうさんは、それはおふろのような水でできているが、世界の半分くらい大きいんだよ、といいました。

「あたしたちが、今日の午後、歩いたところくらい大きいの?」

「もっとずっと大きいんだ。そして、そこにうかんでいる船は、お家くらい大きいのもあるよ」

「うかぶって、どういうこと?」

「棒《ぼう》きれが、川を流れるときに、していること」

「棒きれのしていることって、わからないわ」とスーザンはいいました。スーザンは、おとうさんにならら、びくびくしないでじぶんの知らないことを話しました。「ソフトリーばあやが、あたしを川のそばまで、散歩に連れていったの。それではあやに、川にさわらせてとたのんだけど、そんなことはばかばかしい、川にさわることはできませんって、いってたわ。それから、ちかくによってはいけないって。そうでないと、おぼれて死んでしまうって。川は、ちかよってきて、さらっていっちゃうの？」

船長は、なにひとつ見えないというのはどういうことだろうかと、想像するようにつとめてはいたのですが、それでも、いつも驚《おどろ》かされるのでした。

こういう会話をかわした結果《けっか》、船長はつぎに帰ってきたとき、スーザンに、ふたつの大きな先のとがった貝がらを持ってきてくれました。それを耳にあてると、中から、波のくだける音、ひたひたとよせる水の音を聞くことができました。それからまた、じぶんのフリゲート艦《かん》、ウッドペッカー号の模型《もけい》を、おふろの中でうかべてみるようにといって、持ってきました。おふろでは、足で波をたてることができますし、船がどんなぐあいにゆれるのか、感じることもできます。そして、帆《ほ》に息を吹《ふ》きかけると、手と手のあいだで、船体が進んでいくのがわかります。そのため、船長が家をはなれていても、スーザンは、強風とか晴天とかを想像することができるのでした。

スーザンは、ウッドペッカー号がたいへん気に入りましたので、毎晩、おふろにはいりたいと思いました。でもそのころは、浴室《よくしつ》なんてありませんでした。ブリキのたらいと、あついお湯の入った水差《みずさ》しとを、寝室にはこびこむのです。たらいをはこびこむのがやっかいなら、それからすっかりお湯をくみ出すことは、なおさらやっかいでした。持ち上げたり、そそぎこんだりする仕事で、ソフトリーばあやは、はあはあ、あえぐことになります。二週間に一度で十分だ、と思われていました。けれども、スーザンがあんまりウッドペッカー号に熱中《ねっちゅう》したので、ばあやも折《お》れてしまいました。

「まったく、まあ！　子どもって、なんととほうもないことを思いつくんだろう。これが男の子だったら、わかるんだけど。それにしても、船のことなんて、わかるはずがないのに、気《き》の毒《どく》な子ですよ。おかげでわたしときたら、あついお湯を持って、えっちらおっちら、あがったりおりたりですよ」

ウッドペッカー号をもらったとき、スーザンは七歳でした。おとうさんは、ごく短い期間、家に帰っているだけでした。おとうさんは、スーザンに『ベイトマン卿《きょう》の歌物語』を朗読《ろうどく》して聞かせている最中《さいちゅう》に、ふと、セフトンとおなじ年で、十七歳になっていた、牧師《ぼくし》のむすこのジョナサンのことを思いつきました。ふたりの少年は、小さいときからずっと知り合いで、セフトンが学校にあがるまでは、牧師のモーレイさんの手で、いっしょに教育をうけたのでした。

ふたりは、子どものころも、それから何年かたって、隣人《りんじん》になったときにも、おたがいにつきあいたいとは少しも思いませんでした。ジョナサンは、セフトンとおなじくらい、乗馬や射撃《しゃげき》の腕まえがありました。いえ、もっとじょうずでした。ところがセフトンは、むこうみずで、おとうさんのいちばんよい馬を、二頭もだめにしてしまったようなむすこです。オールドノウ船長は、じぶんのむすこが、無責任《むせきにん》で、軽はずみで、しばしばごうまんでもあることを、みとめなくてはなりませんでした。

こういう理由から、船長は、ひかえめで好《この》ましいジョナサンに、セフトンが目下のようにあつかうかもしれない家での仕事をたのむのを、ためらっていました。しかしけっきょくは、スーザンのためにと、ジョナサンに、毎朝家へきて、娘に本を読んだり、古典《こてん》の物語を聞かせたりして、教育してほしいとたのんだのです。船長は、じぶんならスーザンにたくさんのことを教えることができると確信《かくしん》していましたが、ジョナサンにどう説明《せつめい》したらよいか、わかりませんでした。ジョナサンは、船長の思いつきにとまどって、まっ赤になってしまいました。

「スーザンさんが、読むことも、書くこともできないんだったら、どうやって教えることができるんですか？　どこからはじめるのですか？」

「きみの頭を使いたまえ。口でしゃべる言葉からはじめるんだ」と船長は、いつになくびしびしいいました。「そしてきみは、スーザンのあらゆる質問《しつもん》にこたえて、そのこたえを、スーザンがまちがいなく理解するようにさせるのだ。わすれないでくれたまえ、スーザンはけっしてばかな子ではないってことを。とりわけ、きみがなにをするにしても、楽しいものにしてくれ。スーザンに、考える材料《ざいりょう》とか、楽しみにするようなこととかを、与《あた》えてやってほしい。ほら、手はじめに読む本のリストがあるよ。『ロビンソン・クルーソー』、『ハックルートの航海《こうかい》』、『ガリバー旅行記』などだ。スーザンは、そらでおぼえることがすきだ。歌物語も読んでやってくれ。スーザンは、きみよりも早くおぼえてしまうよ。快活《かいかつ》な調子のものなら、なんでもいい。きみのおとうさんは、わしのもっとも古くからの、だいじな友だちだ。わしがスーザンのためにしてやりたいことを、きみがうまくやってくれれば、きみは、わしたち家族どうしのきずなをいっそう強めることになるだろうし、わしも感謝《かんしゃ》するよ」

こうはいったものの、オールドノウ船長は、威厳《いげん》のある船乗りの目で、半分おとなですが、半分はまだ少年のジョナサンの顔をじっと見つめ、この若者《わかもの》に女のきょうだいのいないことを思い出すと、いったいどういう結果になるか、不安な思いでした。でもスーザンには、すくなくとも、家庭教師《かていきょうし》の顔が赤くなったところは、見えないでしょう。

ジョナサンは、つぎの日にやってきて、じぶんのつとめをはじめることになりました。

「きみは、たのみになる子守り役ということで、やとわれたんだってね」

セフトンは、玄関《げんかん》のところでいいました。馬がはねまわるので、片足《かたあし》をあぶみにかけて、美しい顔立ちをじゅうぶんにひきたてるように、笑いました。

「まあよろしくたのむよ！　ぼくは、馬か犬をしこんでいるほうがいいんだ」

セフトンの声は、おかあさん似《に》で、笑いと幸せとであふれていました。かれは、じぶんを社《しゃ》交的《こうてき》で、だれにでもすかれる人間だと思っていました。そしてほほえみをうかべて、だれかの顔を赤らめさせることができれば、いっそう気分がよくなるのでした。じぶんが上きげんだというばかりでなく、相手よりもいちだんうわてになれるからです。ジョナサンは、顔を赤らめてセフトンをよろこばせるようなことはせず、ただこういっただけでした。

「ぼくの父は、いまのスーザンさんとおなじ年のときにきみを教えたけど、ぼくの生徒のほうが、できがよくなるだろうと思いますよ」

「まあ、やってみてからの話だな！　まるでイモ虫に教えるようなものだろうからね」

セフトンはにやにやして、手綱《たづな》をとりながら、いいました。そしてかかとで馬をけり、かけ足で行ってしまいました。

6　トーリーの実験

トーリーは、探偵《たんてい》としては大成功《だいせいこう》したと思ったので、つぎの日、目が見えないふりをしてすごした。はじめは、家の中でためしてみた。手さぐりで、壁《かべ》にそって歩いてみると、四方の壁が、どこまでものびているような気がし、直角のすみをもっているとは、なかなかいえないことを知って驚《おどろ》いた。じっさい、この家では、直角のすみはほとんどなかった。そして見た目には、とても堂々《どうどう》としてたしかな感じを与《あた》える石の壁も、ふれてみると、やさしく曲線をえがき、ほとんどあたたかみをおびており、ペタペタたたいてみると、生きもののように思えるほどだった。ふくらみがあったり、なだらかになったりしていて、へりのところは、こすれて丸味をおびていた。壁からひっこんで窓《まど》やドアになっているところは、トーリーの腕《うで》の長さより、さらに奥《おく》ゆきがあった。そのため、トーリーは、壁から手をはなすと、たちまちなにもない空間にいた。そして、空間では、たとえ指のすぐ先に壁がひろがっていても、方向をしめすものはなにもないのだ。

両手をのばし、用心して歩いていくうちに、トーリーはなにかの家具に出会った。それが真ちゅうの取っ手だとか、いすの背《せ》の横木にそって一列にならんだ糸巻《いとま》き型《がた》のかざりだとかわかって、うれしくなることがあった。しかしひとたび手をはなすと、もうそれがどこにいってしまったか、わからなくなるのだ。また、ときには、小さなテーブルのへりのほうに、手をのばしていくと、花びんやろうそくに、手がふれることもあった。ろうそくは空中にうかんでいるように思えて、ぎょっとしたが、じつはトーリーの手が、テーブルから十五センチほど上にのびていただけなのだった。ろうそくは手で飛《と》ばされたが、運よく、高価《こうか》なガラス製《せい》のろうそく立てはだいじょうぶだった。

まもなく、トーリーはくたくたにつかれきった。それで目かくしをとって、オーランドといっしょに庭に出た。めちゃくちゃふざけまわったら、まえより元気になってきて、ふと、目の見えない人たちには、よく犬が先にたってひっぱっていることを思い出した。それで、オーランドをひもでつなぎ、そのひもを足でふんでおいて、またじぶんに目かくしをした。オーランドは、馬車馬のように、けんめいにひっぱっていった。トーリーの足の下は、はじめ草だったが、砂利《じゃり》になり、また草になった。そしてトーリーは、まもなく、大地のはてを歩いているような、わけのわからない恐怖《きょうふ》をおぼえた。ひもをつかんで、ひきもどしているのだが、トーリーには、じぶんたちが風のようにすっとんでいるように思われた。どっちの方向にむいているのか、わからなかった――つまずくたびに、ますます不安《ふあん》な気持ちになった。壁はどこなのだろう？　川や堀《ほり》は？　おそろしさのあまりに、トーリーはオーランドを放して、目かくしをとった。すると、まだ芝生《しばふ》の上だった。そして、歩きはじめたもとの場所のほうにむいていた。これだけは、トーリーの思ってもいなかった方向だった。世界がかれのまわりをぐるっとまわって、ふたたびもとの位置《いち》にもどったのだ。トーリーは、日なたにおいてあるひいおばあさんの庭いすに、どかっとすわりこんだ。そして、自信《じしん》をとりもどすために、

うしろにもたれた。

「さあ、ここにいて、スーザンが聞いたものに耳をすまそう」

そうすると、まず第一に、風はどんなにたくさん吹《ふ》き、どんなに大きく、どんなにおしゃべりで、どんなに親しみやすいかが、すぐにわかってきた。風は、いろんな小屋につきあたり、それをよけてとおりすぎていった。いやがる枯《か》れ葉《は》をまえへころがしながら、砂利をこえていった。そして木にあたるごとにちがう音をたてた。ある木では海のような音をたて、別《べつ》の木ではティッシュペーパーがいらだっているような音をたてた。また風は、なんとイチイの木の枝《えだ》を吹《ふ》きたて、ぐるぐるとゆさぶることか！　トーリーは、雲が、帆《ほ》をいっぱいあげて進む船のように、うごいているさまを想像《そうぞう》できた。スーザンは、雲や空のことをなにひとつ知らず、また知ることもできなかったはずだ。でも、きっとスーザンは、どういうふうにかして、風の大きさを感じていたのではないかな？　風がはるか遠くからちかづいてくる音、それがとおりすぎるときのものすごいさわぎを、聞くことができたのだ。

鳥たちは、歌声をあげていた。いまは三月なのだ。だが、さえずりはさえぎられた。枝からふり落とされ、あわてて羽ばたいたひょうしに、のどがつまって声が出なくなったようだ。鳥の羽ばたきは、トーリーに、荒海《あらうみ》で船をこぐ音を思い起こさせた。たがいによりかかっている二本の木の枝が、積《つ》みすぎた荷馬車のように、きしんだりうなったりしているのが聞こえた。教会の時計が、一時を打つのが聞こえた。そしてボギスが、まるでフクロウみたいに、自転車でそっととおりすぎた。あんまりかすかな音だったので、トーリーは目をあけて、じぶんの推《すい》測《そく》が正しいかどうかたしかめたほどだった。

それから、めずらしい鳥のするどい鳴き声と、オーランドがそれにむかってほえる声が聞こえた。あれは、どういう鳥かな？　どうも、イギリスの鳥のようには思えなかった。トーリーは、いすからとびだして、見にいった。鳴き声は、大きなブナの木からくるように思われた。はたして、オーランドが、幹《みき》にまえ足をかけて立ちあがり、するどい鳴き声がするたびに、空にむかってほえていた。トーリーは、じぶんと木とのあいだの距離《きょり》を、注意深く心にとどめた。ぼくは、あそこまでなにも見ないで歩いていくぞ、と決心したのだ。そして、目をぎゅっととじて、歩きはじめた。ブナの木のいちばん手まえにのびている小枝にふれようと、手をのばして歩いた。しかし、どれだけ歩いても、なんにもない空中ばかりだった。できるかぎり遠くまで、さらに歩いた――それでもまだ、トーリーのまわりは、なんにもないからっぽな感じだけだった。足の下には、ツタがあるはずだが、それもなかった。どうして、まるでなんにもないんだろう？　なにもかも消えてしまったのかしら？　トーリーは目をあけた。すると、じぶん

が、出発したところからほとんどうごいていないことがわかった。ばかばかしいようだが、世界がちゃんとあることを知って、ほっとした。トーリーは何歩も足をはこんだのだが、ふつうの歩幅《ほはば》ではなくて、おそるおそる、五センチくらいずつふみ出していたのだ。
　木の下で、トーリーはオーランドといっしょになった。そして目をこらして鳥をさがしたが、一羽も見あたらなかった。そのとき、なにかが落ちてきて、オーランドのそばの地面に強くあたった。オーランドは、それにパクリと食いつき、ゆさぶって殺《ころ》してしまおうというようなかっこうで、はねまわった。トーリーは、オーランドのあと

を追いかけ、口をこじあけて、取り出した。それは、大きなモミの実だった。ブナの木から？　トーリー探偵は、これはおかしいぞ、と考えた。リスかもしれない。サルかな？　とにかく、オーランドが木の下できみょうなふるまいをしたのは、これで二度目だ。さぐってみなければならない。

昼ごはんのとき、トーリーは午前中やってみたことについて、オールドノウ夫人《ふじん》と話しあった。

「目を持っていないと、すごくつかれるんだね。なにもかも、よく考えてからうごかなくちゃならないんだ。でも、ぼくの発見したこと、わかる？　ぼくの持っているもので、目のつぎに役立つのは、足だってことだよ」

「手ではないの？」

「うん、手は、それがとどくところにあるものでないかぎり、さわってみることができないよね。からっぽのところってのは、ものすごくたくさんあるんだ。でも、足の下には、いつもなにかがあるの。それに、足はすごく、りこうなんだよ」

「あなたは、足はくつの中にはいっているだけのものだと考えていたの？」

トーリーは声をたてて笑《わら》った。

「ぼく、知っていたつもりだけど、足がどんなに地面を楽しむものか、考えたことがなかったんだよ」

「赤ちゃんの足は、なんでもすごく楽しむわ」

「犬の足もそうだね」

「ネコの足もよ――ほかのものよりずっとね。かぎづめを出したりひっこめたりして、ぶらぶら歩いてみたら、どんなにおもしろいかしら？」

「馬も、じぶんの足を楽しんでいると思う？　もちろん、指のついた足はないけどさ」馬の足に指がないなんて、いやだったので、トーリーは悲しそうにいった。

「そう、とっても。足のすねのほうでね」

トーリーは、つま先をまげては、またのばして、テーブルの下で、じぶんの足の感じを楽しんでいた。

「ぼく、きょうの午後、ブナの木にのぼるつもりだよ」と、トーリーはいった。

「くさった枝に気をつけてね。めったにないので、つい注意をわすれてしまいますからね」

おばあさんは、まるでじぶん自身で、たびたびその木にのぼっているみたいな口ぶりだった。

トーリーは、おばあさんのことを、「ウズラおばあちゃん」と思うくせがついていたので、おばあさんが、ヒューッと飛びあがるさまを想像《そうぞう》して、にやにや笑った。おばあさんは、トーリーの笑った顔に出会って、しわくちゃの顔をほころばせた。そのほほえみには、まだどこか男の子っぽいところがあり、いってみれば、トーリー自身に似《に》たところをもっていた。おばあさんは、まるでトーリーの気持ちを読み取ることができるみたいだった。

「あなたの家族は、みんな高いところがとくいなのよ」とおばあさんは、アップル・パイをトーリーに取ってやりながら、その高いところにトーリーの心をむけるようにして、つけ加《くわ》えた。

ふたりがいっしょに、食後のあとかたづけをすませたとき、オールドノウ夫人は、悪いわねというようなほほえみをうかべながら、パッチワークを持ち出してきて、いった。

「わたしも、ほかの年とった女の人とおなじね。この仕事がとてもすきなの。それに、きょうは風が強すぎて、外出もできないでしょ」

「おばあちゃん、キツネの毛皮の足ぬくめがほしくない？　あれがあると、いろいろな考えがうかんでくるかもしれないよ」

「いいえ、いまはけっこうよ。わたしは、考えが脚《あし》をはいあがってくるのはすきじゃないの」

「ぼく、スーザンのおばあさんは、おばあちゃんに少しも似《に》ていなかったと思うな。もしもぼくが、目が見えなかったとしたら！　それでも、おばあちゃんはきっと、いまとまったくおなじに親切だろうって思うもの」

「そんなやさしい言葉をいってくれて、ありがとう！　そうだといいと思うわ。でもあのおばあさまは、ずっときびしい時代を生きぬいてきた人だったの。北国の女性《じょせい》でね。それにとにかく、あの当時、子どもたちは、とてもきびしく、むごいくらいにしつけられたのよ。そして罰《ばっ》をくわえることは、子どもたちのためにたいそうよいことだと考えられていたの。おばあさまは、スーザンのもっともこわい先生でした。セフトンはあまやかされて、だめになったけれど、スーザンはそうあってはならないと、かたく心にきめておられたのです。毎週、日曜日の午後、おばあさまは、スーザンにキリスト教の教えをまとめた教義問答《きょうぎもんどう》と使徒信経《しとしんぎょう》を教えました。それから、地獄《じごく》の火について、ずいぶんたくさんのことを教えたし、ユダヤ人の先祖《せんぞ》のアブラハムとその子イサク、予言者エリシャとクマたちの話のような、このうえなくおそろしい物語をことごとく教えたのです。おばあさまはスーザンに、がまん強くすること、つらい経験《けいけん》をすることは、どんなにりっぱなことかを話したり、神さまは、どんなにおそろしい怒《いか》りをすぐにおしめしになるかを、教えたりしました。おばあさまは、スーザンには特《とく》に大げさに語ったのです。というのも、スーザンはたいていの人より、もっとがまん強くなくてはいけないし、もっとつらい思いをするはずだから、若《わか》いうちによくおぼえておいたほうがよい、という考えからでした。

　おばあさまは、よく食堂《しょくどう》で、スーザンがはいってくるのをむかえました――おばあさまのお説教《せっきょう》の中で、スーザンのすきなのはそのときのお説教だけでした。食堂では、まきの燃《も》えるにおいと、果物《くだもの》や花のかおりがし、さまざまな音が聞こえてくるのです。りっぱなろうそく立ての曲げた腕《うで》のような金具が、チリンチリンと鳴ったり、大きな金めっきの時計が、つりがね形のガラス屋根の下で、こもったようにカチカチいう音をたて、そのかなたでは、イチイの木や、庭や、近所の野原にいる羊の親子たちの、あらゆる音がざわめいているのです。子どもべやからだと、スーザンの耳に聞こえるのは、川やダムやボートの音くらいでしたが、ここからだと、馬車や、荷馬車や、乗馬用の馬がとおりすぎてゆく道路の音が聞こえました。それは、長く、のんびりと、わくわくする音でした。スーザンは、牧師《ぼくし》さんの馬――のろくて、おいぼれの馬が、とおりすぎていく音や、薬剤師《やくざいし》さんの馬が、一本の足を外にむけて強くけりながら、早足でかけてゆく音を、聞きわけることができました。

　いまごろの季節《きせつ》になると、堀《ほり》でカエルが鳴くのも、聞こえてきました。スーザンはその鳴き声から、カエルってどんなものかしらと想像をめぐらし、小さな男の人みたいだろうと思ったものです（フランス人は、ふつうカエルっ子とよばれていましたからね）。たぶん、お人形さんぐらいの大きさで、窓の下にしく皮マットのしめったようなのを着こんでいるんだわ、だから、『ぬるぬるしていても、こわくない』のだわ、とスーザンは考えたのです。おばあさまが、この世のむなしさについて、べらべらしゃべりつづけているのを聞きながら、スーザンはひそかに、カエルたちの音楽会をよろこんでいました。そのおかしな鳴き声は、たいそう満足《まんぞく》しているように聞こえたので、カエルたちは、虚栄心《きょえいしん》というものを楽しんでいるにちがいないわ、とスーザンは思いました。その点では、ジュズカケバトもおなじです。ジュズカケバトのクークーいう鳴き声を聞くと、スーザンは、おかあさんのクスクスという笑い声を思いうかべるのでした。

スーザンを、いつまでもじっとさせておくのは、とても不可能《ふかのう》でした。おばあさまも、スーザンとおなじで、楽しんでお説教をしていたわけではありません。それで、この子のそばにいて、なんとかじぶんのつとめをはたすことができるようにと、おばあさまは、日曜日には、パッチワークを縫《ぬ》うという、ぜいたくな楽しみをじぶんにゆるしたのです。じっとすわって、耳をかたむけていなくてはいけないことに、どうにもがまんならなくなったスーザンが、じぶんとおばあさまとのあいだに、紙と布《ぬの》きれが箱いっぱいあるのを発見し、紙を布きれの上に折《お》り重《かさ》ねはじめたのは、こうしたきっかけからでした。

「おばあさま、どんなふうにやるのか、やってみせて」とスーザンはたのみました。

そのころ、ふつう、お裁縫《さいほう》は少女たちにいやがられていて、罰としてやらせることが多かったくらいです。それでおばあさまは、スーザンに糸をとおした針《はり》をあたえて、やらせてみることにしました。しばらくすると、ずいぶんじょうずに縫いあわせることをおぼえました。じぶんでなにかできるわけだし、おまけに、じぶんの思いつきではじまったことですもの。布きれをあてるのも、おもしろいことでした――おかあさまのサフラン色のモスリンだわ、子どもべやの木綿《もめん》のカーテンだわ、ところどころにけばの立ったあたしの晴着だわ、おとうさまのうね織《おり》のチョッキだわ、とかいうわけね。

……さあ、もうむこうへ行きなさい、トーリー。わたしはふけこんできたにちがいないわ。だれでも、つい、おしゃべりに時間をわすれてしまうものなのね。もちろん、あの人たちには、おしゃべりの時間なんてないわけですけれど」

7 木のぼり

ブナの木でめんどうなのは、まずのぼりはじめだった。幹《みき》は太くてすべすべしており、一番目の枝《えだ》は、手のとどかないほど高いところから出ていた。ただし、枝は長くのびてしない、幹から遠くはなれた地面に軽くふれていた。トーリーは、そのうちの、腰《こし》の高さにある枝にまたがった。もともと、ばねのようにはずむ枝であるうえに、風にゆさぶられていた。まるで、前後左右にゆれている、幅《はば》のせまいボートのようだった。落ちてもたいした高さではなかったので、トーリーは、この枝にだきついて幹のところまでのぼっていった。幹までくると、枝は梁《はり》のようにどっしりしていたが、その上に立っても、まだもうひとつ上の枝にはとどかなかった。トーリーはいったんおりて、下から木を研究することにした。オーランドは、たいそう興味《きょうみ》をもったようすで、すわってトーリーを見つめていた。どうしてうまくいかないのだろう、と思っているようだった。

トーリーは、ボギスのところへ行って、ロープを借《か》りてきた。ロープをもって枝をよじのぼることは、まえよりずっと骨《ほね》が折《お》れた。ロープが、まるでじぶんかってに、なんにでもすぐひっかかってしまうのだ。トーリーは幹にたどりつくと、それによりかかってバランスをとりながら、ロープを上にほうりあげた。だが、こういう細いロープは、学校の体育館にある、じぶんの腕《うで》ほども太いロープより、しっかりにぎりにくいことがわかった。それで、ロープをきっちり二本にそろえて、そのはしを上の枝に投げた。もちろん、それは見当ちがいのところにひっかかった。それをひきもどして投げなおすことは、いちばんやっかいな仕事だった。それからトーリーは、ロープをよりあわせて、先のところで太い結《むす》び目《め》をつくった。これで、らくにのぼることができた。そのあとは、つぎつぎと、どの枝も手のとどくところにあった。

木には、まだ葉がしげっていなかったので、地上を目からかくしたり、じぶんの手をごそごそ先にのばさせてくれる、みどりのカーテンという気休めになるものがなかった。それどころか、かりに落ちるとしたら、とちゅうであたってはねかえるだろうと思える枝を、ひとつひとつ、下まで見とおせてしまった。それでも、トーリーは上にのぼっていった。およそ半分くらいはのぼったと思うところで、立ちどまり、居心地《いごこち》のよい枝で休んだ。そこはふたまたになっており、片足《かたあし》をかけて、幹によりかかることができたのだ。空をながめ、網《あみ》の目《め》のようにまじわりあった頭上の木の枝をながめた。(ウッドペッカー号のマストの支《ささ》え綱《づな》をのぼっていくみたいだ）とトーリーは思った。

そのとき、トーリーの足のすぐそばに、なめらかな樹皮《じゅひ》にきざみつけられ、長年の雨でみどり色になった、S《エス》とJ《ジェイ》という文字を見つけた。「Jはジョナサンかな？　スーザンのSが、こんな高いところにあるとは思えない。SはセフトンのSかな？」セフトンがしるしを残《のこ》したのかと思うと、トーリーはひどくいやな気がして、すぐにもっとのぼりはじめた。次のおちつけそうな場所で、またもや、いやらしい頭文字のSと、それからJがあった。そこは、トーリーが気持ち悪くならないでのぼれそうな限界《げんかい》だった。けれども、頭文字はトーリーにいどみかかり、おこらせた。「ぼくはキツネ王より、もっと高いところに行くぞ」と、トーリーは、きびしい顔つきでつぎにあがる場所を手さぐりしながら、考えた。枝に腹《はら》をあてて体をゆすり、足を持ち上げようとしていると、地面にむかってだんだん先が細くなっていく幹を、まっすぐ見おろすことができた。ちっちゃなオーランドが、根もとでトーリーをじっと見つめていた。それでも、上へいくほど、のぼるのはらくになっていった——上のほうの細い枝は、のぼりはじめにあじわった前後左右のゆれをはげしくくりかえしたけれども。

いちばんてっぺんには、自然にできたカラスの巣《す》のようなものがあった。枝がまるで星の形にくみあわさっており、そこで手足をのばして、ゆったりとゆれていられそうだった。そのう

ちの二本の枝のあいだの幹に、くぼみができていた。いつか、そこの樹皮が、傷《きず》つけられたためだ。これが、あの鳥の巣をつくったところかしら？　トーリーは、手を中に入れてみようとしたとき、またあの頭文字に気づいた。だが、こんどはJだけだった。ジョナサンが、セフトンよりも高くのぼったことは、いくらか気分がよかった。
　そのくぼみの中をかきまわしてみると、ありとあらゆる思いがけないものに手がふれた。一瞬《いっしゅん》、トーリーは、ジョナサンが宝石《ほうせき》をぬすんだのではないかなと思った。トーリーは、宝石を見つけ出したいとは思っていたが、とったのがジョナサンであってほしくはなかった。万一にも、ひもが切

れて、じゅずになっている宝石が、ぜんぶ下のツタの中に消えてしまうことのないよう、トーリーはひとにぎりのものを、そっと、注意深く取り出した。だが、がっかりした。にぎったものをしらべてみると、むしろカササギの宝物《たからもの》というほうがちかかった――銀のボタン、真珠《しんじゅ》のボタン、片方《かたほう》だけのカフスボタン数個《こ》、鍵《かぎ》、馬の拍車《はくしゃ》――これはどう見ても、カササギがはこぶにしては重すぎる――それに、小さなカットグラスのびんの栓《せん》が数個。びんの栓？　スーザンの持ち物の「魔法《まほう》」の箱の中にもひとつあった。だれかは、魔法がすきだった。だれかは、びんの栓が大すきだった。ちがう、ジョナサンじゃないはずだ。

トーリーは、そこでしばらく、風にやさしくゆられながら、家を見わたして楽しんだ。屋根はたいそう急な勾配《こうばい》で、波うっていた。それぞれの切妻《きりづま》のはしに、石のかざりがあった。そこは、ツグミがとまって、さえずるところだ。トーリーはいつも、ツグミは高いところにいようとして、そこにとまるのだ、と考えていたが、いまはじぶんのほうが高いところにいる。とすると、ツグミは、あのあいた場所をひとりじめにするために、あそこへ行くだけかもしれない。煙突《えんとつ》は、てっぺんをちょっとのぞくことができるだけだった。もしあの中へ拍車を投げこむことができたら、おばあちゃんがそばにすわってパッチワークをしている暖炉《だんろ》に落ちて、おばあちゃんは腰をぬかすだろうな。

トーリーは、なにもかもポケットに入れて、おりはじめた。いちばんの難所《なんしょ》にたどりついたとき、枝からぶらさがる用意をした。両手でぶらさがり、腕をゴムひものようにひっぱられたままにして、そのあいだに足のつま先で別《べつ》の枝をさがすのだ。「さて」と、トーリーはひとりごとをいった。「ぼくの足がどれくらい敏感《びんかん》になったか、見てやろう」。それがすむと、ロープにもどった。あとはらくだった。

　オーランドが、下でトーリーをむかえた。トーリーが、かたい地面を楽しみたいのと、いままでじぶんのいたところを見上げてみたいのとで、あおむけに寝《ね》ころぶと、オーランドがよってきて、とっくみあいになった。トーリーは、オーランドの舌《した》をよけようとして、ころげ回った。そのとき、ポケットの中の拍車がももをついた。トーリーは立ちあがって、じぶんの発見したものをオールドノウ夫人《ふじん》に報告《ほうこく》するため、家の中にかけていった。見せるまえに、台所に入ってすっかりきれいにみがいた。それから、オールドノウ夫人のまえに、ぴかぴかしたものを、ひとつずつ、一列にならべた。トーリーは見せながらいった。

「カフスボタンには、Ｓのまん中にＯ《オー》が重なった、くみあわせ文字がついているよ。それから拍車は、たいらな部分に、キツネの走っている絵が彫《ほ》ってある。見てよ。キツネが、王冠《おうかん》をかぶっているんだ」

オールドノウ夫人は、べっこうの眼鏡《めがね》をかけて、見つめた。

「キツネ王だわ！　高慢《こうまん》ちきな子よ。それをなくしたとき、どんなに大さわぎになったことか！　ええ、ここにあるのはぜんぶセフトンのものです。あんな高いところにかくすなんて、まるでサルね！」

「サルのはずはなかったよ。くぼみのそばに、頭文字が彫ってあったの、Jって。ジョナサンはどうして、カササギやサルのまねをして遊ばなくちゃならないのかしら？　おとなになっていたのに。でも、あの木には大きな鳥がいるんだ。ぼく二度、鳴き声を聞いたよ。ただ、姿《すがた》は見えないの。それからオーランドが、まるでほんとうにサルがいるみたいにむちゅうなんだ。サルがいるの？　鳥のまねをするサルなんて、いったいいるのかなあ？」

「すてきだわ！　探偵《たんてい》として、あなたはすばらしい思いつきにあふれているし、もうすぐ見つけられそうだわ。今晩《こんばん》、もうひとつお話をしてあげてもいいわね」

8　奴隷の少年

「おばあちゃん、どうしてそんなに知ってるの？」

ふたりでお茶をのみ、あとかたづけをしたあとで、トーリーはたずねた。オールドノウ夫人《ふじん》は、もうパッチワークを持ち出していた。それをひろげながら、おばあさんはいった。

「これがあるおかげで、おぼえていられるのよ。あら、まあ！　船長さんのシャツのところに穴《あな》があいているわ！　わたしのお守《も》りをしてくれたのはね、人のいいアイヴィ・ソフトリーという人なの。こうした話はぜんぶ、ソフトリー一家に語りつがれていて、わたしも子どものときに聞かせてもらったのよ。そしてときどき、あなたのように、こういうお話からなにかを学んでいるのです」

ジェイコブの話

イギリスがフランスと戦争《せんそう》をしていたころのある冬のこと、フリゲート艦《かん》ウッドペッカー号は、西インド諸島《しょとう》に派遣《はけん》された護送艦隊《ごそうかんたい》に加《くわ》わっていました。ウィンドウォード列島《れっとう》の黒人暴《ぼう》動《どう》を鎮圧《ちんあつ》するための、増援《ぞうえん》部隊をはこぶ仕事です。行き先はバルバドスでした。きびしい航海《こうかい》だったのです。あらしのために、出航した港《みなと》に二度もひきもどされ、修理《しゅうり》のためと、天候《てんこう》の回復《かいふく》を待つためとで、港にとどまっていなくてはなりませんでした。けっきょく、到着《とうちゃく》するまでに六か月もかかりました。ついた港は、ごったがえし、大混乱《だいこんらん》のありさまでした。ジャマイカに商船をひきいていった別《べつ》の護送艦隊が、フランスの強力な艦隊に出くわしてしまい、交《こう》戦中《せんちゅう》、イギリス側《がわ》はちりぢりになって、ある船はしずめられ、ある船はとらえられるというわけで、残《のこ》りの船もさんざんに破壊《はかい》され、傷《きず》だらけになって、いまバルバドスの港にはいっているのです。町では、おとなも子どもも、黒人も白人も、みなあちこちに立って、ようすを見まもり、ニュースやうわさ話を教えあい、船をたがいに指さしあっていました。また、ハンマーを打つ音、くさりのガチャガチャ鳴る音、それに船大工のさけび声なども、あたりに鳴りひびいていました。

こういうさわぎや、オールドノウ船長の護送艦隊の到着で起きたさわぎに加えて、そこにはもっと小さな船がたくさん停泊《ていはく》しており、それもたいていは奴隷貿易船《どれいぼうえきせん》で、ドックのちかくの収容所《しゅうようじょ》には、くさりでつながれた黒人奴隷があふれていました。

オールドノウ船長は、奴隷貿易をいみきらっている多くのイギリス人のひとりでした。イギリス本国では、すこしまえに奴隷貿易は廃止《はいし》されましたが、植民地《しょくみんち》ではまだゆるされていたのです。海軍《かいぐん》にいれば、そんな貿易とほとんど関係しないですむことを、オールドノウ船長はよろこんでいました。商船の船長だと、それからのがれることができないのです。奴隷がいちばんもうけの多い船荷《ふなに》だったのですもの。海軍としては、黒人であろうと白人であろうと、イギリス国旗《こっき》をかかげて航海するすべての生命を、保護《ほご》すればよいのです。

つぎの日、船長は町の通りをぶらぶら歩いているうちに、さまざまな危険《きけん》にもかかわらず、こんどの航海もぶじにすんだことへの感謝《かんしゃ》の気持ちがあふれ、それにつれて、いつものように、スーザンのことがしきりに思い出されてきました。そして、おみやげとして、家へ持って帰るものをさがしました。妻《つま》とセフトンには、値段《ねだん》こそ高くても、プレゼントを見つけるのはかんたんでした。レースの布《ぬの》、べっこうのくし、中南米の原住民の手になる金製品《きんせいひん》、すばらしい皮製品、きざみたばこやかぎたばこ、かわった模様《もよう》を彫《ほ》ったステッキや、細くなめらかな黒たんのステッキ——問題はどれをえらぶかだけです。だがスーザンには？　めずらしい木材《もくざい》で美しくつくった箱はどうか——スーザンはけっしてたくさんは持っていないんだから。だが、もっとちがったもののほうがよいかもしれない。オールドノウ船長は急ぎませんでした。帰国のために出航するまで、一週間かそこらあったのです。

まもなく、オールドノウ船長は奴隷市場にやってきました。そこには、しばしば、売りとばすために西アフリカから直接連《ちょくせつつ》れてこられた人たちがいました。不幸《ふこう》な野生動物のように見えました。また、すでに長いあいだ奴隷の身分でいて、転々と持ち主のかわっている人たちも、いつも何人かいました。そういう奴隷は、農場の馬のようにおとなしく、市場にあつめられていました。中には、そばをかけまわる子どもを連《つ》れた奴隷もいました。このときは、いつもよりずっとたくさんの奴隷が、売りに出されていました。なぜなら、西インド諸島の多くの島で、奴隷たちが反乱《はんらん》を起こし、すきさえあれば、どこでも、自由と平等と友愛《ゆうあい》の約束《やくそく》を与《あた》えられて、フランス側についたのです。首謀者《しゅぼうしゃ》はいたるところでかり立てられ、とらえられました。もしかれらが自由な人間であったなら、反逆者《はんぎゃくしゃ》として、射殺《しゃさつ》されたことでしょう。しかし、奴隷にはお金としての価値《かち》があるのです。そのため、あばれ馬とおなじように、射殺されないで、事情《じじょう》を知らない人に売りはらわれました。また、反乱を起こしそうだとうたがわれたものは、みんなアメリカへ送られました。そして、いろいろやりくりして、新しい奴隷が、アフリカから連れてこられていたのです。

オールドノウ船長は、心ならずも立ちどまって、見ていました。奴隷商人たちの冷酷《れいこく》さに、気持ちの悪くなるような思いをし、奴隷たちにたいして、はずかしさと同情《どうじょう》の念《ねん》がかき立てられたのです。イギリスは、その領土《りょうど》でいまだに奴隷制度《どれいせいど》をみとめており、しかもじぶんがほかならぬイギリス人だからでした。船長はふと、不安そうではあっても、かしこそうな顔つきの、小さな黒人の少年に、注意をひかれました。その子は、シャツしか身につけていないのです。船長がはじめにその子を見たときは、悲しげな奴隷のすぐそばに立っていました。その少年が気楽によりかかるようすから察《さっ》すると、その奴隷は少年の父親のようで、つぎのつぎの番に船内に追いたてられる組にいました。先頭の組が立ちのかされていったあと、船長はその子をさがしました。すると、その子はそっともどってきていて、またもや、つぎのつぎの番の組にまじって、別《べつ》の人を、いかにも父親らしく、信頼《しんらい》しきっているように見上げ、質問《しつもん》などをしているのです。この人が追いたてられる時間になると、少年は、まるで命令《めいれい》されてやっているとでもいうように、馬をおさえており、馬の持ち主があらわれると、荷物のうしろにとびおりるというわけ。そして、馬の乗り手からは見えなくても、船長にはまる見えのところで、ネコのようにまったく音をたてず、よつんばいであとずさりをしているのです。明らかに、その子は船でどこかに追いたてられることからのがれようとしていました。注意をひくようなことさえしなければ、監視人《かんしにん》がとくにじぶんをさがすことはないというかなりの自信《じしん》を持っているようでした。ちょっとでも人まえに姿《すがた》をあらわすときは、まさにいるはずのところにいる、とうまく見せかけています。そして姿を消す行動をするときは、ゆだんなくまわりに気をくばり、すばやく計算し、思いきったことをやってのけるのでした。

船長がじぶんをやさしく見つめているのを見ると、少年はしばらく姿を消したあと、船の綱《つな》をゆわえておく柱のうしろから、急に姿をあらわしました。そして、そっと船長の上着をひっぱって、必死《ひっし》に、小声でささやいたのです。

「船長さん、ぼく買ってくれる？」

「むこうへ行きなさい、坊《ぼう》や。わしの家では、奴隷を使わないんだ」と船長はこたえました。

「船長さん、奴隷ひとり、買ってくれる？」

「いや、ひとりも使わないんだよ」

船長は、ブドウのようにだえん形で、ほとんど青黒い色をした小さな顔を見て、ほほえみました。すると、あいきょうたっぷりににやっと笑《わら》って、ブドウの実がはじけたのです。これは笑いごとではない、と船長は気づきましたが、手おくれでした。心がはげしくいたみました。とても気《き》の毒《どく》に思っているときにうかべる、いかめしい表情になって、船長はその場をさり、ヤシの木や日よけをした店がならんでいる大通りのほうへ、歩いていきました。そして、陳列《ちんれつ》された商品を見ながら、立っていいました。

「スーザンには、べっこうの扇子《せんす》を買っていこう。ひらいたりとじたりできるし、それに鳥のつばさのような音をたてる。うってつけのものだ」

けれども、それを買うために店の中へはいろうとしたとたん、またあのそっとひっぱる感じがしました。

「船長さん、たったひとり、すごくちっちゃな奴隷、買ってくれる？」

その目は、大きく、うるんでいて、必死でした。でも、船長の目にあうと、あのひきつけるようなほほえみが、またうかんだのです。ごまかしのほほえみではなく、勇気《ゆうき》をみせたほほえみでした。

「だめだといっただろう」

しかし、船長は食べものやにはいって、菓子《かし》パンを持って出てきました。それをうけとるかうけとらないうちに、その子はむさぼるように食べたのです。そして、食べはじめたとき、涙《なみだ》が黒い顔にきらきらかがやいて流れはじめました。

「きみはどなたのうちのものなんだ？」

「どなたもいない。とうちゃん、戦《たたか》ってて、死んじゃった。ズドン！　ズドン！　かあちゃん、連れていかれちゃった。ジェイコブ、みなしご」

「きみのおとうさんは、どなたのうちにいた？」

「そこの主人も、死んじゃった。ズドン！　ズドン！」

じぶんの最近《さいきん》死んだ主人のために、こうしていっせい射撃《しゃげき》をして、ジェイコブはまたにやっと笑いました。そのうち、涙がほおのふくらみをつたってどんどん流れ、歯の中や、口の菓子パンの中に流れこんでいきました。

オールドノウ船長は、子どもにたいしてやさしい心を持った人でしたが、たったひとりで、世界じゅうのあらゆる不幸の責任《せきにん》をおうことはできないのだ、とじぶん自身にいいきかせました。この黒人の子どものような、よるべのない子は何百万といる。ここ数年来の戦争で、父親が戦死し、助けを必要《ひつよう》としている孤児《こじ》は、イギリス本国にもおおぜいいるのだ。船長は肩《かた》をすくめました。「スーザンに扇子を買っていこう」。顔をそむけて、船長はじぶん自身にこうくりかえしました。泣《な》きつかれるのではないかと、気がかりだったのですが、そのようなことはありませんでした。たぶんジェイコブは、肩をすくめられたら、もうどう泣きついてもだめなのだと、わきまえていたのでしょう。

オールドノウ船長が、買いものを持って店の外に出てくると、三人連れの奴隷監視人が、長い皮のむちを手に持ち、夕日をさけてつばのひろい帽子《ぼうし》を深くかぶり、通りを馬に乗ってやってきました。三人はとおりすがりに、奴隷たちが逃《に》げようとしてこころみる方法《ほうほう》は、ふたつにひとつだと話しあっていました。フランス領の島へ行くオランダ船にこっそり乗りこむか、あけっぴろげの土地に逃げこむかのどちらかだが、あとのほうはとくにばかげていて、つかまるのがおちだ、というのです。ヤシの並木道《なみきみち》は、太陽を背《せ》にして、黒い影《かげ》をうつしていました。道のむこう側に馬を進めている男は、とおりすがりのあらゆる木の幹《みき》にむちをたたきつけては、気ままにひっぱるので、けばだった樹皮《じゅひ》が、耳ざわりな音をたてていました。

オールドノウ船長は、三人を見送ったあと、手まえ側の木の幹が、ちょっとこぶのようにふくらんでいるのに気づきました。そして、そのまわりにふりそそいでいるまぶしいオレンジ色の光が、子どもの肩の高さのところで、ゆがめられていました。しかし、馬に乗った三人は、ふりかえることもなく、とおりすぎていったのです。三人が行ってしまうとすぐ、ジェイコブのからだが、木のかげからそっとぬけ出しました。そして船長がまだいるのを見ると、うちとけて、しかもだれにもたよらないというふうに、にやっと笑いかけました。かばってくれようとしないことを、うらんではいなかったのです。ジェイコブは、ふたたびひとりで、世界に立ちむかおうとしていたのでした。

オールドノウ船長は、並木道を歩きつづけました。そして別《わか》れをつげようと思い、通りすがりに手をのばして、羊のようなちぢれ毛をしたジェイコブの頭を、さっとなでてやりました。ジェイコブは、じぶんにせまってくる世の中の危険《きけん》や思いがけない出来事から、長く目をはなしていることはできませんでした。木の幹に巻《ま》きつけた手は、トカゲの手に似《に》ていました。もう船長に注意をはらってはいないのです。と、その小さなからだのわきに、船長は立ちどまりました。そしてジェイコブのシャツのえり首をつかみました。

「いっしょにおいで、ジェイコブ。きみを買うために売り主をさがそう。きみを自由にして、育ててやろう」

ジェイコブは、つかまえられたと感じて、びっくりしたネコみたいにとびあがりましたが、この言葉を聞くと、ほとんどいかめしいようなかがやきを顔にうかべ、もうなにもいわないで、じぶんの味方となった人とならんで歩きはじめました。ぼくはえらいんだぞというような、まったくおかしいような自信が、わいてきたのです。そしてときおり、夢《ゆめ》でないことをたしかめるように、ちらちらと船長を見上げるのです。船長はいいました。

「この店にはいるから、ついておいで。なにか、ズボンがいるな。シャツだけではイギリスに

行けないぞ」

ジェイコブは入り口に立ちどまって、いいました。明らかに忠誠《ちゅうせい》のちかいなのです。

「ジェイコブ、とってもいい子。ぬすみ、しない。うそ、つかない。船長さんの敵《てき》ぜんぶと戦う。ズドン！　ズドン！」

オールドノウ船長は、大笑いしました。それから、ふいに権威《けんい》をとりもどして、じぶんのまえにその子をおしました。

「いっしょにはいるんだ、わんぱく小僧《こぞう》め」

船長はさらに、心の中でいいたしました。

(わしはなんという想像力《そうぞうりょく》のないばか者なんだろう。ひらいたりとじたりする扇子だなんて、いやはや！　なにかはてしなく価値《かち》のあることを、やってみよう)


船長が護送艦隊とともにイギリスに帰るとすぐ、ウッドペッカー号は、フランスのブレスト港にとじこめられている船を救《きゅうしゅつ》出するために派遣されました。そのため、船長は、十五か月も家をるすにし、春になってから、ようやくグリーン・ノウに帰ったのでした。

船長が、スーザンのために連れてきたもののことを母親とマリアに話すと、たいへんなさわぎがおこりました。おばあさまは、こういいました。

「おまえは、人殺《ひとごろ》しの反乱者の子どもで、おまけに黒んぼの異教徒《いきょうと》を連れてきたんだよ。それも、おまえのいたいけな罪《つみ》のない子のめんどうを見させるために！　神さまの道にそれた、どんな邪悪《じゃあく》なことを、スーザンに教えるかわかりゃしませんよ。まったく罪深い考えですよ」

「わたしは、牧師《ぼくし》の手で洗礼《せんれい》を受けさせました。それに、わたしたちがあの子に宗教《しゅうきょう》を教えなくちゃいけないんです。ジェイコブとスーザンは、いっしょに勉強していけますよ。そのことが、スーザンに自信をつけることになるんです。スーザンは、ジェイコブの知らないことを、すでにたくさん知っているでしょうからね」

マリアがわりこみました。

「あなたは、あの子がぬすみをしないと、どうしてわかりますの？　安全なものは、なにもなくなりますわ。わたしの宝石《ほうせき》のことを思うと、ぞっとします。それにご近所の方は、なんていうかしら？　黒人の給仕《きゅうじ》なんて、もうまったく流行おくれですわ。いまでは奴隷にできないんですから、黒人を使おうなんて、だれも夢にも思わないんですよ。黒人の奴隷ならいいですけれど、黒人の下男は、それとまったく別のものですわ。ほんとにおそろしいことですわ」

「あの子を下男だなんてよべないよ。まだたった九歳《さい》なんだ」

「ペット用の子羊が羊になるように、子どもも成長《せいちょう》しておとなになりますわ」

ソフトリーばあやは、手をふり上げ、ゆりいすの中でひどく興奮《こうふん》して、身ぶるいをしました。

「黒んぼなんて！　あきれたことですよ。あいつは、おじょうさまのけがれのないのどを、かき切りかねませんよ」

「ジェイコブは、おまえとおなじくらい忠実なんだ。あの子は、スーザンの身になにかおきるのを、ほうってはおかない」

「わたしが生きているかぎり、おじょうさまは、ほかに世話をするものなど、必要《ひつよう》ありません。これまで、おじょうさまの身になにひとつかわったことはおこってはおりません。わたしが注意しておりますよ」

セフトンは、ただ笑って、母親と目くばせしているだけでした。じぶんの父が、三人の「強い女性《じょせい》」に攻撃《こうげき》されるのを見て、おもしろがっているのです。

「やっかいな騒動《そうどう》を家にひきこみましたね、おとうさん」

規律正《きりつただ》しい船の生活をしてきた船長にとって、女たちのおさえつけようもないいきいきい声ほどやっかいなものはないことを、セフトンは知っていて、こういいました。おとうさんはまゆをひそめ、顔をこわばらせました。

「これは、一度公平にこころみてみたい実験《じっけん》なんだ。スーザンには、娯楽《ごらく》と運動の両方が欠《か》けている、とわしは思う。ソフトリーばあやから、それを期待することはできない。そこでわしは、ジェイコブがとくに責任《せきにん》を持つ仕事として、スーザンをゆだね、世話をしたり、楽しませたり、守ったりさせようというのだ」

「結婚式《けっこんしき》みたいに聞こえるわね」マリアは、セフトンにささやきました。

「わしはジェイコブを、スーザンの望《のぞ》むことを実行する部下として、スーザンに与《あた》えるつもりでいる。だから、ジェイコブをやさしくあつかってほしい。わしがここにいないときに、もしジェイコブが、わしの期待にそわなかったり、悪い仲間《なかま》にはいったりすることがあったら、わしの親友のモーレイさんに報告《ほうこく》しなさい。どうすべきかは、モーレイさんがきめることにする。それからおまえはな、セフトン、あの少年をけっしてじぶんの用事に使ってはならない。あの子はおまえの部下ではないんだ」

「ほんとうに、あなたったら、お会いするたびに、ますますかわりものになっていきますわ」

と、マリアはいいました。

おばあさまは、フンフンと鼻を鳴らしました。

「かわっているだけじゃないよ。不正ですよ」

おばあさまは、つえで床《ゆか》をコツンコツンとたたきました。

スーザンは、八歳になっていました。おとうさんの出むかえは大切な行事なので、いちばんの晴着を着て、階下へ連れてこられました。あんまり家の中にひきこもっているため、肌《はだ》はすきとおるような白さでした。そして、おとうさんが家に帰ってきたために、そわそわとおちつかないようすは、よろこびをただいつまでも待つだけで、それをうけとめることになれていない子どものようでした。おとうさんの声を聞いたとたんに、スーザンは、ソフトリーばあやの手をふりきって、おとうさんのほうへまっしぐらに走りました。ジェイコブは、スーザンがおとうさんを見つけて、両腕《りょううで》で首にしがみつくところを、うしろでじっと見つめていました。

船長はいいました。

「これはうれしいね。おまえを見た瞬間《しゅんかん》は、ひどくいかめしくて、よそよそしくなりすぎていると思ったよ」

船長は、スーザンをひざの上にのせ、顔を上むかせて、じっと見つめました。

「やせてしまったね。赤ちゃんのようなまるいほっぺたが、なくなっちゃってるよ。それにおかあさまは、とてもきれいなおとなのドレスを、おまえに着せているね。八歳の子にしちゃあ、なんだか淑女《しゅくじょ》すぎるよね。ところで、社交界《しゃこうかい》のかわいいレディのために、プレゼントを持ってきたよ。ポケットの中をさぐってごらん」

「胸《むね》のポケットなの、パパ？　さいふしかないわ。その中なの？」

「いや、その中じゃないよ」

「それじゃ、おしりのポケットね。立ってちょうだい、パパ」

スーザンは、おしりのポケットの中に、小さなつつみを見つけ、もう一度おとうさんのひざによじのぼると、それをあけました。

「いつ、リボンをほどくのをならったのかね？」

「あたしのお人形さんに、リボンがついているの。それで、ソフトリーばあやが、ちょう結《むす》びにするしかたを、教えてくれたの。でもばあやは、あたしがじぶんのリボンを結ぶのは、ゆるしてくれないの。くしゃくしゃにしてしまうから、ですって。これ、いったいなにかしら？」

スーザンは扇子にさわって、それから、そっとひろげはじめました。

「こうやってだいじょうぶ？　こわしてしまうかしら？　あら、扇子だわ」

「とても、とても暑い島のものだよ」

スーザンは、あおいでみました。でも、目の見える子どもがするように、風にむかって目をすぼめることはしませんでした。それから、扇子をたたんで、もとにもどし、またぱっとひらきました。すると、鳥のつばさのような音がしました。

「これ、なんでできているの、パパ？」

「べっこうとスペイン製の絹《きぬ》だよ」

スーザンは、ふたりで話しているあいだじゅう、扇子をひらいたり、とじたりしつづけました。ときおり、おとうさんをあおいだり、じぶんをあおいだりもしました。

「ジョナサンとの勉強は、どんなぐあいに進んでいるね？　楽しいかい？」

「ええ、パパ。ジョナサン先生は、たくさん、たくさん、物語を読んでくれるわ」

「どの物語が、いちばんすきかね？」

「『ロビンソン・クルーソー』よ」

「『ロビンソン・クルーソー』のどの部分が、いちばんすきかね？」

「ロビンソン・クルーソーが、黒人のフライデーを見つけるところよ。パパは、そのとっても暑い島で、なにをしていたの？」

「長官《ちょうかん》と食事をしたよ。それから、商船が砂糖《さとう》や綿花《めんか》をおろしたり、つんだりしおえるまで、待っていたんだ。そして、わしの船にも必需品《ひつじゅひん》をつんでから、おばあさまには、フクロネズミのマフを買い、おまえには扇子、お母さまにはスカーフ、そしてセフトンには、インド製の乗馬用のひざかけを買ったんだよ」

「それから？」

「それから、おまえにもうひとつプレゼントを買ったよ」

「もうひとつ？　じゃあ、ふたつあるの？」

オールドノウ船長は、いままで目をまるくして見つめていたジェイコブに、こっちへおいでと、手まねきをしました。ジェイコブは、音もなくやってくると、また合図をうけて、ふたりの足もとにひざをつきました。

「それ、なあに？　手でなにをしているの、パパ？」

「おまえの手をかしてごらん。そしてこれがなにか、あててごらん」

船長は、スーザンの手をひいて、ジェイコブのちぢれ毛の頭にもっていきました。

「まあ！　生きた子羊だわ」

スーザンは両腕をのばして、子羊と思われるものを、だきかかえようとしました。そうしてはじめて、スーザンのびっくりしたからだが、ドキンドキンとどうきをうっているもうひとつのからだと、出会うことになったのでした。

「スーザン、おぎょうぎよくしなさい！」

床を強くトンと一回たたいて、おばあさまがさけびました。もうだまっていられなくなったのです。

スーザンは、おとうさんのひざの上でしりごみして、上着をしっかりにぎりしめました。

「だれなの、パパ？」

ジェイコブはじぶんでこたえました。かすかな、半分しか出ない声だったのですが、スーザンは、のちのちまでも、けっしてほかの人の声とまちがえることはありませんでした。

「ぼくです、おじょうさん」

「サルだよ」

セフトンが、気持ちのよいじょうだんだとでもいうように、ふふっと笑いながらいいました。それでおとうさんも、にらみつける以上《いじょう》のことはできませんでした。マリアが、セフトンといっしょに声を出して笑いました。

「あなたは、ほんとにいたずらっ子ね、セフトン。でもこんなへんてこな光景《こうけい》を笑うことのできるものが、わたしたちの中にいるのは、いいことですわ」

船長は、スーザンをひざからおろしました。

「ジェイコブと庭に行きなさい。きょうは、ジェイコブのイギリス第一日目だ。駅馬車がひどく混《こ》んでいたので、窓《まど》のちかくに乗れなかった。だからジェイコブを、日のあたるところに連れていってやりなさい」

「ふたりっきりで？　パパ」

「ふたりっきりでだよ」

ふたりはだまって、手をつないでいっしょに出ていきました。

ふたりだけになったとき、スーザンがいいました。

「庭のまわりには水があるのよ。堀《ほり》っていうの。それから、人をおぼれさせてしまう川があるわ。ばあやは、道の上しか歩かせてくれないけど、パパは、あたしをこの芝生《しばふ》のほうに連れてきてくれるわ。とってもわくわくするの。木でできた動物たちがいるのよ」

ふたりは、聖《せい》クリストファーの像《ぞう》のそばで、左にまがりました。するとジェイコブは、馬のようにとびのいて、じっと立ちつくしたのです。

「すごく大きい、ジュジュ人間」

「ジュジュじゃないわ。聖クリストファーさまっていう名まえよ。でも、あたしは知らないの。あんまり大きくて、手でさわることができないんですもの」

ジェイコブは、びっくりぎょうてんしていました。

「ジュジュ人間にさわる、よくない」

スーザンとジェイコブは、いっしょに木のあいだの小道を歩きつづけました。ミズネズミが、ボチャンと堀にとびこみました。それからライチョウが、アシのくさむらや、はりだしているツタの中に、あわててはいっていきました。ときどき、ジェイコブがいいました。

「木が、腕をつき出してる」

ジェイコブが、木の枝《えだ》の下をひょいと頭をさげてとおると、スーザンもそのうごきを感じとって、ひょいと頭をさげました。じぶんの行く手から、いろんなものをとりのけられて、まるでがらんどうの中にいるようなときよりも、ずっとおもしろかったのです。まもなく、ジェイコブが小声でいいました。

「ジュジュ、もっとある。カモシカの木」

「あんたは、どうしてジュジュとばかりいっているの？　それどういうこと？」

「ジュジュを、知らない？　魔法使《まほうつか》い、ジュジュをつくって、悪いものをおっぱらう。ここに、おじょうさんのいったように、木のカモシカ、いる」

「みどりの鹿《しか》でしょ。ジェイコブ、あたしをそこに連れていって」

スーザンは、みどりの鹿がすきでした。あのゆり木馬よりも、気に入っていました。やわらかくて、木の葉に日があたると、あったかいとまではいえなくても、いきいきとしていたからです。それにしなやかで、ぎすぎすしていませんでした。スーザンは、その首に両腕をまわして、耳からこんもりしたしっぽまで、なでてやりました。すると、手にイチイのにおいが、ぷーんと残《のこ》りました。

スーザンは、正確《せいかく》とはいえない方向を指さして、いいました。

「あっちには、みどりのリスがいるの。それから、みどりのウサギもね」

「大きな、胴体《どうたい》より大きなしっぽをつけた木の動物、いる」

「それ、リスだわ。それから、胴体よりもずっと大きなしっぽをもった木の鳥はね、クジャクよ」

「木のカモシカ、おじょうさんのジュジュ？　おじょうさん、ジュジュつくる？　目の見えないおじょうさん、すごく強いジュジュつくる。野育ちの動物、目の見えないおじょうさんを、けっして傷《きず》つけない。ライオンにちかづいてくと、ライオンのほう、逃げる。ライオン、おじょうさんがどうしてこわがらないか、わからない。ライオン、おこっても、目の見えないおじょうさん、気がつかない。それでライオン、おそれて、逃げる。ゾウ、おじょうさんを、傷つけない。ゾウ、鼻で感じる。おじょうさん、手で感じる。ゾウ、わかっている。動物たちみんな、知っている、おじょうさん、特別《とくべつ》だって。ヘビ、かみつかない。ワニ、くいつかない」
だんだん、いせいのいい歌のようになっていきました。すぐに、スーザンもいっしょになってうたいました。スーザンは、暗誦《あんしょう》することになれていましたので、別に考えなくても、歌になったのです。

トラ、つめたてない
ライオン、とびかからない
野牛、つのつかない
ヘビ、かみつかない
ゾウ、わかっている
馬、すぐそばによってくる

どうやら、節《ふし》が、言葉につれてうまれてきました。スーザンは、ジェイコブのシャツをしっかりつかんだまま、ふたりして声をはりあげてうたいながら、庭をぐるぐるねり歩いたのでした。

オールドノウ船長は、窓からふたりをじっと見まもっていましたが、そのうち奥《おく》さんをよびました。

「ほら、マリア、来て見てごらん。こんなにすばらしいことなど、わしはここ何年も見たことがなかった。いまのスーザンを見て、いったいだれが、ほかの子とちがうなんていえるものか？」

船長が、いすにもたれかかったとき、マリアは、頭のてっぺんにやさしくくちづけをしました。

「男の人というものは、しようがないものですわね！　スーザンったら、野蛮《やばん》な黒人の子といっしょになってうたって、新しいドレスを、ひざのところまでどろだらけにして、へりかざりもびりびりにやぶいてしまっていますのよ。それなのに、あなたのお考えでは、あれがいままでいちばんすばらしいことなんですものねえ！　まったく、人生って、おかしいですわ！　ですけど、あなたのお気にめすんでしたら、けっこうですわ！　スーザンがなにをしようと、たいした問題ではないんですもの。スーザンは、どこかへ行けるというわけではありませんし。それにしても、わたしはこれまでずっと、スーザンにきれいなドレスを着せるのが、いつもじまんでしたの。それは、おみとめになってくださいね」

「きみは、スーザンを人形にしてしまっているのだよ。カールとか、レースとか、リボンだとかということばかりいってね。母は、わしを過激派《かげきは》だというだろうが、わしは自由、とくに子どもには自由がなければならないと、信じているんだ。スーザンをほっておきなさい。あの子がつくり笑いなんかするようになるのは、ずっと先のことでいい」

「とんでもございません！　わたしをこまらせるために、あなたはそんなことをおっしゃっているだけですわ。でも、わたしは上きげんですの。おこったりしませんわ。ところで、こうしてお帰りになったのですから、わたしをオーバーマン夫人の舞踏会《ぶとうかい》へ連れていってくださいますわね」

「きみがいっしょに来るなら別だけど、どうもまた、すこしのあいだ、きみと別れていなくてはならないようだ。一週間かそこら、ロンドンに行かなくてはならないんだよ」

「ごいっしょに行きたいのなんのって、あなたには想像できないくらいですわ。オーバーマン夫人の舞踏会には、セフトンが、わたしのかわりに行けばいいですわ。ひとりものは、いつでも歓迎《かんげい》されますもの」

「セフトンには、洋服やに会って、ジェイコブのために服を二着つくらせるよう、いわなくちゃならないな。バルバドスでは、したくをしてやれなかったのだ。あそこには、ラシャの服地がないものだからね。船上では、船員たちがジェイコブをくるんで、風にあてないようにしてやっていたよ。わしはそうたびたび会ってやれなかったが、毎日十五分、日曜日には一時間、時間をさいて会ってやった。それに士官《しかん》たちから、かれのすばらしい評判《ひょうばん》を聞いていたよ」

「給仕の制服《せいふく》を着せましょうか？」

「いや。目立たなくて上等の服にしてやってくれ」

一方ジェイコブは、うねりくねったひろい庭を探検《たんけん》してから、スーザンと芝生にすわって、奴隷商人《どれいしょうにん》からまんまと逃げおおせた身の上話を、じぶん流にいきいきと語って聞かせていました（「船長さん、ぼく買って、おかね、はらった」とジェイコブはほんとうに誇《ほこ》らしげにいいました）。それからつぎに、ウッドペッカー号の帰りの航海《こうかい》の話をしました。へさきにつけたジュジュの船首像の話から、船体のギーギーいう音、支《ささ》え綱《づな》にあたる風のヒューヒュー鳴る音、船にあたってたえずザブンザブン、ピシャピシャと鳴る水の音、バタバタとはためき、針路《しんろ》をかえるときは大砲《たいほう》をうつときのようにざわめく帆《ほ》の音の話まで、さまざまでした。それに、たくさんの合図用の銃声《じゅうせい》や、水夫《すいふ》たちのさけび声や、悪口の話もあわせて、スーザンは、すべてをじかにうけとめました。ふたりとも、水夫のしゃべる悪口はわからなかったのですが、楽しんでいました。というのは、言葉そのものもおもしろかったのですが、同時にそれがほんものおとなの世界の言葉だったからです。ジェイコブは、水夫たちの船長にたいする話しぶり――きびきびして、ぶっきらぼうで、しかも規律正《きりつただ》しい話し方も、まねしてみせました。それから、そのあと水夫たちが仲間《なかま》どうしでいいあうじょうだんも、まねするのです（「とんがり鼻のおやじさんは、もちろん、ごまかされっこねえぜ。ぜったいだ。あの鼻あ、羅針盤《らしんばん》の針《はり》みてえに正確だからな」）。これでスーザンにも、パパの地位《ちい》がどんなものか、あらたにわかってきたのでした。スーザンは、考え深げに、じぶんの鼻を指でさすり、それからジェイコブの鼻にもおなじことをしました。

「あんたの鼻は、ネコの鼻みたいね、ジェイコブ」

「ちがうよ、おじょうさん。これ、ライオンみたいな鼻」

スーザンのために、大波のうねりがおこされました。スーザンは、ジェイコブの肩に手をおいて、そのまねをすることができました。さけび声もいっしょにです――波がくるぞう！　高くなるぞう！　そして、しずんでいく感じをあじわうために、おなかに両手をくみあわせたのでした。

「船、なん年もなん年も、航海していく」と、ジェイコブは話をおえました――ジェイコブは、時間の長さがよくわかっていないのですが、物語というものをじつによく知っていたのです――「大きな海こえ、陸地《りくち》、ぜんぜん見えない。それが、ある日、あっちからもこっちからも、船あらわれて、みんなおなじところに行く。海、いっぱいになる。もう船のはいるすきまない。みんな、どなったり、うたったり。旗《はた》、ひるがえる。カモメ、たくさん、たくさん、やってくる。世界じゅうのカモメ、やってきて、船にとまり、すみかみたいにしてしまう。それから、船長さん、ジェイコブ連れて、ガタゴト、ガタゴト、馬車に乗って、大きな島とおって、川のまんなかの、この小さな島にきた。ゆうれい、ものすごくいっぱい、ジュジュ、たくさん、それからおじょうさんのいるところ」

「なんて長いお話なんだろう」とトーリーはいった。「なかなかいまにもどってこられないよ。ぼく、ジェイコブといっしょに、ここにいたかったなあ」

「いるんじゃないの？　あの木にいる、イギリスふうじゃない鳥は、どうしたの？」

「あっ！　それじゃ、J《ジェイ》はジェイコブなんだね」

「はじめてその鳥の鳴き声を聞いたのは、いつだった？」

「ぼくが、スーザンになったつもりで、すわっていたときなの。目の見えない人が聞きとるものを、聞いてみたいと思ってね」

「そう、そして聞いたのね」

「オーランドもだよ。それにオーランドは、そこにいもしない人にむかって、いつもしっぽをふっているんだ」

「オーランドには、仲よしがいたって、話したでしょ」

「ぼくには見えないのに、オーランドにはジェイコブが見えるってわけ？」

「犬というものはね、目で見えなくてもいいのよ。ちゃんとわかるの」

トーリーは、ふくれてかかとをけった。

「それじゃあ、ぼくはまるでのろまみたいじゃないか」

9　台所の偵察

つぎの日、ちょうどトーリーが、庭の別《べつ》の木、とくに冬のあいだ雪の家になっていたイチイの木にのぼろうと思って、外に出かけたときだった。三月になるとよくふいにやってくるにわか雨が、ふってきた。針《はり》を吹《ふ》きつけるようなこまかいしずくが、どの木からもポタポタ落ちた。ブナの木は、さかなの肌《はだ》のような皮をしているので、いちばんぐっしょりとぬれているように見えた。トーリーは、家の中で遊ぶはめになった。かれは宣言《せんげん》した。

「なにか、いままでにないものを見つけよう。きっと、なにかをしまいこんだすみっこがあるはずだ。どうしても物をすててしまう気になれないっていうのは、いいことだよね。ぼくのまだ見ていないところは、どこかしらん。セフトンのへやは、どこだったの？」

「この家は、むかしもっとずっと大きかったっていうことを、わすれちゃだめよ。セフトンのへやは、もうなくなってしまったほうにあったんです」

「台所は、いまとおなじだったの？」

「いまの台所は、もと食器室《しょっきしつ》だったのよ」

「あのスズメバチのようなかっこうをした、いやらしいキャクストンのいたところだね！　そこを見てみよう」

台所には、食器だながならんでおり、とても期待が持てそうだった。高い食器だなの上は、だれも見ていないはずだ、とトーリーは思った。(春の大そうじのことを、かれはぜんぜん知らなかった。)だれも、ずいぶん長いあいだ見たことがなかったのは、ほんとうだった。ほこりの中に、キャクストンの面影《おもかげ》がうかんできた。その奥《おく》に、だれかがそうじをするたびにおしつけたらしく、壁《かべ》にもたれて、クモの巣《す》だらけの、くるくる巻《ま》いた包装紙《ほうそうし》があった。ひろげてみると、まん中に、ジンのびんが一本はいっていた。トーリーは、ほこりだらけになって、くしゃみをしながら、段《だん》ばしごをおりた。

つぎに、てっぺんのたなの、いちばんめんどうなすみを、さぐってみることにした。そこには、もうそろいのものはぜんぜんなくなった、はんぱものの陶器《とうき》が、たくさんつんであった。その中には、金色で「スーザン」と書いた、すてきな取っ手つきのコップがあった。トーリーは、それを大事に持って下におりた。とにかく、それはきれいだった。

いちばん下の食器入れのいちばん下のたなは、暗くて、しめっぽく、しらべにくかった。トーリーは腹《はら》ばいになって、つみあげたパン焼《や》き器《き》や、いく列《れつ》にもならんだからっぽのジャムびんや、さまざまな油のはいったびんを、懐中電灯《かいちゅうでんとう》で照《て》らした。やっとのことで、いくつかのさびついたブリキの箱をあけてみると、ソーダの結晶《けっしょう》とか、黒鉛《こくえん》とかがはいっているだけだった。

どれもこれもあやしいところは少しもなかった——たぶんジンをのぞいては。ジンは、キャクストンのものだったんだろう。そうしてみると、キャクストンは、かくしごとをしていたことがわかる。

流しの下には、いくつかバケツがあった。そのじめじめした、きゅうくつな場所は、流し用の排水管《はいすいかん》に、S字型《エスじがた》のトラップ装置《そうち》

がついていて、トーリーの頭のじゃまをした。ここでは、寒いとき、管《くだ》がひえて、たびたびこおったにちがいない。そのため、壁をつきぬけるところで、きちんと箱に入れられている。その箱が、くぎではなくて、ねじくぎでとめてあった。ここなら、だれも宝石《ほうせき》をさがそうとはしないだろう！　トーリーは、ねじ回しを持ってきて、仕事にかかった。中をあけると、かびがはえ、虫のくった布《ぬの》が、管に巻きつけられ、太いひもでぐるぐるにしばってあった。それはかさばっていて、つまんでみると、中にいくつか、かたまりがあった。トーリーは木の実ぐらい大きなルビーかと思って、息をのみ、ひもを切り、布をほどいた。しわくちゃの上着とズボン、それに、ルビーと思ったものは、変色した真ちゅうのボタンだった。さんざん苦心したというのに！　おまけに、古いねじをゆるめてはずすのは、とてもたいへんな仕事だったのに！　だがトーリーは、布をひろげて、きれいなところが出てくると、それがパッチワークのみどりと赤の布地であることに気づいた。木綿《もめん》の、寄宿舎《きしゅくしゃ》のシーツみたいに厚《あつ》ぼったい、みどり色の上着と赤色のズボン。この発見がなかなか気に入ったので、トーリーはオールドノウ夫人《ふじん》のところへ、見せにいった。

「ほら、ここにおばあちゃんのパッチワーク、もっとあったよ」とトーリーはいった。「それ、今晩《こんばん》のお話の役に立つ？」

「とても役に立ちますよ。話がとぎれたところに、ちょうどあうわ」

「おばあちゃんの話は、きのう、おわっていなかったもの。あの木のこと、なんにも話してくれてないよ。あの鳥が、ジェイコブだっていうことのほかはね」

「今晩、話しますよ」

「ぼく、いいこと思いついたの」

「あなたの思いつきは、いつもすばらしいと思うわ」

「ぼくがまえに、フェステのために砂糖《さとう》をおいてやったこと、おぼえている？　これから、スーザンのためになにかおいておくつもりなの。雨がやんだね」

トーリーは、庭にとびだしていった。太陽がぱっとあらわれて、庭はもうきらきらかがやいていた。そして雨のしずくが、姿《すがた》を消すまえ、ほんの二、三分間、あらゆる小枝《こえだ》に、ダイヤモンドのようにかかっていた。それから、日光がしめり気を吸《す》いあげるにつれて、空気がにおいをおび、トーリーは、息をはくのにたえられないような気がしてきた。空気をけがすように思われたのだ。トーリーは、においのよい花をさがした。だが、いちばん強く、いちばん心がわきたつにおいは、大地そのものだった。まったく、大地の上で生きるというのは、なんというすばらしいことか！　トーリーは、スミレや、ツルコケモモや、小さな野バラの葉をつんで、きちんとたばねた。そしてこれを、スーザンの取っ手つきコップに入れて、二階《かい》に持ってあがった。トーリーは、だれもすわっていず、しずまりかえった子ども用のいすのほうをむき、そっと気をつけて、へやにはいっていった。そこでひとつ、むずかしい問題がおこった。スーザンに気づいてもらうには、それをどこにおいたらいいのかな？　トーリーは、いすのそばに小さなテーブルを持ってきて、その上に花をおいた。

「まあ！　なんてすてきなにおいなの！　ママの香水《こうすい》みたいだわ」

スーザンは、窓《まど》の下の腰《こし》かけにすわって、ビーズを糸にとおしていた。髪《かみ》の毛《け》が光をうけて、うす茶がかかった金色にかがやいていた。そして、いかにも女の子らしく、はればれした顔つきをしていた。

「ジェイコブ、どんなくつをはいているの？　いつものくつ音とちがうわ」

「ジェイコブじゃないよ」

「あら、またあなたね！　ここにお花を持ってきてちょうだい。あたし、立ちあがると、ビーズがみんなこぼれちゃうの」

「ぼく、できないよ」とトーリーはいった。「ぼく……」

だが、トーリーひとりきりだった。

10　残酷なじょうだん

あとになって、オールドノウ夫人《ふじん》はいった。

「どうして、あなたはできなかったの？　ねえ、できたでしょう。スーザンには、あなたが見えないのよ。だからあの子には、たいていの人より、ちかづきやすいはずよ」

「それだから、ぼく、気がひける感じになっちゃうんだ。ぼくのいることがわからない人には、ぼくがゆうれいとおんなじだもの」

「まあ！　あなたのほうが、こわがってしまったのね。それじゃあ、こんどはみどりと赤の服のお話ですよ」

サルの服

オールドノウ船長とマリアは、ロンドンに行って、二週間るすでした。セフトンは、家に残《のこ》っていました。競馬《けいば》のシーズンでしたし、それに、両親ともるすのときは、まったくすきかってにできたからです。セフトンは、おばあさまのことなどぜんぜん気にしていませんでした。

スーザンは、午前中、ジョナサンについて勉強しました。ジョナサンはまえから、なにか新しいことを教えてあげようと、スーザンにやくそくしていました。かれは、スーザンには字が読めないという事実を、あきらめてしまうことができませんでした。もしスーザンが文字をおぼえられないのなら、じぶんはつとめをはたしていることにならない、スーザンにものを教えていることにはならないのだ、と感じていたのです。それで、ジョナサンは夕方になると、自宅《じたく》で、何時間もかけて、大きな板にアルファベットを彫《ほ》りつけるという、めんどうでこまかな仕事にふけっていました。

ジョナサンがはじめてこれを見せた日のこと、ジェイコブが好奇心《こうきしん》で目をまるくして、ふたりの仲間《なかま》に加《くわ》わりました。字を読むなんて、ジュジュ以上《いじょう》のことだ、とジェイコブは思いました。そうでないとしたら、黒いしるしが、どうして話し言葉になれるかしらん？　生きて、力を持って、いろんなことをひきおこす言葉に、どうしてなれるもんか。

ジェイコブにとってさいわいなことに、ジョナサンは、ふと、アルファベットの文字ぜんぶをスーザンに教えることが、とてもむりではないかという気分になりました。そしてスーザンがおとなになったとき、じっさいにどうしても必要《ひつよう》な第一のことは、じぶんの名まえをサインできることだ、ときめました。そこでジョナサンは、スーザンの指をとって、S《エス》の字を彫《ほ》ったみぞにおきました。形からいえば、SUSAN《スーザン》というのはやさしい字です。ジェイコブは、一心に息《いき》をひそめて、テーブルに身を乗りだしていました。これがスーザンのジュジュのしるしなんだ。

「S、ヘビだ（ヘビ、かみつかない）」

「そのとおりだ、ジェイコブ！　上できだ。Sはヘビ（SNAKE《スネイク》）をあらわすんだよ」

「U《ユー》、ゾウの鼻をあらわす？」

「そうじゃない。どうしてそうなるんだい？　いや、形じゃないんだ。Uは、ウーという音だよ」

ジェイコブはうなずきました。Uは、野牛がモウーと鳴くところをあらわすんだ。大きな声でいわないほうがいい。

文字をおぼえたあと、スーザンにとってむずかしいのは、書くことでした。じっさいにやってみるまで、ジョナサンには、どういうことになるのか、想像《そうぞう》もつきませんでした。スーザンは、石筆《せきひつ》で書くのですが、Uが横になったり、A《エー》がさかさまになったりしました。けれども、それをスーザンに見せることができないのです。ジェイコブは、ジョナサンの途方《とほう》にくれた顔から目をうつして、スーザンのとりとめもなくうごく指を見ていました。思いつきに富《と》んでいるのが、ジェイコブのとりえでした。まえの晩《ばん》、ジェイコブは台所にいて、パンにする粉《こな》をこねたり、形をととのえたりするありさまを、うらやましい思いで見ていました。料理番《りょうりばん》の女の人は、ジェイコブにはやらせてくれませんでした。「ねり粉《こ》に、あんたの黒い指をつっこまないでちょうだい」と、めん棒《ぼう》をうごかしながら、どなりつけたものです。

「おじょうさん、ねり粉にヘビ書けるよ」

ジェイコブは、おおいに望《のぞ》みをもって、提案《ていあん》しました。

ジョナサンの長所のひとつは、いい考えが与《あた》えられると、すぐにそれをうけいれることでした。かれはベルを鳴らして、キャクストンをよびました。ところが同時に、ドアをノックする音がして、キャクストンが巻《ま》き尺《じゃく》を持って立っていたのです。

「セフトンさまのいいつけで、ジェイコブの服の寸法《すんぽう》をとりにきました。わたしはけさ、洋服やまで行くことになっているんです。この家ではめずらしい動物をかっていますんでね、ジョナサン先生」

寸法をとってもらうために立っているときのジェイコブの顔は、とくいまんめんで、なかなか見ものでした。

「じぶんを海軍大将《かいぐんたいしょう》だと思っているんですよ」

キャクストンはせせら笑《わら》って、ジョナサンにいいました。

「キャクストン君、おわったら、ぼくのところへ、パンのねり粉と、大きなブリキ製《せい》のお盆《ぼん》をよこしてくれるよう、料理番にたのんでくれたまえ」

「だんな方のおいいつけでしたら、なんなりといたしますよ」

ねり粉がとどけられました。それから、まるい黒たんの定規《じょうぎ》で、ねり粉をたいらにのばすと、スーザンはそれに石筆で書きこみました。じぶんのしるしをつくって、

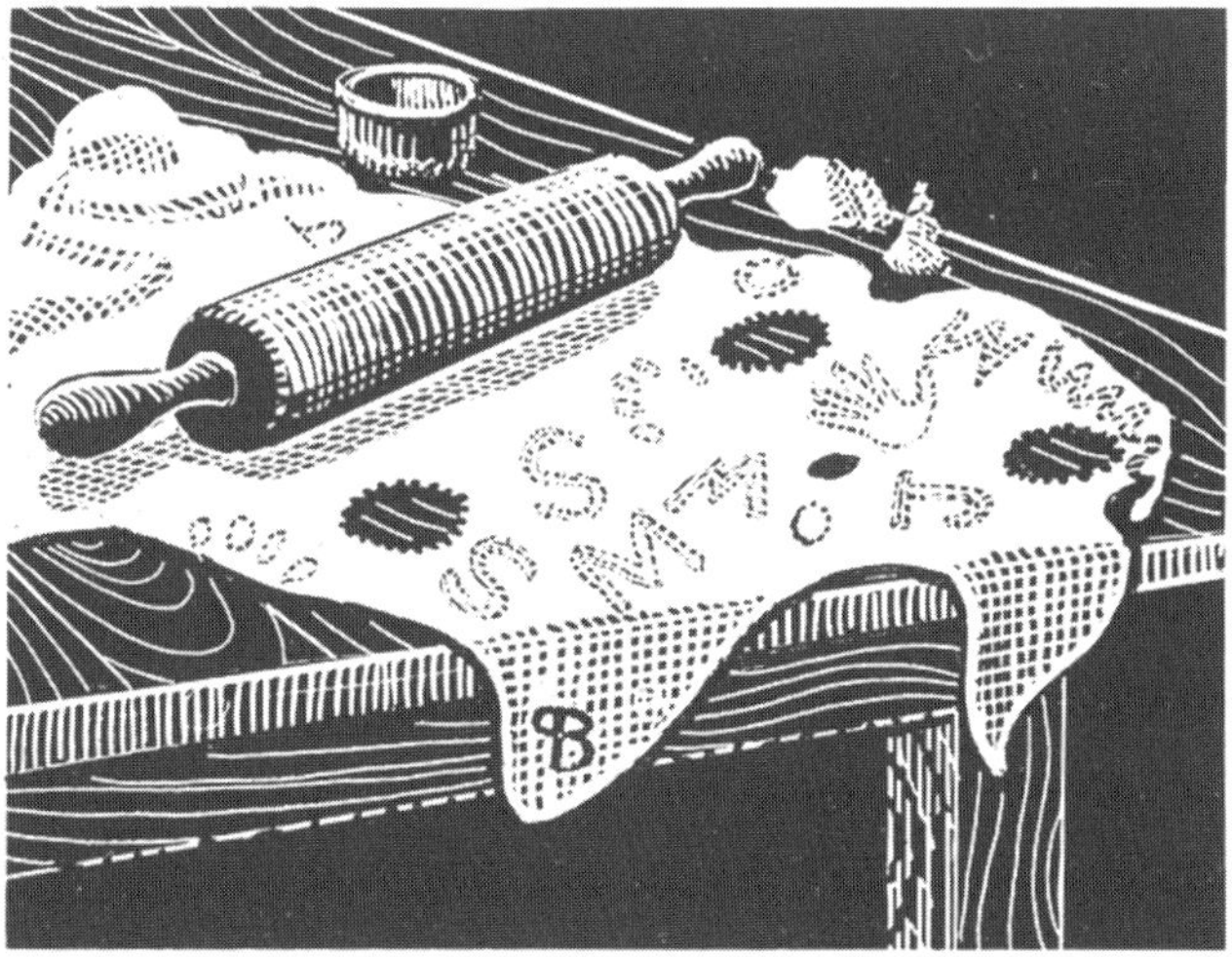

さわってみることができました。

そのあいだに、ジェイコブはむちゅうになって、両方の掌《てのひら》でねり粉のほっそりしたヘビをいくつかこねあげ、それらをまげてSの形にしました。

「おじょうさん、ねり粉でヘビをつくって、くるくる巻いて、食べる。すごく強いジュジュだよ」

ジョナサンは、ジェイコブをほめてやりました。

「ねり粉とは、いい思いつきだったよ、ジェイコブ。これでスーザンおじょうさんは、きみにはかなわないとしても、きみとおなじくらい早く、おぼえるようになるよ」

ジェイコブは、すぐに文字のよび方をおぼえましたが、それでもまだ、Aは小屋をあらわし、N《エヌ》はくねっとまがったサイの角《つの》をあらわすと思っていました。

午後、天気さえよければ、スーザンとジェイコブはいつもいっしょに庭に出ました。おばあさまは、ある日、ふたりがなにをしているのかしらと、窓《まど》からのぞいてみて、身の毛もよだつ思いをしました。ジェイコブが、スーザンの首のうしろをつかんで、地面に頭をおしつけ、おまけに、足を持ち上げているのが、目にはいったのです。スーザンを殺《ころ》そうというのではありません。とんぼがえりを教えようとしていたのです。スーザンは、いつも注意深く歩くように教えられていました。それはまるで、水や火、階段《かいだん》、高い窓、あけたドアや落《お》とし穴《あな》などでいっぱいの世の中では、ころばないことが、人生でもっともむずかしいことであるかのようでした。ところがいま、スーザンは外に出て、だれにも見えるところで、服がわきの下までずりおち、白の木綿《もめん》のタイツが空にむかってつき出るかっこうで、さかさまになっているのです。老《ろう》婦人《ふじん》は、杖《つえ》のにぎりのところで、窓わくをもうれつにたたきました。びっくりぎょうてんしているしるしでしたが、スーザンには見えませんし、ジェイコブにはわけがわかりませんでした。まるで竹やぶの中にライオンがいるかのように、ジェイコブはふりかえって見ただけでした。ソフトリーばあやが、ふたりのもとにつかわされ、息《いき》せききってやってきました。

「スーザンおじょうさま！　そんなはしたないまねをして！　まったく、なんてことでしょう！　信《しん》じられないことだわ。おぎょうぎの悪いおてんば娘《むすめ》ですね。それにジェイコブ、おまえはたちの悪い、ごろつきぼうずだよ。だんなさまにいいつけてやるからね」

「あたし、いま車の輪《わ》になっているの」

スーザンは、もう一度とんぼがえりをしました。ジェイコブは、大声で声援《せいえん》をおくりました。

「車の輪、ぐるぐるまわる。馬、ぐんぐんひっぱる」

ジェイコブは、じぶんも芝生《しばふ》をごろごろころがっていきました。ふくろ形の帽子《ぼうし》が片方《かたほう》の目にかぶさったまま、スーザンは、声をたてて笑っていました。

ソフトリーばあやは、羽ぶとんのようなからだをゆさぶって、長い道を走ってきたので、息がきれて苦しそうでした。また話しだせるようになるまで、せわしく息をしているあいだに、ぎょっとはしたけれど、これはただの子どもっぽい遊びにすぎなくて、別《べつ》に害《がい》はないんだわ、と思いかえしていました。それで、ただぶつぶつ小言をいっただけでした。

「おじょうさまが、礼儀《れいぎ》を知らないジプシーみたいにふるまうのを見ようとは思ってもみなかったですよ。スカートをおろしなさい。さあ、もうやめにして、おとなしくすわりなさい」

おなじこの日の午後、家の玄関《げんかん》先で、手まわしオルガンのむやみとにぎやかなお祭り気分の音楽が、鳴りはじめました。手まわしオルガンは、町なかではよく見かけましたが、いなかではめずらしいものでした。おとなしくて、もの悲しそうなイタリア人がひくのですが、たいていサルを連《つ》れており、このサルが子どもたちをよろこばせ、帽子を持ってお金をあつめてまわるのです。サルは、ふつう、みどりの上着に、赤のズボンというでたちでした。ズボンのうしろからは、ふしあわせなしっぽがぶらさがっていました。もう、木から木へとゆかいにブランコ遊びをするために、しっぽを使うことはないのです。サルはみな、くさりにつながれているんですから。

ばあやは、じっとすわっていられるのがうれしくて、いいました。

「ジェイコブ、スーザンおじょうさまを連れていって、あの音楽をお聞かせしなさい。サルがいたら、おじょうさまをあんまりちかづけちゃだめだよ」

サルはいました。はでな色の手まわしオルガンの上にうずくまっていて、すごくふきげんなようすでした。上着のすそを、あと足のまわりでひきずっていました。そして、わきの下をしょんぼり、ひっかいているのです。

「サルがいるの？　ジェイコブ」

「奴隷《どれい》のサル。とっても悲しそう。おじょうさん、サルほしい？」

さて、ジェイコブのまっ黒な顔か肌《はだ》のにおいが、ホームシックにかかっていたサルに、ジャングルを思い出させたのでしょうか、それともジェイコブがやさしくて、ものおじしなかったからでしょうか、この黒人少年がつかまえても、サルはかみつきませんでした。ただ、もぞもぞして、するどいよった目をぎょろつかせているだけです。目のくぼみは、サハラ砂漠《さばく》のようにしわがよっていました。ジェイコブは、そのサルをじぶんの腕《うで》に気持ちよくすわらせました。オルガンひきの男は、そのときまで、じっと上のほうの窓を見たまま、ハンドルをまわしていました。銅貨《どうか》がふってくるのは、いつも上のほうの、メイドべやや子どもべやの窓からだったのです。

ジェイコブは、ポケットの中を手さぐりして、スーザンにリンゴをわたしました。

「おじょうさん、それをあげるといい」

「サルに食べものをやるのは、二ペンスだよ」

商売ねっしんのイタリア人は、まだ上のほうを見つめたまま、いいました。

スーザンは、リンゴをさしだしました。するとその手から、あっという間もなくリンゴが消えうせました。それから、口を大きくあけて食べる音がしました。

スーザンは、ぬすまれたような気がしました。二ペンスと消えたリンゴ。それでも、スーザンの感じでは、サルはいないのです。

ジェイコブが、手をさしだしました。

「サル、かみつかない。おじょうさん、あごの下こする。リンゴをかくしたほっぺたに、大きなこぶ、あるのがわかる。足、手とおんなじよう。長いしっぽ、たれてる」

スーザンの手がふれると、しっぽはいきいきとし、手首にしっかり巻きつきました。それから、キーキーいう鳴き声と、くさりのガチャガチャ鳴る音がしたかと思うと、サルは、ひらりととんで、いなくなってしまいました。

「ばあや！」

スーザンは、じぶんでも思いがけない大きな声をはりあげました。そして満足《まんぞく》そうにぴょんぴょんはねました。

「二ペンス、ほしいの」

窓があき、メイドのベッツィが、手にいっぱいの銅貨を、えらそうに投げおろしました。

「奥《おく》さまが、もうけっこう、といってらっしゃるわ。ごくろうさん」

音楽は、とちゅうでやんでしまいました。銅貨が大急ぎでかきあつめられました。まるで、かえしてくれといわれるかもしれない、と思いこんでいるかのようでした。そして、手まわしオルガンひきは、車道をごろごろおしていってしまいました。いれちがいに、洋服やのつつみを持った少年が、やってきました。

そのつつみをジェイコブにわたしながら、ベッツィがいいました。

「ほら、おまえの新しい服よ。夕食のときにきちんとしようと思うんなら、それを着たほうがいいわよ」

ジェイコブは、じぶんのへやにあがっていきました（あの子はあなたのへやから通じている、あの小さな物おきべやの中に、わらぶとんをしいて寝《ね》ていたのです）。ジェイコブを、ほかのどの人ともおなじ人間にしてくれるはずの、服を着るためでした。あの子にとって、それは、おごそかな瞬間《しゅんかん》でした。けれども、その服は、まるでジェイコブの期待していたものではありませんでした。イギリスの少年が着る服とはちがっていたのです。それでもジェイコブは、船長さんのくださるものにまちがいはないはずだ、と思っていました。それに、どうして黒人の少年にわかりましょう。それで、ジェイコブはその服を着たのです。明るいみどりの上着と、兵隊《へいたい》さんのようなまっ赤なズボンでした。そして、また下におりていきました。

広間では、セフトンがちょうど射撃《しゃげき》から帰ってきて、銃《じゅう》をキャクストンにわたしていました。ふたりはジェイコブを見ると、どっと吹《ふ》きだし、ひざをたたき、あーとか、おーとかさけんで、おなかをかかえて笑いました。セフトンは、じぶんを心からあがめているメイドのベッツィを、見にくるようにとよびにやりました。ベッツィは、手で口もとをおおって笑いをころし、目をまるくして、いいました。

「あら、セフトンさま、なにをなさったんですか？　なんてまあ、ごじょうだんのすきな方なんでしょう。でもジェイコブときたら、今日の午後ここにきていたサルに、うりふたつですわ」

ベッツィはエプロンで顔をつつんで、からだをゆすりました。

「今日の午後、ここにきたのかい？　それは話がうますぎて、ほんとうとは思えないくらいだ。ぼくはセント・ニーツで見て、これを思いついたんだ。ぼくたちも流行おくれにならないようにすべきだと思ってね。ご時勢《じせい》におくれちゃならんってわけさ」

セフトンは、笑いすぎて話もできないほどでした。ソフトリーばあやが、いったいなんのさわぎかと、見にきました。すると、セフトンはいったのです。

「早くきてよ、ばあや。ぼくはわき腹《ばら》がいたくて、死にそうだよ。ああ！」

ソフトリーばあやは、しばらくきびしい顔つきをしていました。それから、セフトンを見て、頭をふりました。

「わたしには、わかりませんよ！　セフトンぼっちゃまは、まじめになろうとはなさらないのですか？　これはきっと、あなたさまの悪ふざけですね。キャクストンが寸法をとったのなら、ほめてやれませんよ。まあ、そでとズボンが十五センチも短すぎますよ。まわってごらん、ジェイコブ。見てあげよう——あら、まあ！　うしろには、しっぽを出せるように、裂《さ》け目まであるわ。さあ、こっちへおいで、ジェイコブ。縫《ぬ》いあわせてあげるから。あーあ、セフトンぼっちゃまときたら！」

ソフトリーばあやは、ジェイコブをひきずって連れていきました。また、どっと笑い声がおこりました。残酷《ざんこく》なじょうだんにつきものの、おさえのきかない、満足しきった笑い声でした。

「おじょうさん、どこ？」ジェイコブは、二階にあがったとき、たずねました。

「寝かせましたよ。つかれてへとへとでしたからね」

「ぼくも、寝る。つかれてへとへと」

「おまえは、ズボンのうしろを縫いあわせるまで、ここにいるのよ。セフトンぼっちゃまは、じょうだんでなさってるにちがいないわ。でもこれは、キリスト教徒《きょうと》のすることでありませんよ」

「ぼく、もうサルの服、着ない」

「与えられたものは着るのよ。注文して、お金をはらったものだし、お金をすててしまうわけにはいかないからね。今晩、ここにそれをおいていきなさい。そしたら、わたしがそでと足のたけをのばしてあげるよ」

「ジェイコブ、サルの服、着ない」

ひいてあるベッド用のカーテンのうしろから、スーザンの声がしました。

「あたし、ジェイコブにおやすみなさいをいいたいの」

「おしゃべりをやめて、ねむるんです」

「ジェイコブにおやすみなさいをいわないと、ねむれないわ。ひと晩じゅう、ぜったいにねむれないわ。それに、一分ごとにのどがからからになるわ。そしたら、ばあやもひと晩じゅう、おちおちしていられないわね」

「なんていう口のきき方でしょう！」

こんな反抗《はんこう》は、まったくそれまでになかったことでした。

「いまも、のどがからからなの。なにか飲みたいわ。おねがいだから、ばあや、飲みものをちょうだい。それと、ジェイコブに用があるの」

「ぼく、ここにいるよ、おじょうさん」

「ジェイコブ、あたしのほっぺたにさわってみて」

ジェイコブは、ベッドのカーテンを両方にひらきました。すると、そこに、フリルのついたねまきを着たスーザンがいました。片方《かたほう》のほっぺたが、おかしな形にふくれています。

「おじょうさん、そこになに入れてる？」

「木の実よ」

やっとのことで、それを掌《てのひら》に出してから、スーザンはいいました。

「あのおサルさんのほっぺたくらい大きかった？　ジェイコブ、あのおサルさん、おもしろかったわね？」

「黒人の国には、サル、たくさんいるよ」

「あたし、おサルさんすきだわ。でもセフトンはすきじゃないの」

「もしセフトンさま、サルほしがっても、サルから、たくさんいじわるされる。わかるね、スーザンおじょうさん」

「ジェイコブ、カエルって、おサルさんみたいなの？」

「スーザンおじょうさん、カエルほしい？　ジェイコブ、あしたひとつとってくる」

「おやすみなさい、ジェイコブ」

ソフトリーばあやがミルクを持ってもどってきたときには、スーザンはもうすやすやとねむっていました。


（「ジェイコブは、ほんとうにサルの服を着ていなくちゃならなかったの？」トーリーは、気が気でなかった。

「いいえ。それはセフトンのじょうだんにすぎなかったの。セフトンは、洋服やに、おとうさんが南アメリカからめずらしいサルを連れて帰ってきたと話したのよ。そして、つめたい三月の風にあたって、死んでしまうだろうから、大急ぎで服がほしいと話したの。それで、あわててこしらえたものだったのね。ほんものの服は、あとになってきました。それは、ふつうのちゃんとしたもので、まったくほかの人の服とおなじでした。セフトンが洋服やにまかせたからです。セフトンはじぶんでえらぶだけの興味《きょうみ》もなかったのね。おばあさまは、サルの服のことで腹を立てたわ。でもそれは、ジェイコブが笑いものにされたからではなく、ソフトリーのように、どの人間にもキリスト教徒としての尊厳《そんげん》があって、それは大事にされなければならない、と考えたからでもありません。ただ、セフトンの態度《たいど》が『だらしない』もので、メイドといっしょになって笑ったからでした。そういうわけで、おばあさまはサルの服を、『貧《まず》しい人たちにあげるように』と、キャクストンにわたしたのです。そして、洋服やがその服といっしょにとどけてきた残《のこ》りぎれを、おばあさまは、パッチワークに使いました」

「おばあちゃんは、ぼくにまだあの木のことを話してくれてないよ」

「あらあら、あの木にはいっこうたどりつきそうにないわね。あなたがつぎからつぎへと発見するので、なかなかついていけないのよ」)

さて、あくる朝、ジェイコブは、よくあることでしたが、たいそう早く起きて、なにかじぶんの用事をするため、庭に出ていきました。セフトンがおりてこないうちに、家の中を探検《たんけん》したいということも、あったかもしれません。ふたりとも、もっと文字をおぼえたい気持ちでいっぱいでした。ジェイコブは、勉強するのです。そのあと、台所で朝ごはんを食べ、それから、スーザンといっしょに勉強するのです。ふたりは、勉強のあいだ、どうしても目をつむっているといってききませんでした。ふたりは、JACOB《ジェイコブ》という新しい文字をすっかりおぼえたので、それをねり粉に書いてみました。ふたりがこうしているあいだに、家の中でさわぎがもちあがりました。乗馬服の銀ボタンがなくなっている、それが見つかるまでは、競馬《けいば》に行けない、とセフトンのわめいている声が聞こえてきたのです。

「キャクストン、けさ、おまえがボタンの手入れをしたな。どうして、ひとつなくなっていることを、ぼくに知らせなかったのだ?」

「セフトンさま、わたしが手入れをしていたときには、ぜんぶちゃんとついておりました」

「それじゃあ、急いでさがしてくれ。イタリア人みたいに、ボタンがとれたまま外出するなんてことは、ぼくにはできないよ」

イタリア人といったとき、セフトンのやましい気持ちは、はっと思いあたるところがありました。かれはいきなり勉強べやにとびこんでいって、ジェイコブの肩《かた》をつかみました。

「ぼくの銀ボタンはどこだ？　いまいましいサルめ」

けれども、そのさわぎがはじまったとたんに、ボタンはジェイコブの手からスーザンの手へうつっていました。ジェイコブは、身におぼえがないというように、まじめくさっていました。ポケットがしらべられているあいだ、ジェイコブは抗議《こうぎ》をし、天をあおいで目をぎょろつかせているだけです。家じゅうで、さわぎがつづきました。行ったり来たり、階段をそうじしたり、敷物《しきもの》をふりはらったり、ベッツィはいっしょうけんめいで、セフトンはぐちをたらたら、キャクストンは怒《いか》りをおしころして――。しばらくして、スーザンがたずねました。

「ジョナサン先生、サルってどんな字？」

黒い指とピンク色の指とが、サル（MONKEY《モンキー》）の最初《さいしょ》のM《エム》の字のみぞで出会って、つつきあいをすると、ふざけないで、と注意をうけなければならなくなるまで、ふたりの子どもは大笑いしました。

勉強のあと庭に出ました。季節《きせつ》はちょうどいまとおなじころで、とてもよいお天気でした。スーザンが鳥にパンくずを投げたり、鳴き声に耳をかたむけたりしているあいだに、ジェイコブは植木鉢《うえきばち》がひっくりかえっているところへ行きました。それから帰ってきました。

「おじょうさん、カエルほしい？　カエル、とてもぬるぬるして、とてもつめたい。馬よりもたくさんとぶ。あと足を、わなにかけたみたいに、しっかりおさえておかなくちゃいけない」

スーザンは、両手をさし出しました。ジェイコブはカエルの足をつかんで、その手の中におきました。スーザンは、カエルの手がじぶんの指にひんやりと巻きつくのを感じました。それから、じぶんやジェイコブとおなじように、カエルも心臓《しんぞう》がひふのすぐ下でドキドキうっているのを感じました。

「カエルの目って、頭のはしっこにあって、トウモロコシみたいに大きいのね」

スーザンはさわってみて、小さなしわしわのまぶたが、ぴくぴくうごくのに気づいたのです。

「わー、ひっぱる、ひっぱる！　足、とても強いよ」

「あたしにもやらせて」

スーザンは足を持ちました。けれども、カエルがひっぱったとき、気がくじけて、かわいそうにもなり、手をはなしてしまいました。カエルがゆっくり、長く、ぴょーんととんで、草むらの中にすべりこんでいく音が聞こえました。スーザンとジェイコブはそのあとをおいかけましたが、堀《ほり》にたどりついて、水のはねる音が聞こえ、おわりとなりました。

「カエル、家に帰って、奥《おく》さん、いっしょ」

「こんどは鳥を持ってきて。生きている鳥よ。セフトンの、気味の悪い死んだ生き物じゃなくてよ」セフトンは、一度、スーザンのひざにキツネの頭と足を投げつけて、こわがらせたことがあったのです。「さかなと、マルハナバチと、ネズミと、ウサギと、馬と、クマと、ゾウを持ってきてちょうだい。毎日なにか持ってきて」

「あー！　スーザンおじょうさん。たいへんむずかしいもの、たくさんほしがる」

「いまいったもの、持ってきて」

「はい、スーザンおじょうさん」

それからちょっと間をおいていいました。

「銀のボタン、持っている？」

「ここにあるわ」

「ジェイコブ、いいところにおいておく。ぬすむんじゃない。かくすだけ」

ジェイコブは、長いあいだどこかへ行ってしまいました。そのあいだ、スーザンはじっとすわっていました。鳥たちがだんだんそばにちかよってき、耳のそばをつばさがバタバタ音をたてており、スーザンの髪《かみ》をかすめました。聞きなれない鳥がはるか上のほうでさえずり、犬がほえているのが聞こえてきました。カエルたちは、ベッドの中でぐずぐずしている人のように、ガーガー鳴いていました。どこかで、ボギスが調子をとって土を掘《ほ》っている音がしました。

すぐちかくでは、小枝《こえだ》の先で一枚《まい》の葉が風にまっていました。スーザンの耳には、すきま風にゆれているろうそくのように聞こえました。ジェイコブは、もどってきてスーザンのそばに立ったとき、なにげなくその葉をむしりとってしまいました。

「ジェイコブ、ろうそくを消してしまったのね。さあ、あんたは暗やみにいるのよ」

「おじょうさん、ろうそくだって？」

「ええ。あんたはろうそくのしんをひねってしまったわ」

ジェイコブは、じぶんの指を見つめました。

「ちがうよ、おじょうさん。ろうそくじゃない。ろうそくの火のような形の葉っぱ。ろうそくとおんなじ音する」

「どこに行ってたの、ジェイコブ？」

「大きな木の上。ウッドペッカー号の見張《みは》り台《だい》ぐらい高いところ」

「あの犬はなに？　セフトンのかっている犬じゃないわ」

「ちっちゃなちぢれ毛の犬。アフリカ鳥がさえずると、やってくる。あした、セフトンさま、カフスボタンひとつだけになると思うよ。イタリア人みたいに、だらしない」

いまや、セフトンは毎日、つまらないことで、なやまされるようになりました。ふたつで組になっているものは、どれも片方しか見つからないのです。セフトンはおしゃれでしたから、ジェイコブにとって、えらぶものはたくさんありました――ししゅうのついたスリッパ、レースでかざったカフス、香水《こうすい》びん、くつの留《と》め金《がね》など。スーザンとジェイコブは、ごく自然《しぜん》に、力をあわせてやっていく気がまえでしたし、スーザンの手のうごきも頭のはたらきもすばやかったので、ジェイコブはけっして見つかることがありませんでした。またスーザンをしらべてみようとは、だれも思いつきませんでした。ふたりの息がぴったりあっていたので、手袋《てぶくろ》の片方や、ガラスびんの栓《せん》まで、ほとんどセフトンの目のまえで消えてしまいました。

「いったい、どこへおいたんかなあ？」とセフトンがいうと、スーザンもジェイコブも、まじめで、思いやりがある、むじゃきな子を絵にかいたような顔つきをしました。

「ジェイコブ、セフトンはこんどはなにをなくしたの？」

「知らないよ、スーザンおじょうさん。なにかなくしたこと、たしかだけど」

ジェイコブは、いつもいそいそといいつけにしたがいましたので、かれの不利《ふり》になるようなことは、なにもありませんでした。組になったものの片方しかなくならないという事実は、キャクストンを考えに入れなくていいということでした。もしキャクストンがぬすむとしたら、もっと得《とく》になるぬすみをするでしょう。それにキャクストンは、セフトンの秘密《ひみつ》をたくさん知っていたので、ほしければ、いつでもセフトンからお金をせびることができたのです。セフトンがありそうなことだとうれしがって考えた別の解釈《かいしゃく》は、こうでした。じぶんにむちゅうになっているベッツィが、思い出になるものをあつめて、まくらの下に大事にしまっているのではないか、というのです。

「いま、こうやってつぎあわせているのが、ベッツィのしま模様《もよう》のプリントの服なのよ。ベッツィは、三角形のえりかざりをつけ、ふくろ形の帽子をかぶっていました。かわいかったのよ。でも、ベッツィの布《ぬの》をほかの布の下にかくしてしまうことは、苦にならないわ。しま模様の木綿は、いまでも買えますからね――むかしほどいいものじゃないけど」

トーリーは腰をおろして、ひいおばあさんが、はぎれを縫いあわせる台紙に、針《はり》をさしたり、ぬいたりする音や、糸がとおされるときのカサカサいう音に、耳をかたむけていた。トーリーの目は、折《お》り重《かさ》なったキルトのさまざまに入りくんだ模様を、あちこち見まわしていた。トーリーの耳には、暖炉《だんろ》の火や、置《お》き時計《どけい》、ブナの木にいるクロウタドリ、すぐそばで敷物の上に寝そべりながら、夢《ゆめ》の中で走りまわっているオーランド、それから、はてしない空をぶんぶんうねりながら高く飛《と》んでいく飛行機《ひこうき》の音などが、聞こえてきた。こうした音は、すべて、大むかしのふしぎなしずけさの中に、とじこめられているように思われた。

トーリーは、こまかな白い花模様をつけたバラ色のつぎ布を指さした。

「スーザンは、ビーズを糸にとおしていたとき、それを着ていたよ。ぼくはこの目で見たんだ」

11　影

その晩《ばん》、トーリーが家のいちばん高いへやへ寝《ね》に行ったとき、外はまだ暗くなっていなかった。西側《にしがわ》の天窓《てんまど》をとおして、入り日が赤から紫《むらさき》色《いろ》になって消えていくのを、見ることができた。東にむいている反対側《はんたいがわ》の窓では、世界がぐんぐん暗くなっていくので、日が西にしずんでいくのを見ているというよりも、ほんとうは地球が太陽から顔をそむけていくのを見ているのだ、とトーリーは思った。それは、頭がくらくらするような考えだった。トーリーは、ウッドペッカー号のマストの見張《みは》り台《だい》が、メトロノームのように東西にゆれ、それにあわせて、太陽があがったりさがったりするさまを想像《そうぞう》した。そして、ジェイコブがじぶんとおなじ年なのに、どれくらい高く支《ささ》え綱《づな》によじのぼったのかしら、と思いをめぐらせた。

トーリーは、ジェイコブが寝ていた物おきべやをしらべなおしてみたくて、中にはいった。たいそうせまくて、窓はなかった。トーリーの学校用のトランクは、休み中、ここにおいてあった。だが、グリーン・ノウのすべてのものに親しみが持てるのは事実としても、トーリーは物おきべやのことをじっくり考えたことなどなかった。そこでいま、ろうそくに火をともし、戸をうしろ手でしめながら、奥《おく》にはいっていった。トランクの上にろうそくを立てて、そばに腰《こし》をおろした。ふたつの洋服かけをのぞくと、壁《かべ》はむきだしになっていた。その壁に影《かげ》をうつすものは、じぶんのほかに、なにひとつなかった——それがほんとうにじぶんの影としての話だが。この影で魔法《まほう》をおこなうことができるかな？　背中《せなか》がぞくぞくするようなきみょうな感じをうけとめながら、トーリーはじぶんに問いかけた。そして指をくるくるまわした。すると、黒い指が壁の上でくるくるまわった——当然《とうぜん》起こることが起こっただけだ。でも、やっぱりそれはどうもへんだ。

トーリーは外に出た。するとまた勇気《ゆうき》がわいてきて、もう一本ろうそくを持ち、こんどは男の子がふたりいることになるんだ、とひとりごとをいいながら、中にはいっていった。影がじぶんのものか、おない年の黒人の子のものなのか、それから、指がほんとうにじぶんのしたとおりにうごいたか、それともちょっとちがったふうにうごいたのか、はっきりしないんなら、それよりは男の子がふたりいることになったほうがいい、と考えたのだ。トーリーは、新しいろうそくを反対側のはしにおいた。こんどは、男の子ひとりにふたつの影があった。そのふたつの影は、おたがいに出会ったり、とおりぬけたり、あわさってひとつになったり、またふたつにわかれたりすることができた。

「ジェイコブ！」

トーリーは小声でいったが、しめきった物おきべやの中では、とても大きく聞こえた。

こたえはなかった。だがトーリーは、はっと息《いき》をのんだ。なぜなら、一瞬《いっしゅん》なにかがじぶんをぐっとおしたように思えたのだ。

オールドノウ夫人《ふじん》は、いまでも毎晩おやすみなさいをいいに、トーリーのところまであがってきた。それはふたりの共通《きょうつう》の楽しみなのだった。夫人には、トーリーがまだベッドにはいらず、パジャマ姿《すがた》で、窓からからからだを乗りだしているのが目にはいった。トーリーは、うすくらがりの中で白っぽく見える、いちばん咲《ざ》きの桜《さくら》の花と、川にうつっている宵《よい》の明星《みょうじょう》を見つめていた。

トーリーは、おばあさんのウズラのような腰に腕《うで》をまわした。

「スーザンには見ることのできなかったものが、たくさんあるね」

「においをかぐことはできたでしょう」

トーリーは、春の夜のにおいを大きく吸《す》いこんだ。

「スーザンは、星のにおいをかぐことができたと思う？」

「今晩は、わたしでもできそうよ。スーザンはきっと、星のいる世界のにおいも、かぐことができたわ。ときどき、わたしたちはものに名まえをつけて、それをつまらなくしてしまいます。『星』についても、そうね。スーザンはそういう世界を吸いこんで、そのぜんぶを考えていたんだって、想像してごらんなさい」

トーリーは、星や、桜の花や、真水の流れる川や、イチイの木や、ねむっているスミレを、胸《むね》いっぱいに吸いこんで、ベッドにとびこんだ。

「ぼく、物おきべやの中で、ジェイコブをさがしていたの。でも、びくびくしちゃっただけ。悪い夢《ゆめ》を見ないといいんだけど」

「どうしてそんな夢を見そうなの？」

「見えないものにふれられるのは、すきじゃないんだ」

「それが、目を持っていることの欠点《けってん》のひとつね。目で見ることができないと、人はなんでもこわがってしまうのね。スーザンにふれたものは、どれもあの子の見ることができなかったものばかりよ。でもスーザンは、こわがるどころか、なにもかも実地にあたって理解《りかい》しようと思ったわ。焼《や》けるってどんなことなのか知るために、指をろうそくの火の中につっこむことさえしたのです。さあ、ねむりなさい。またあしたがありますからね」

12　夜明け

トーリーは、ねむりについたが、どういうわけか、たいそう早く目がさめた。ちょうど明るくなりかけたときだった。鳥たちにもまだ早すぎて、ツグミが目をさましているだけだった。窓《まど》から外をながめると、庭がぼんやりと、はるか下のほうに見えた。もやがすじになって、しげみにかかっていた。ツグミがだまると、世界は物音ひとつしなかった。庭は、生きかえるのを待っていた。トーリーは服を着て、そっとすべるように階下《かいか》におり、おもてへ出た。なるべく危険《きけん》にはちかづかないようにしようと、うすあかりの中を手さぐりしながら、野生の動物のように、注意深くうごき、あたりをうかがって、聞き耳を立てた。トーリーは、じぶんが芝居《しばい》をしているのか、それとも本気なのか、わからなかった。夜明けは、それほどしずまりかえり、またあたりをしずまりかえらせていた。

竹の生垣《いけがき》とヤナギのやぶが、いちばん人をひきつける場所に思われた。竹はジャングルのようで、美しく、明るく、ゆれる（いまはぜんぜんゆれていなくて、うっとりとしたように、しずかだけれども)。中になにがかくれているかは、だれにも見えない。だがどんな鳥でも、その中でなにかに驚《おどろ》いてとび出すときには、茎《くき》やごわごわした葉のふれあう、大きな音をたてるはずだ。トーリーは地面を見つめながら、はうようにしてすすんでいった。というのも、でこぼこした草地に、たおれた茎があり、つまずいてころびやすいからだ。すぐうしろで、なにかあわててうごきだす音がして、びくっとした。すると、二羽の白鳥が頭のすぐ上をとおりすぎていった。その飛《と》んでいく音は、とおりすぎてしまってからも、はるか川上のほうでつづいていた。そしてそのすぐ下の水面《みなも》に、白鳥の影《かげ》が、さかさまになって飛んでいた。

それから、世界が時をきざみはじめた。鳥たちが目をさましたり、寝《ね》ごとをいったり、つばさをひろげたり、耳をかいたり、位置《いち》をかえたりするにつれて、かすかに、チチッ、ククッ、という音がし、軽い羽ばたきの音、パタパタいうざわめきなどがしはじめた。そして、昆虫《こんちゅう》たちもぜんぶ、おなじことをするのだった。さまざまな葉も、目をさまして、青くそまってきた空のほうへ、ちょっとからだを持ち上げているようすだ。いまやツグミも、切妻《きりづま》の先のかざりから、ひそかにさえずっていた。トーリーの耳のそばでは、コマドリが、声の調子はどうかしらと、声をひそめてためしていた。と、ちょうどそのとき、ライチョウが、あわてふためいて、子どもたちに逃《に》げなさいとよびかけながら、竹の下からぱっととび出した。糸まきくらいの大きさの、数羽の赤ちゃん鳥が、母鳥のあとを追って走った。だが、トーリーの足もとに、母鳥のいうとおりにしようともがきながら、小枝《こえだ》にじゃまされてまごついている、かっ色の綿《わた》毛《げ》のようなひながいた。はじめは下にもぐりこもうとし、それから行く手に横たわっている野バラのもつれた茎をよじのぼろうとしたが、そのとき、ほっそりした黒い腕《うで》が竹やぶの中から出てきた。そして、指がそっとうごいて、ひなの上にかぶさり、キーキーと悲鳴をあげるのもかまわず、やぶの中にひきいれた。それから、なだめるような声がした。

「けが、してない。だから、ちょっとのあいだ、おじょうさんのため、ぼくの植木鉢《うえきばち》の下にはいっててよ」

トーリーはひざをつき、茎をわけて、のぞきこんだ。だれの姿《すがた》も見えなかったが、すぐあとで、オーランドがうしろにいることに気がついた。主人をまちがえてついてきてしまった犬のように、うしろめたそうな顔をして、いぶかしげにしっぽをふっていた。

いまや、太陽はすっかりのぼり、鳥たちはみな、せわしくうごいたり、ごきげんようとさえずったりしていた。堀《ほり》のちかくでは、ライチョウのひなたちの鳴く声が、いつまでもつづいていた。トーリーは、ぺこぺこに腹《はら》がへって、家にはいった。

家の中は、きのうでもなく、今日でもなくて、そのあいだのどこかにさまよっていた。居間《いま》には、パッチワークのカーテンが、三つの大きな窓《まど》にひいてあった。それは、ステンドグラスのように、まわりのイチイの木で黒ずんだ外のあかりを、色あざやかにうつしていた。このへやがこんなに見えるのを、トーリーはいままで見たことがなかった。これほど神秘《しんぴ》的《てき》なへやは、ほかにありえなかった――ドイツの伝説《でんせつ》に出てくる小人のルンペルシュティルツヒェンが、王女を手に入れることができなくて怒《いか》りくるったへやや、『白雪姫《しらゆきひめ》』に出てくる、おそろしいまま母の鏡《かがみ》のあったへやや、ものをいう剣《つるぎ》のあったへやと比《くら》べてもだ。夕方には、カーテンのにぎやかな色は、暖炉《だんろ》の光をうけてはなやぐが、昼間こうしてひかれていると、むかしの秘密《ひみつ》をかたくまもって

いるように見える。

　家のにおいも、おもおもしくて、ふだんとちがっていた。オーランドは耳をあちこちそばだて、鼻をぴくつかせていた。暖炉の中には、煙突《えんとつ》から、ひとすじの灰色《はいいろ》の光がさしこんでいた。ちょうどほら穴《あな》に、てっぺんのななめの割《わ》れ目《め》からしのびこむ光のようだ。カーテンにとざされてもの思いにしずむ、美しすぎるほどのたそがれとはまるでちがって、ひえびえとした邪悪《じゃあく》な感じがしていた。トーリーは、キャクストンにはぜったい会いたくないという思いに、はげしくおそわれた。

　トーリーは、新聞と、ひとかかえのヤナギの丸太を持ってきて、大きな暖炉で火をたいた。火はゴウゴウと音をたて、煙突の中に燃《も》えあがった。すると、きのうの空気もぜんぶいっしょに吸《す》いこまれていったので、へやはまた今日になり、こころよいヤナギの木のかおりが、いっぱいにたちこめた。トーリーは、暖炉のまえの敷物《しきもの》に寝《ね》ころんで、ビスケットをかじりながら、じっと火を見つめた。

　オールドノウ夫人《ふじん》の起きてくる時間までには、まだずいぶん間があった。それで、トーリーはもう一度おもてに出た。いちばん大きなイチイの木にのぼるためだ。クリスマスのときには雪の家になり、その中ではじめてトービーに会った木だ。トーリーが行くと、キツツキがコツコツとつついていたが、まっ赤な色をひらりと見せて飛びさった。

それはらくにのぼれる木だった。枝《えだ》がきまったあいだをおいて、幹《みき》のまわりにらせん状《じょう》にのびているのだ。木のてっぺんで、トーリーはのんびりと日なたぼっこをし、鳥やネズミやモグラとおなじくらい、庭の一部になりきった気持ちで、幸せそのものだった。霧《きり》がたちこめた地面よりも、この上のほうが、日光があたたかいように思えた。トーリーの下のイチイの木全体がはなつにおいは、煙突から出るヤナギの木のけむりといっしょに、さらに上の空にひきよせられていった。トーリーは、そのときすきに思えてきた歌をうたった（それは『ハイ・バーバリの沖《おき》を帆《ほ》かけてすすむ』という歌だった）。すると、その歌もまた、上の空に吸いこまれていった。トーリーは、どうしてツグミがあんなに大きな声でうたわなければならないのか、ようやくわかった。ツグミがやってきて、すぐちかくの切妻のかざり石にとまった。そして、しんけんに歌合戦《うたがっせん》をはじめた。

オールドノウ夫人が、居間のドアに姿《すがた》をあらわした。

「たいしたセレナーデだわ！　おりて、ベーコンを食べなさい」

13　ジェイコブの冒険

　トーリーは、楽しいことをたくさん見つけた。理髪用《りはつよう》のはさみをつかって、みどりの鹿《しか》や、リスや、クジャクや、そのほかのものを、刈《か》りこんでもいいというゆるしを得《え》、ずいぶんじょうずにやってのけた。それから、オールドノウ夫人《ふじん》の自転車に乗って、おつかいに行った。オールドノウ夫人は、トーリーが庭でオーランドと遊んで、どんなによごれても、ぜんぜん気にしなかった。夫人はまた、トーリーを連《つ》れて、模型《もけい》の船をつくっている近所の人をたずねた。その人が手伝《てつだ》ってくれて、ウッドペッカー号はもとどおりになった。トーリーは、帆《ほ》や船具の勉強をし、幸せな時間をたっぷりすごした。けれども、一日のおわりはいつもおなじで、トーリーのいちばん待《ま》ち望《のぞ》んでいる時間だった。パッチワークと、かごいっぱいのはぎれが持ち出され、それから、お話がはじまるのだった。

煙突《えんとつ》

羽ぶとんのようなからだをしたソフトリーばあやは、スーザンが女の子らしくなくとんぼがえりをしているのをやめさせようとして、庭へ走っていったとき、すっかり息《いき》ぎれがしましたが、かわいそうに、この人は心臓《しんぞう》が悪くて、寝《ね》つくことになってしまいました。スーザンは、毎日、朝と晩《ばん》、しとやかにばあやのところへ行って、どんなぐあいか聞き、ベッツィがじぶんをきれいにしてくれているのを見せて、心配しないようにいうのでした。スーザンのベッドはおばあさまのへやにうつされましたが、そこはむしむしして、しょうのうや薬や古いベッド・カーテンのにおいがするので、スーザンはきらいでした。ウールのふさかざりのにおいをかいだことのある人なら、わたしのいっていることが、わかるでしょう。おまけに、ついたて、足台、針箱《はりばこ》、小さなテーブルや厚《あつ》ぼったい毛皮《けがわ》の敷物《しきもの》がちらかっていて、スーザンにはうごきまわりにくいのでした。

しかし、ソフトリーばあやが病気になったので、いいこともありました。ふいに、思いがけなく自由になれたのです。ベッツィは、いろんなものを病人のへやに持っていったり、スーザンの食事を子どもべやにはこんだりしなくてはなりません。そしてスーザンに食べさせる世話もすることになっていましたが、とてもひとりでそんなにはできやしないときめこんで、その役をジェイコブにおしつけ、ふたりをいっしょに食事させることにしました。これは、スーザンにとってはいいチャンスでした。スーザンがはじめのうち指で食べたとしても、ジェイコブはそれをとめるような子ではありません。スーザンはやがて、ナイフとフォークが使えるようになりました。ナイフがすべって、肉がへやのはしまでとんでしまっても、ジェイコブはただそれをひろってきて、スーザンの皿にもどすだけです。ふたりは大さわぎしながら楽しくすごし、スーザンはずんずんものをおぼえました。

ジェイコブも、たくさんのことをおぼえていきました。かれは、ジョナサンがスーザンに本を読んできかせることができることに感嘆《かんたん》し、心からうらやましく思いました。そして、じぶんもこんなふうにスーザンを大よろこびさせたくなりました。こういう印刷《いんさつ》した言葉に比《くら》べると、じぶんのすばらしい想像力《そうぞうりょく》や話をする力も、まったくつまらないものに思えました。それで、ジェイコブはたいそう早くおぼえ、英語《えいご》が上達《じょうたつ》しました。

スーザンにかんたんな算数を教えようと思いついたのも、ジェイコブでした。庭でお店やさんごっこをしているうちに、自然《しぜん》にそうなったのです。ハシバミの実を小銭《こぜに》にし、月桂樹《げっけいじゅ》の葉をおさつにして、サンザシの「バターつきパン」をひと枝《えだ》いくらで売るという店です。その後も、ジェイコブは、自分の気に入ったものはなんでもスーザンのところへ持ってきました——

モミの実、タンポポの花、化石、鳥の卵《たまご》。チョウチョウは、スーザンの手の甲《こう》にとまって、そっと羽をうごかしました。かざりがいっぱいついたろう細工《ざいく》の塔《とう》のようなヒヤシンスは、よい香《かお》りがして、スーザンはけっしてわすれることができませんでした。それにチューリップの芽《め》や、けばだった茎《くき》のクリンザクラ。このほかに、スーザンのほうからほしいというものもたくさんありました。鳥のうちでまず手にしたのは、いうまでもなく、ただのひよこでしたが、ジェイコブが、小さくてやわらかな黄ばんだピンク色のミミズを、スーザンの掌《てのひら》にのせてやると、すぐにコマドリやシジュウカラがやってきました。ジェイコブがばたばたはねるさかなを持ってきたときには、スーザンは、とってきてちょうだいとせがんだりして悪かったわ、と思いました。

それから、ふたりがすぐにハツカネズミを手に入れ、馬小屋で長いあいだいっしょにすごすようになったと聞いても、驚《おどろ》くことではないでしょう。おとうさんが書斎《しょさい》でスーザンとかくれんぼをしたように、ジェイコブは庭でかくれんぼをしました。スーザンは、足先や音ばかりでなく、においにもたよって、自分で自由に走るようになりました。ジェイコブはまた、スーザンを川岸に腹《はら》ばわせ、水の中に腕《うで》を入れて、ゴボゴボいう音を聞いたり、流れの力を感じさせたりしました。

ある日、ジェイコブはウッドペッカー号にあったような支《ささ》え綱《づな》を、おじょうさんのためにつくってやろうと、ツタの茎をせっせと長く編《あ》んでいました。スーザンも交代《こうたい》で編みました。セフトンは近所の友人と、家のむこうの川べの草地で狩《かり》をしていました。ふたりはそれぞれおなじ数のウサギとウズラをとって帰ってきました。ところがセフトンは、じぶんはもうひとつ、マガモをつばさに命中させてうち落とした、といいはりました。

「ううん。カモ、こっちのほうへ、とても元気よく飛《と》んできた」

ジェイコブは、指でさしながら、うれしそうな声でいいました。

「落ちるのを見たんだ、どこかこのへんで」

「そんなことない。カモ、ここに落ちてない」

「ぼくが見たといえば、ほんとうに見たんだ。ぼくはちゃんと目が見えるんだぞ」

「サッと飛んでいく音が聞こえたわ」とスーザンがいいました。

「マガモが飛んでいくのと、カルガモが飛んでいくのと、区別《くべつ》がつくらしいね、物知りさん」

セフトンはあたりを見まわしました。それから、つれの友だちに目くばせしながら、いいました。

「屋根に落ちたかもしれないな。大きな煙突の中かもしれない。ジェイコブに、のぼっていってた。

てさがさせようよ」

セフトンは、むやみと人のよさそうな顔つきをして、にやにや笑《わら》い、友だちも楽しさをかくしきれず、笑いかえしました。

「くさい黒んぼが煙突をふさいだらこまるからな」

「こいつはつまっててふさぐよりいいよ」

「こいつはつまりはしないよ。小僧《こぞう》どもは、そういうふうにできているんだから」

「ぼく、ここにいて、スーザンおじょうさんのお世話する。ぼく、あなたの召使《めしつか》いでない、と船長さんいった。ぼく、煙突のぼらない」

「おまえは煙突をのぼるんだ。煙突そうじの小僧がのぼるんだから、おまえがのぼらないわけはない。もうすでにちょうどいい色をしているんだし。ぜんぜん、人目につきゃしない。あらうのがいやだというのなら、あとからあらう必要《ひつよう》もないよ」

ふたりはすばらしい思いつきだとでもいうように、ジェイコブをつかまえ、手足をとってむりやり家の中にはこびました。セフトンは笑って、きらきらした歯をむきだしにし、友だちのほうはくすくす笑っていました。

キャクストンがへやにいて、たったいま郵便箱《ゆうびんばこ》からもらってきた手紙や新聞をならべていました。

「キャクストン、黒んぼが煙突をのぼって、そこにひっかかっているすばらしいマガモをとってきていけない理由は、なにかあるかね？」

「ぜんぜんございません、セフトンさま。とてもうってつけですよ」

「上着とズボンをぬがせろ。下着だけでのぼらせろ」

セフトンとキャクストンは、ジェイコブの足を片方《かたほう》ずつつかんで、煙突の中のでこぼこしたれんがに、ジェイコブの手がかりや足がかりが見つかるところまでおし上げました。煙突は上へいくほどせまくなるのですが、入り口のところはひろすぎるほどで、ジェイコブは両足をいっぱいにひろげて、ぶらさがってなんとか落ちないでいるかっこうでした。

「さあ、急げ。それとも新聞紙に火をつけて、煙《けむり》でもって吹《ふ》き上《あ》げてやろうか」

ジェイコブは二度ほど落ちかけました。そのたびに、うれしそうなくすくす笑いがおこりました。

「気をつけろ！　落ちてくるぞ！」

しかし、ジェイコブはくつをけとばしてぬぎ（片方がキャクストンの鼻にあたりました）、れんがの割《わ》れ目《め》につま先をつっこんで、やっとうごきがとれるようにしました。それからはらくになりました。じぶんのからだをひっぱり上げ、せまいたなのようになっているところまでいくと、下にいる連中《れんちゅう》から見られないで、休むことができました。

セフトンと友だちは、落ちてきたすすを、髪《かみ》の毛《け》やそで口からはらいおとしながら、暖炉《だんろ》の中から出てきました。キャクストンが、ふたりの肩《かた》をはらうために、ブラシを持ってきていいました。

「かっぱつな小猿《こざる》ですね。いい煙突そうじの小僧になれるでしょう」

「そうなるべきなんだ。妹といっしょに遊んでなんかいないでな。もうひとつふたつ年をとっていたら、力づくで水兵《すいへい》をあつめてる『プレス・ギャング』に売りわたしてやるんだが」

スーザンがふたりのあとから入ってきていて、うしろから声をかけました。

「ジェイコブはどこ？」

「煙突をのぼっているよ。聞こえないかい？」

家のまん中をつらぬいている、人のはいることのない穴《あな》から、煙突をとおって、足をひきずる音がかすかに聞こえてきました。スーザンはテーブルのへりづたいにまわり、服と髪の毛のにおいや、息をする音で、兄がいるとわかるところまでやってきました。

「セフトン兄さん？」スーザンはたしかめました。

「なにか用かね？　手をつないで煙突をのぼることは、できないんだよ」

スーザンは力いっぱい、なん回も、セフトンのむこうずねをけりましたが、セフトンはゲートルを巻《ま》いていたので、ほとんど感じません。かれはこんなおもしろいことははじめてだとでもいうように、笑いました。けられるたびに笑うのです。

「おやおや、おこりんぼのおじょうさんだな。キャクストン、この子をメイドのところへ連れていき、ぼくたちにシェリーを持ってきてくれ」

「キャクストンとは行かないわよ。ひとりで行くわ」

スーザンは、ドアがあいていて、へやの中につき出ているといけないので、両手をまえにさし出して、戸口の方にむかいました。うしろで、セフトンが話しているのが聞こえました。

「ひとりでうろつきまわるようになったら、あの子はこまり者になるよ。あの黒んぼがソフトリーばあやの暖炉から出てきたら、おもしろいな。悲鳴をあげるのが、ここからでも聞こえるだろうな」

そのあいだ、煙突の上のせまいたなで、ジェイコブは、目はしみるし、くちびるにくっついたすすはひどく気持ち悪かったのですが、じぶんがおしこめられた煙突の思いもかけない特《とく》ちょうを、熱心《ねっしん》に考えていました。すっかりまっ暗なところは、ぜんぜんないのです。ぼんやりしたあかりが、下のほうへつづいています。

ジェイコブは、どのへやにも暖炉のあることは知っていましたが、煙道《えんどう》がどうなっているかは、考えてみたこともありませんでした。どの煙道も、すべてまっすぐ上にのびているものと思っていました。ジェイコブのいまいる煙道も——下から遠くの四角い空のほうを見上げたときには、まっすぐのびているように思えましたが——じっさいには、一定の間隔《かんかく》をおいて、少しずつななめにのびていました。おかげでのぼりやすくなっていて、だんだんせまくなるにつれて、いちばんひどいところはおわりました。まわりについているくぼみは、目的《もくてき》がわかりませんでしたが、たいそうありがたかったし、すすは、指でふれると、コケのような感じでした。

ジェイコブはずんずんのぼっていって、てっぺんから顔を出し、庭にいるスーザンを驚《おどろ》かせてやろうと思いました。

「スーザンおじょうさん！　ぼく、空ん中の煙突から、からだつき出してる」と大声でよんでやろう。そうしたら、どんなに高くて、どんなに度胸《どきょう》のいるところから声がしているのか、わかるだろうな。ジェイコブは、もうセフトンのことなど考えずに、冒険《ぼうけん》をつづけました。

思ったとおり、てっぺんへちかづくにつれて、らくにもなり、明るくもなりました。れんがこわれたり、つき出ているところに、鳥の落としたがらくたや、わら、コケ、カタツムリのから、ネズミの死骸《しがい》、割れた卵《たまご》などがありました。ほおを煙突のわきにおしつけて、足がかりをかえていたとき、ジェイコブは、目のそばのすすの中に、なにかかすかに光るものを見つけました。ちゃんとバランスをとってから、あいた手でれんがを手さぐりして、さがしてみました。からだをうごかして、てっぺんからの光がすすの上にさしこむようにし、ようやくそれをつまみ上げることができました。小さな真珠《しんじゅ》がついている子どもの指輪《ゆびわ》で、たぶんカラスが落としていったものでしょう。ちょっとなめて、おしりのところでこすると、コマドリの目のような大きさですが、月のようにかがやきました。大切にとっておくために、ジェイコブは口の中にほおばりました。

もうほとんどのぼりきりました——もうひとくぎりななめに行けば、てっぺんです。ジェイコブは、すすのかたまりだと思ったところを、いきおいよくけとばしました。するとつま先が鉄にぶつかりました。煙突そうじ夫が使う四角い小さな鉄のドアが、ここで壁《かべ》の中にはめこまれていたのです。ジェイコブが力を入れておすと、ドアは外側《そとがわ》にあき、ぐるっとまわって壁にガタンとぶつかり、そのままとまりました。と同時に、さびたかけ金がこわれて、ドアからはずれ、煙突の中をあちこちぶつかりながら落ちていきました。本を読みながらねむりこんでしまったおばあさまのそばで、しょんぼりすわっていたスーザンは、どこともわからぬところからひびいてくるうつろな音を聞いて、ジェイコブのことが不安《ふあん》でたまらなくなりました。

だが、ジェイコブのほうは、ドアからはい出していて、屋根の下の、見たところひろそうな場所に出ました。うしろに大きな煙突の胴体《どうたい》があり、それによりかかると、まっすぐに立つことができました。このほか、右にも左にも小さな煙突があり、ふたつずつ組になって出会い、棟木《むなぎ》の下でアーチになっていました。そこから、屋根は床《ゆか》の高さまで斜面《しゃめん》になってのび、ほこりとクモの巣《す》だらけの場所ぜんたいが、屋根がわらのかわりにところどころはめこまれたガラスからの光で、明るくなっていました。床板はありませんが、梁《はり》と梁のあいだに、あちらこちら、とりはずしのできる板をおいて、職人《しょくにん》が天井《てんじょう》をふみぬかないようにしてありました。

ジェイコブは、家というものがどういうふうにできているのか、なにも知りませんでした。バルバドスで奴隷《どれい》だったときには、丸太小屋に住んでいたので、ここがジェイコブのはじめての家だったのです。かれはみじかい板を、ただそれがとりはずせるというだけの理由で持ち上げ、やはりなんという理由もなく、それを立てて、松葉杖《まつばづえ》によりかかるように、からだをもたせかけました。と、たちまちその板は天井をぶちぬき、ジェイコブは手足をばたつかせながら、梁の上にたおれました。運よく、指輪はもうじぶんの指にはめていたので、のみこまずにすみました。しっくいをバラバラ落としながら、板をひきもどし、いまできた穴《あな》に目をあてて、だれのへやが下にあるのか、のぞいてみました。

こういうとんでもないところから見ると、ジェイコブがのぞきこんでいるへやは、ふつう人の住むへやとは、まったくちがって見えました。ひとつには、さかさまなのです。床を見おろすと、じゅうたんの模様《もよう》ぜんたいが、壁紙のようにはっきりと見え、その上のテーブルやいすには、脚《あし》がないか、あってもとてもみじかいように見えました。暗がりで腹ばいになっているジェイコブには、下のへやの窓《まど》から流れこんでくる光は、人間がみんなで分けあっている太陽の光ではなく、のぞきめがねで見たときの光のようで、つくりものくさく、芝居《しばい》じみていました。だれかがはいってきて床を歩いたら、その人はまるでこの世の人ではないように見えたことでしょう。

それは、カーテンつきのやわらかで大きなベッドのある、ぜいたくなへやでした。ひざの上までくる長ぐつが壁のそばにありましたから、男の人のへやでした。船長さんのへやだったら、どうしよう？　船長さんのつくえや書類《しょるい》を、しっくいやごみくずでめちゃくちゃによごしてしまったことになる。しかし、いすの背《せ》に、セフトンのクリ色の乗馬服がぶらさがっていて、その銀ボタンがかがやいていました。ジェイコブはほっと安心し、満足《まんぞく》もして、大きな息をつきました。そして立ちあがると、最初《さいしょ》の穴よりも大きな穴を、わざとつくりました。しっくいがバラバラと服の上におち、しっくいよりも重い小石は、しばらく、割れた板をコロコロとすべってじゅうたんの上に落ちたり、パラパラと長ぐつの中にはいったりしました。

この楽しみがおわると、ジェイコブは満足しておしりで手をこすりましたが、そのとき、よじのぼってくるとちゅうでパンツがやぶれてしまっていたことに気づきました。だんだんと大きな笑《え》みをうかべながら、ジェイコブはなるべくたくさんの布《ぬの》をひきさき、へやにつき出ている板のはしにうまくたれさがらせました。わきの下まで落ちこんで、もがいて上がろうとしているうちに、パンツのおしりがひっかかってさけたように見せかけよう、と思ったのです。これが、ジェイコブの反抗心《はんこうしん》と軽蔑《けいべつ》とをしめす旗《はた》じるしなのでした。

それから、ジェイコブは梁から梁へと注意深く歩いて、探検《たんけん》をはじめました。この高さのところで、煙突にそれぞれ鉄のドアがついていました。ジェイコブは、煙道がどうつながっているのかを考えてみました。古くからある家のほうはかんたんでしたが、新しく建《た》てた部分では、もっとこんがらがっていました。新しい建物《たてもの》は直角にできているので、特《とく》にそうだったのです。あちこちまわってから、大煙突のところにもどってくると、そのすぐそばのふたつの梁のあいだに、はねあげ戸がはめこまれていることに気づきました。ジェイコブがそれを持ち上げて、見おろすと、じぶんの物おきべやでした。ワッというよろこびの声をあげて、ジェイコブはべッドの上にとびおりました。

そのあいだ、セフトンと友だちは、シェリーを飲み、さいころ遊びをしていました。石やすが暖炉に音をたててころげおちてくるたびに、ふたりはおもしろそうに鼻を鳴らし、ときどき立ちあがって、ジェイコブがどれくらいのぼったか、見に行きました。

「トカゲのようにのぼっていくよ」

「おりるほうがずっとむずかしいだろうな。首の骨《ほね》を折《お》るようなことはさせないほうがいいよ」

「のぼりきって、てっぺんから出てくるさ」

「それで、どうやっておろすのかね?」

「ああ、雨どいをすべりおりてくるさ。あいつにとっちゃ、ヤシの木とおなじだもの」

しかし、ジェイコブのほうはもうからだをあらい、着がえをし、階下におりて、外からへやのようすを見ようと、やぶの中にはいっていたのです。竹やぶをすすんでいくと、いいものを見つけました。まだら模様《もよう》のニワトリが死んでころがっているのに出会ったのです。たぶんキツネが、なにかに驚いてそこに落としていき、あとで取りにくるつもりなのでしょう。首の骨が折れ、羽もいくらかとれていましたが、そのほかは、たったいま死んだばかりのように見え

ました。ジェイコブはそれをジャケットの下にかくすと、こっそり家の中にとってかえし、じぶんのへやにあがっていきました。そして、さきほどじぶんが煙突からぬけ出してきた鉄のドアまで、よじのぼりました。煙道が、まるでメガホンのように、ジェイコブの声をつたえました。

「セフトンさま！　セフトンさま！　あなたの鳥、見つかりました。首すじ、みごとにうちぬかれてます」

ニワトリがほうり出され、ジェイコブは鉄のドアをしめて、姿《すがた》を消しました。

「これは驚いた！」

セフトンは、うそから出たまことを半分信《しん》じるような気になって、いいました。

鳥は、とちゅうで羽をひろげて、ずるずるすべったり、はずんだりし、すす煙をもうもうとたてながら、暖炉の中に落ちました。

セフトンは、じぶんが手にしたものを見て、まっ赤になり、友だちのほうは、大笑いしたあげく、ロバのようにむせかえりながら、いいました。

「ニワトリをうち落とした人なんて、聞いたことがないね」

「ばかなことをいうなよ。ニワトリが飛ぶわけないじゃないか」

「じゃあ、どうしてあんな上まで行ったんだろうね。きっと、きみが鉄砲《てっぽう》持って出かけるのを見ると、飛び上がるんだな」

セフトンは、トランプ・テーブルをおしのけました。

「そのうち、あのがきの首を輪切りにしてやる」

友だちはますます笑うだけでした。

「鳥がほしくないんなら、どうしてあの子をのぼらせたんだい？」

キャクストンが、食事のまえに暖炉をそうじするようなふりをして、はいってきました。ほんとうは、なんでさわいでいるのか見にきたのです。そしてすすだらけの羽をひろげたニワトリを見て、考えこみました。

「これも、ほかの獲物《えもの》といっしょに、料理番《りょうりばん》にわたしましょうか？」

「おまえも、ばかにする気なんだな」

「とんでもございません、若《わか》だんなさま。おすきなようになすってください。じつは、よろしければ、申しあげたいことがあるんでございますよ。運悪く、あなたさまのへやの天井が落ちてきました。あの黒んぼは、こういう仕事にはぜんぜんなれていなかったんですね。あいているへやにあなたさまのベッドをおくよう、メイドにいっておきました。それでよろしゅうございますね」

キャクストンは、ニワトリをぶらさげて、わざとらしくもったいぶって出ていきました。

「とにかく、あいつはばかみたいなやつだ」とセフトンはいって、きげんをなおしました。

14　矢のゆくえ

トーリーは、毎日がたいそう楽しかった。川でさかなを釣《つ》ったり、鳥の巣《す》をさがしたりした。オーランドに「おすわり」を教え、トーリーが竹やぶとか、木の上とか、じぶんの屋根裏《やねうら》べやにかくれてよぶまで、その場にうずくまっているようにさせた。手作りの弓で矢をとばし、オーランドにとりにやらせることもした。日が照《て》ったり風が吹《ふ》いたりすると、むやみにうれしくなり、声をはりあげて歌をうたった。『ハイ・バーバリ』か、さもなければ『リオ・グランデ』の歌だった。あらゆる木が、かれのよく知っている階段《かいだん》のようになった。一階や、二階や、三階に、鳥が巣くっている階段だ。

トーリーは、じっとすわりこんでいるめすのヒワに、黄ばんだピンク色のミミズを食べさせようとしたが、ヒワはがんこに身じろぎもせずすわっていて、生き物ではないと思ってほしいといわんばかりだった。あんまり口をとじたままなので、しびれをきらしかけたとき、おすのヒワがとんできて、トーリーからミミズをとり、奥《おく》さんにささげた。するとめすヒワは、いそいそと食べるのだった。もちろん、ひなをかえすときなら、なんでもだれからでもうけとっただろう。

トーリーは、庭のやぶやくぼみなら、みなじぶんにわかっているという感じになってきた——鼻と肺《はい》で、耳で、足で、のぼるときに枝《えだ》にさわる掌《てのひら》で、それからさらに、だきついてよじのぼるときのひざの内側《うちがわ》や、草の上に寝《ね》ころがるときの背中《せなか》や腹《はら》で、わかるのだ。庭はすっかりじぶんのものとなり、天気はうららかで、おだやかで、夢《ゆめ》のようだった。トーリーは、朝早くから外に出つづけた。車も飛行機《ひこうき》も農機具の音も工場のサイレンもまだ聞こえず、アオサギが翼竜《よくりゅう》の一族のように堀《ほり》ばたに立っているかもしれない早朝に。

ある夕方、トーリーは庭の植えこみで、なくなった矢をさがしていた。このまえの休みのとき、グリーン・ノアの木がものすごいかみなりにうたれて根こそぎになった場所だ。まわりのやぶで、木立《こだち》がまばらになっているのは、グリーン・ノアの大きな枝がおおっていたところだ。そこはまだ豊《ゆた》かなしげみになる時間がなくて、みすぼらしいままなのだった。

トーリーは、下生《したば》えの中をごそごそさがしまわりながら、しばしば上を見上げた。そうすると、木にかかった矢が、小枝の模様《もよう》をさえぎって、空にうつった影絵《かげえ》のように、はっきり見えることが多いのだ。そして、からだをかしげるために手をついたところ、ひっくりかえった植《うえ》木鉢《きばち》が、かれをがっちりささえてくれた。長いあいだだれも庭仕事をしなかった場所に、どうして植木鉢があるんだろう？　はじめ鉢の中で育てられた木が、地面に植えかえられてからも、鉢はそのままここにおかれていたのかもしれない。それとも、これはカエルやひなをかっていたジェイコブの植木鉢かもしれない。トーリーはそっと持ち上げたが、蛾《が》がさっと飛び出したほかは、なにもはいっていなくて、がっかりした。

トーリーは、とげのあるメギの木がからみつく中をとおりぬけて、芝生《しばふ》までもどってきた。すると、オーランドが矢をくわえて、おとなしく立っていた。トーリーはその矢を手にしたが、じぶんの矢でないのでびっくりした。トーリーの矢は、えんぴつのはしについている金属《きんぞく》を先にさしこみ、羽を接着剤《せっちゃくざい》でくっつけただけのものだった。こちらの矢はもっとずっとうまくできていた。先には粘板岩《ねんばんがん》の破片《はへん》を割れ目《わめ》にさしこんで糸でぐるぐるまきにし、羽も割れ目にさしこんであった。それにトーリーのよりも長かった。なかなか強力な武器《ぶき》に見えた。トーリーは弓にあてがい、できるだけひきしぼって、堀のむこうの木の幹《みき》をねらった。弓の音がヒューンと鳴り、矢が木にあたる音が聞こえ、そこでゆれているのが見えた。だが、トーリーがぐるりとまわって向こう側まで走って行ってみると、矢はなくなっていた。オーランドといっしょにずいぶん長いあいだ探したのだが、見つからなかった。オーランドが見つけたのは、まるまったヤマアラシだった。トーリーは、実験《じっけん》のためにそれをハンカチでくるみ、植木鉢の下に入れた。

日没《にちぼつ》の空がかげってきた。居間《いま》の窓《まど》から、オールドノウ夫人《ふじん》のつけたろうそくのあかりが見えた。日がしずんでしまうと、庭もすっかりトーリーのものというわけにはいかなくなった。どれだけ暗くなったのかよくわからないでいるうちに、オーランドの姿《すがた》が行ったり来たりする影のようになって、目で追うことができなくなってしまった。竹がさらさらとゆれ、カエルがゆったり規則正《きそくただ》しく鳴いて、まるで警報《けいほう》をくりかえしているようだった。霧《きり》が立ちのぼって、さまざまな物の形になり、しずけさがせまってくると、その鳴き声がただのカエルだとはなか

なか思えなくなった。

トーリーは家にちかづいたとき、聖《せい》クリストファーの像《ぞう》を見上げたが、ツタと影とにつつまれて立っているところが、ぼんやりわかるだけだった。石像の片側《かたがわ》のものあたりの高さのところに、家の窓がアンズ色にかがやいていた。

トーリーがドアのほうにむきをかえたとき、足もとで、なにか金属のようなものが、小石にガチャッとぶつかった。鍵《かぎ》か、ひいおばあさんの花ばさみかもしれないと思って、トーリーは懐中電灯《かいちゅうでんとう》を持ち出して見た。骨《ほね》の柄《え》がついたジャック・ナイフだった。とじた刃《は》はどろとさびとでかたまっており、まるで砂利《じゃり》にくわを入れたときに出てきたもののように見えた。トーリーはそのナイフをポケットに入れた。

15　お祭りごっこ

「今夜はおそかったのね」

「鳥は、寝床《ねどこ》につくとき、どうしてあんなにおしゃべりしなくちゃいけないの？　なんの話をしてるのかなぁ」

「ちょうど子どもとおなじで、ふざけあっているんですよ。さあ、カーテンをひきなさい。あなたのためにあけておいたんですから」

トーリーはキルトのカーテンをひき、つくりかけのパッチワークと、はぎれのはいったかごをとり出して、ひいおばあさんといっしょにすわった。

「トーリー、もっと型紙《かたがみ》を切ってちょうだい。みんな使ってしまったのよ」

トーリーはキルトのすみを持ち上げ、じぶんがもう知っている模様《もよう》をしらべながら、折り目《おめ》をうつしていった。

「スーザンのカーテンとドレスがあるよ。それからもうひとつのスーザンのドレス、スーザンのおかあさんの黄色いドレス、船長さんのシャツ、セフトンの乗馬服とガウン、それにボギスのシャツとキャクストンのエプロン。それから、おばあさんの晴着とふだん着、サルの服とベッツィのプリント地。なにか新しいのがいいな。話をしてよ――これについて」

トーリーは、黄色いつぶつぶのついたまっ赤なイチゴのような布《ぬの》きれに、指をおいた。

「ああ、それね！」

魔《ま》よけのジュジュ

天井《てんじょう》がはりかえられたあと、セフトンはじぶんのへやをもっとハイカラにかざりなおそうと決心しました。お母さんに手紙を書いて、ロンドンから、流行のしま模様の布を買ってきてほしいとたのみました。その一方、セフトンはベッツィに、古いカーテン――あなたがいまえらびだした布よ――をもたせ、お母さんにあげなさいといいました。ところが、このイチゴ色の布地は、ベッツィの妹たちみんなのドレスと、おまけにベッツィのお母さんの家の客間のカーテンもつくれるほどたくさんあったので、ジェイコブがせいいっぱいあいそのよい微笑《びしょう》をうかべて、「なにか」に使いたいからほんのすこしばかりもらえませんかとたのんだとき、ベッツィはわけてやりました。

さてジェイコブは、庭のかくれた場所に、きみょうなものをとりそろえて、ひそかにせっせとはたらいていました。いろいろあつめた中に、ボギスのウサギのわなにかかったどろぼうネコの皮がありました。いうまでもなく、ジェイコブはボギスよりも先にそこへ行ったのです。しばらくわなを見はっていて、ウサギがかかるととりはずしました。ネコは――小鹿色《こじかいろ》のペルシャネコでしたが――そのあとでまったく偶然《ぐうぜん》にかかったのです。ウサギの皮とバター樽《だる》で、ジェイコブはドラムをつくりました。

あの日の午後、計画を実行するいいチャンスがおとずれました。おばあさまは教会に行き（キリストをまつる四旬節《しじゅんせつ》だったのです）、セフトンは闘鶏《とうけい》に行き、年とったソフトリーばあやはまだじぶんのへやにとじこもったままで、しばらく出られそうもなく、残《のこ》りの人たちは春の大そうじでてんやわんやでした。ですからベッツィは、よろこんで、スーザンをジェイコブにまかせてしまっていました。子守り役の名誉《めいよ》をになうには、どれくらい子どもをきれいにしておかなければならないかということは、ベッツィにはまったくわかりませんでした。ばあやのところに一日一回行くとき、きれいにしておけば十分だと思っていたのです。

庭に出るとすぐに、スーザンはいいました。

「ジェイコブ、今日はなにを持ってきてくれたの？」

「さあ、さあ、おじょうさん！　見てのお楽しみ」

ふたりが植木鉢《うえきばち》のかくしてあるところまで行くと、植木鉢がガタガタうごいていました。そしてその中から、かぼそくキーキーいう声が聞こえるのです。

「けさ、カッコウの赤んぼといっしょにきてみたら、植木鉢、とび上がって、いまみたいにキーキー鳴いている。中にちっちゃなヤマアラシ。ぼく、入れたんじゃないのに。おじょうさん、さわってごらん――とがったとげだらけ」

ジェイコブは植木鉢をとりあげました。

「まあ、ジェイコブ！　いったい、これなんなの？　まるくて、くぎのあるボールみたいね」

「これ、ヤマアラシの赤んぼ。まるまっちゃって、ボールのようになる。すると、犬、かみつけない。おぼれて死んだ水夫《すいふ》の亡霊《ぼうれい》、これを、そこにおいた。おじょうさん、知ってる？　おぼれて死んだ子ども水夫の亡霊、庭にいる――マストのように木にのぼり、船長さんの船にいるときのように、水夫の歌うたう。大あらしのとき、帆柱《ほばしら》のてっぺんから落ちて、おぼれ死んだ。船長さんとジェイコブのあとついてきて、ここにいる」

「あたし、だれかが歌をうたっているのは聞いたことがあるけど、あんただと思ってたわ」

「ちがう、おじょうさん。それ、おぼれて死んだ子どもの水夫。でっかい石のジュジュ人間、さかなといっしょに海を歩いて、おぼれて死んだ子を、肩《かた》にかついで連《つ》れてきた。でもぼくたち、大きなジュジュつくる。そうすれば、その子の亡霊、おじょうさんにわるさしないで、行ってしまう。聞いてよ」

ジェイコブは、とてもおだやかにドラムをたたきはじめました。スーザンはむちゅうになりました。

「それはなんなの？　なにしているの？」

「おじょうさん、ドラムたたく――こういうふうに」

ジェイコブがリズムを教えると、すぐに、いままで聞いたことのない音にあわせて、庭がゆれてざわめきはじめました。でも家の中では、はたきの音や、いすのクッションをたたく音、家の外では、じゅうたんをたたく音が、やかましかったので、だれも気がつきませんでした。午後のあいだずっと、ふたりはドラムの練習をし、それからまずジェイコブが、ひざをまげ、おしりをあげておどり、そのあとで、スーザンがおどってみました。スーザンは、まだ見たことがないものですから、まねをすることができず、じぶんのからだで発明しなければならなかったので、ずいぶんきみょうなおどりでした。ジェイコブはとてもいいなと思いながら見つめ、スーザンをはげますために、けんめいにドラムをたたきました。

「いいぞ、おじょうさん！　すばらしい魔法使《まほうつか》いになれる。あしたは、でっかいジュジュのお祭りしよう」

「ジェイコブ、どうしてあれがおぼれ死んだ子どもの水夫だってわかるの？　どうしてほんとうの生きてる男の子でないってわかるの？」

「あの子、そこに姿《すがた》ない。木のてっぺんで水夫の歌うたうけど、そこに姿見えない」

「人がいないってこと、目でわかるの？　あたしは、声が聞こえたら、人がそこにいるんだって思うけど」

「おじょうさん、ほかの人とちがう。おじょうさん、特別《とくべつ》」

（トーリーが、オールドノウ夫人《ふじん》を見ている目は、とくいな気持ちと、信《しん》じられない思いとが、まったく半分ずつにわかれたため、やむをえず、笑《わら》いだけがうかんでいるというようすだった。

「この話は、ぼくのことをいっているんだね！」

「とんでもない！」と夫人はからかうようにこたえた。「さあ、話のつづきよ」）

つぎの朝、船長さんから手紙がきて、二、三日のうちに帰ってくると書いてありました。ベッツィが、このことを勉強べやへ知らせにきたとき、スーザンはねり粉《こ》に、ジェイコブは石ばんに、アルファベットをぜんぶ書いているところでした。ふたりはそれぞれ、相手をうらやましがっていました。スーザンは指にふれる石ばんのつめたい感じや、石筆《せきひつ》の粉《こな》のにおい、書くときのカリカリいう音がすきでした。ジェイコブのほうは、ぽてっとねりあげたきれいな粉《こな》をすてきだと思っていました。チャンスがあると、ふたりは頭をちかづけて、おたがいに相手の道具をちょっと使ってみるのでした。スーザンは、だれにもどうしてなのかわからないのですが、ねり粉の中から小さな真珠《しんじゅ》の指輪《ゆびわ》を見つけました。スーザンの指にぴったりとはまり、おばあさまでさえ、スーザンにそれを手ばなさせることはできませんでした。

ジョナサンは、スーザンのおとうさんのいいつけで、スーザンをきたえるというよりも、やさしくみちびくことになっていましたが、ジェイコブにはきびしくしなくてはいけないと思っていました。ところが、それがなかなかむずかしいのでした。冒険《ぼうけん》ずきな目をぐるぐるさせて、つぎからつぎへと考えを出していくジェイコブを、とてもおもしろいと思ってしまうのです。またスーザンも、ジェイコブから教えてもらうことを、いちばんすんなりとおぼえるようでした。ふたりの指がふれると、いや、ひじがふれるだけでも、それでもう考えていることが伝《つた》わるのです。このふたりにとって、船長さんはいちばんすばらしい人でした。

「船長さん、すぐ帰る」

「そういういい方をしてはだめだ、ジェイコブ。船長さんがお帰りになるとか、船長さんが帰っていらっしゃる、というんだ」

「船長さん、スーザンおじょうさんのため、ガリバーのように、ポケットに小人を入れて持ってくる」

春の大そうじは、主人の帰りにそなえて、大急ぎでなされました。勉強がおわると、子どもたちは、じゃまにならないように、いっしょにすきなことをしなさいと、おっぱらわれました。スーザンの望《のぞ》みは、ドラムでした。

「きょうは、ジュジュをつくろう」とジェイコブはいいました。

ジェイコブは、スーザンを驚《おどろ》かすために朝早くつくっておいたものを、特別のかくし場所から持ち出してきました。かれは目のあらい布《ぬの》の小袋《こぶくろ》を手に入れ、そのゆるい織目《おりめ》に、銀色のヤナギの葉の柄《え》のところを、ていねいに折《お》り重《かさ》なるように縫《ぬ》いこみ、さかなのうろこのようなかっこうに仕立てていました。これは、頭にかぶるのです。だがそのまえに、細いキヌヤナギで、くちばしを編《あ》んでいました（植民地《しょくみんち》でかごつくりを見て、おぼえていたのです）。これは黄色で、カモメが鳴いているように口をあけ、そこからあのイチゴの布の舌《した》がだらりとぶらさがっていました。ジェイコブは、このくちばしを、じぶんのひたいにひもで結《むす》びつけました。この上にさっきの小袋をかぶったのですが、穴《あな》をあけて、くちばしが外に出、じぶんも外を見られるようにしてありました。かざりの目には、真ちゅうでつくったまるい馬の装飾品《そうしょくひん》をふたつ、馬車おき場からくすねてきて、小袋にとりつけました。さかなにも海の鳥にも見えるので、ますますおそろしいものになっていました。

ジェイコブは、両親がアフリカでつかまったとき、まだおさなすぎて、種族《しゅぞく》のほんとうの魔《ま》術《じゅつ》を見たことがありませんでした。しかし魔術の話は、家の人たちから聞いたことがありました。ジュジュにはいろいろな面があって、りっぱでもあるがみにくくもあり、人間よりすぐれているが人間よりいやらしくもあることを、知っていました。そしていまの場合、それはさかなでもあり、猛鳥《もうちょう》でもあり、人間、動物、ゆうれい、役者でもあるのです。それで、ジェイコブのさかな鳥は、オンドリのしっぽの羽を、とさかにしていました（オンドリのしっぽをしっかりとつかまえ、オンドリが逃《に》げるはずみに、羽をぬきとったのです）。この羽は、真ちゅうの目のまわりで、髪《かみ》の毛《け》のように、バタバタとゆれました。おまけに、ライオン色をしたネコの皮を、頭を下にして、しっぽのようにとりつけ、ジェイコブがおどると、ネコもとびあがるようにしていました。

スーザンには、目がどんなものかはわかりませんでしたが、くちばし、舌、羽、うろこなどはわかりました。それでも、おそろしさが伝わったかどうかは、わたしにもわかりません。

ジェイコブは聖《せい》クリストファーさまの像《ぞう》（でっかい石のジュジュ人間）のまえに、おぼれて死んだ子ども水夫へのささげものをそなえなければならない、そしてそこでスーザンがドラムをたたき、じぶんがおどると、亡霊はささげものをとっていってしまうだろう、とスーザンに説明《せつめい》しました。

「どんなささげものをしたらいいの？」

「子ども水夫に必要《ひつよう》なもの」

ジェイコブは、じぶんがあさ糸であんだおもちゃのハンモックや、船の牧師《ぼくし》さんがくれた賛《さん》美歌集《びかしゅう》、小さな木ぎれでつくったカヌー、手づくりのもり、それから気持ちのいい水夫がくれた大事な宝物《たからもの》のジャック・ナイフをとり出しました。ジェイコブは、この最後《さいご》の身を切るような犠牲《ぎせい》をはらうことが、儀式を本物にするために必要だと思ったのです。

スーザンは、子どもの水夫がほしいものといっても、何も思いつきませんでした。

「ゆうれいのおよめさんができるように、おじょうさんの髪の毛、あげるといい」

ジェイコブは、スーザンのうす茶色の巻《ま》き毛《げ》を切って、ハンモックの中につつみこみました。こういうささげものが、棒《ぼう》や枝《えだ》をつみかさねた上におかれ、火がつけられました。

　スーザンは、もう待ちきれずにドラムをたたきはじめ、たちまち儀式は本調子になりました。す足でふみならし、手をたたき、キヌヤナギであんだくちばしが右に左に向きをかえ、ネコがとびあがったり爪《つめ》をたてたりしました。髪の毛や紙の燃《も》えるくさい煙《けむり》が、聖《せい》クリストファーさまの像《ぞう》の鼻の中に

はいりこみ、ジェイコブは、じぶんの国の言葉で、祈《いの》りともおどしともわからぬ気味の悪い文《もん》句《く》を、声高くとなえました。

運悪く、今日は教会に行かず、春の大そうじのさわぎからのがれて、ぶらぶら散歩《さんぽ》に出かけていたおばあさまが、このとき庭から家にはいろうとしました。ふたりには、杖《つえ》をつく音がちかづいてきているのが、聞こえませんでした。

おばあさまのおそれおののきかたは、底《そこ》なしでした。どんな魔法使いよりもおそろしくたけりくるい、手をたたいて、ベッツィをよび、ボギスをよび、セフトンをよびました。杖をふりまわしておどし、カモメのようにかなきり声をあげました。

「おお！　なんというふいやらしい、極悪非道《ごくあくひどう》の不信心者《ふしんじんもの》！　なんという野蛮人《やばんじん》！　わたしたちのこの庭で、邪教《じゃきょう》の祭りをするなんて！　とんでもないことだわ。けだものよ！　スーザン、ひざまずきなさい、さあ！　永遠《えいえん》の罰《ばつ》がくだるわ――ボギス、火を消しなさい――セフトン、小僧《こぞう》をつかまえなさい。むちでひっぱたいてやらなくては」

おばあさまは大切なドラムをふみつけ、かかとで穴《あな》をあけました。

「ああ、だめよ！」とスーザンはさけんだので、耳のところをぶたれてしまいました。

おかしなことですが、セフトンの持っている道徳心《どうとくしん》といったら、なにか力ずくで乱暴《らんぼう》をはたらく勇気《ゆうき》くらいなものでしたのに、ジェイコブの芝居《しばい》には、かれもおばあさんとおなじくらいショックをうけました。このセフトンが、頭にかぶったものがじゃまになってうまく逃《に》げられないジュジュの祈《き》とう師《し》をつかまえ、ひきずって連れもどしていると、ジョナサンが、道でおばあさまのさけび声を聞いて、やってきました。ジョナサンは、木の葉のうろこのついた袋や、おそろしい真ちゅうの目、いまは片方《かたほう》にかたむいているヤナギのくちばしを見て、びっくりしました。想像力《そうぞうりょく》にみちた独創的《どくそうてき》なこのかぶりものに、正直なところ、感心してしまいました。

セフトンは、いつにない強烈《きょうれつ》なショックをうけて、すっかり顔色をかえ、ジェイコブをジョナサンにひきわたしました。

「このけがらわしい小僧を連れていって、たっぷりむちでひっぱたいてくれ。それはきみの役目で、ぼくの仕事じゃないからな。こいつはきみの生徒《せいと》なんだ。さぞかし、きみも鼻が高いだろうな。たぶんおやじさんも、こんどこそは、黒んぼを連れてくるんじゃなかったと思うだろうよ」

おばあさまはスーザンを連れて家にはいり、邪教をあがめるドラムをたたいたといって、スーザンの手をはげしくむちで打ちました。それからスーザンをすわらせ、邪教の祭りと罪人《ざいにん》へのおそろしい罰について、旧約聖書《きゅうやくせいしょ》から読んできかせました。

ジョナサンは、ジェイコブを勉強べやに連れてゆき、まず話をぜんぶ聞きましたが、いきいきとした想像力でお祭りごっこをしていただけで、とくに悪いことではないように思えました。ジョナサンには、おぼれ死んだ子どもの水夫のことを、ジェイコブが本当にしているとは、思われませんでした。ジョナサンは、聖クリストファーさまはキリスト教の像なのだから、遊びにしても、ジュジュのおそなえものをしてはいけない、といってきかせました。

「さて、むちで打たなくちゃならない。セフトンさんに聞こえるように、大きな声で悲鳴をあげるんだ。そうしないと、こんどはセフトンさんに、むちで打たれることになりかねないからな」

ジョナサンはむちをふりあげました。ジェイコブは、おそろしさで目をむき出しました。だがジョナサンは、いすのシートに、むちをふりおろしたのです。ピシャリ。

「しぶとい小悪とうめ！　もっとひどくたたいてほしいんだな？」

二度目にピシャリとふりおろしたとき、クッションから、ほこりがまいあがりました。ジェイコブは悲鳴をあげました。それから、ふたりはすばらしいむち打ちごっこをし、ジェイコブは、だれでもほんとうにするような声で、ゆるしてくださいと悲鳴をあげました。

「さて、いたくてすわれないってことを、わすれちゃだめだよ」とジョナサンはおしまいにいいました。「それから、船長さんが帰ってこられたら、お見せするために、これはみんなぼくがとっておく」

「船長さん、おこりますか？　ぼく、おじょうさんから、ひきはなされてしまう？」

「わからないな。できるだけ、そうならないようにしてやるよ」

ジェイコブは、おしりに両手をあて、このうえなくしょげた顔をして、へやを出ていきました。その日は、もうスーザンにあわせてもらえませんでしたが、食事のときにいたくてすわることができないというジェイコブの演技《えんぎ》は、真にせまっていたので、ベッツィはかわいそうになり、特別の夕食とキャンディーをジェイコブにやり、寝室《しんしつ》に持っていかせました。スーザンが食べたのは、パンと水だけでした。

16　地下のかくれ場所

トーリーとひいおばあさんが朝ごはんを食べていると、郵便《ゆうびん》がきた。ひいおばあさんは手紙を読みながら、舌打《したう》ちしたり、のどを鳴らしたりしていたが、最後《さいご》に、友だちが病気なので、その見舞《みま》いにグレートチャーチへ行かなければならない、といった。つまり、トーリーは一日じゅうひとりぼっちになるということなのだ。トーリーはバスの停留所《ていりゅうじょ》まで見送りにいき、ひとりで家に帰ってきた。

グリーン・ノウに住んでいた人たちについて、ずいぶんたくさんのことを知り、その人たちが残《のこ》していったものを、ほとんど毎日見つけ出すということは、とても楽しかった。だがトーリーは、いまそこにだれかがいてくれたらいいのに、と思った。とくに、ジェイコブだ。あのグリーン・ノアのジャングルの植木鉢《うえきばち》が、ジェイコブとれんらくをとるのにいちばんよい道具に思えた。トーリーが植木鉢の下になにかを見つけたのは、たった一度だけだった。それはアシナシトカゲだったが、ひとりでそこへはいりこんだのかもしれない。こんどは、トーリーはわくわくしながら、きれいなみどりと青のトカゲを入れてやった。鉢の上に石をひとつおいて、トカゲが逃《に》げないようにした。よろこんでうけとってもらえたらいいな、と思った。スーザンは手足がついててうごくものがすきなんだから。

このよくしげったやぶには、こんなにうごきまわりにくくなければ、ずいぶんたくさんのものがひそんでいるだろう。イバラとサンザシと月桂樹《げっけいじゅ》とメギにかこまれて、ボタンヅルがいきおいよくのびていたが、巻《ま》きつくものがないので、ひものような茎《くき》が、ぐるぐるうずを巻いてつみかさなり、小さなはねつきの羽根のような新しい葉が、いちめんにふさふさとついていた。巣《す》をつくるのにいちばんいいところのように思えた。トーリーは、イバラをきりひらいて、なんとか入り口のようなものをつくり、腹《はら》ばいになって、ひじをつきながら、枝《えだ》の下にはいっていった。せっせとからだをくねらせながら進むと、ようやく、とぐろを巻いたボタンヅルの下に、顔が出た。トーリーは片目《かため》をとじ、もう一方の目をもつれた茎におしつけた。そこにいないようなふりをしてうずくまりながら、こちらを見かえしている鳥が、見えるのではないかと思ったのだ。片目で見ると、ものがちかくに見える。ふいにトーリーのすぐちかくに見えたのは、石だった。グリーン・ノウの家と同じ材料《ざいりょう》の古い壁石《かべいし》だ。

さらにからだをくねらせて進むと、ちょっとした空地《あきち》があったが、石がちらばっていて、しりやひざに傷《きず》がつき、はいるのがむずかしかった。それはまるい建物《たてもの》の跡《あと》だった。たぶん、物見の塔《とう》か、はじめ物見の塔だったのがあとであずまやになったものだろうが、いまでは、こわれたひくい壁が残り、石がごろごろしているだけだった。屋根はとっくになくなっていた。しかし、それがたおれてなくなるまえに、ボタンヅルがひきつぎをして、いまではハンモックのような形の天井《てんじょう》になっていた。トーリーは、その下にまっすぐ立つことができた。

これこそ、ジェイコブがジュジュの衣装《いしょう》やそのほかの宝物《たからもの》をつくって、しまっておいたところにちがいない、とトーリーは思った。あのころここは、きっと、もうこわれていたとはしても、もっとちかづきやすかっただろう。トーリーは胸《むね》をドキドキさせながら、まわりを見まわした。壁はぶあつく、がんじょうにつくられ、むかしはなにか重要《じゅうよう》なことのために建《た》てられたにちがいなかった。いまも残っている部分のかなり高いところに、石でできた窓《まど》のしきいがあり、そこから、毛むくじゃらのツタの茎が、巨大《きょだい》なイモ虫のように巻きついてのびていた。ボタンヅルの屋根は、雨もとおさないくらいにぶあつくなっていたが、ものが見えるていどの光——麦わら色のうすあかりがさしこんでいた。ここは、男の子が考えつくかくれ場所の中で、いちばん申し分ないところだった。

トーリーは、しばらくそこにすわりこんで、むかし王さまに愛《あい》されて迷路《めいろ》の奥《おく》にかくまわれたという「うるわしのロザモンド」や、歌物語に出てくる森の中の家やあずまや、それからあの『トリスタンとイゾルデ』の主人公、気がくるって森をさまようトリスタン卿《きょう》のことなどを考えていた。それで、ジェイコブやスーザンのことはすっかりわすれていた。と、そのとき、どうもしずかすぎるのに気がついた。まるで、だれかが息をひそめているようだった。それにオーランドが、なにか気にかかる音を聞いたように、頭をぴんと持ち上げていた。トーリーは、はじめのうち、まったく申し分がなく、夢《ゆめ》のようだと思っていたが、いまは、このあやしげな雰囲気《ふんいき》をやぶって、じぶんにつごうのよくなるよう、模様《もよう》がえをしたいと思った。かれは、床《ゆか》のまん中から、うごかせるだけの石をゴロゴロところがし、壁のまわりにならべて座席《ざせき》にしはじめた。だが、石にツタがからまり、しっかりと根づいてしまっているのが多かった。トーリーは道具を持ってくるため、外に出た。

土曜日だった。ボギスが芝生《しばふ》を刈《か》ったあとで、庭は干草《ほしくさ》とバラの垣根《かきね》のいいにおいがしていた。ボギスは行ってしまっていたので、庭の数えきれない鳥の声や、上空を飛《と》んでいる飛行機《ひこうき》、ちかくの川でときどきはねるさかなの音をのぞけば、トーリーが庭をひとりじめにしてしまった。草の上に横になって、お昼のサンドイッチを食べた。オーランドにもたっぷりわけまえを与《あた》えるつもりだったが、なにしろじぶんのほうが食べ方が早く、ひと口食べるごとに、オーランドに比《くら》べて、じぶんのさもしさを思い知らされるような気がした。それでサンドイッチは、またたくまになくなった。それから、トーリーは元気よく立ちあがり、やぶの下に、じぶんがらくに行き来できるトンネルをつくるための刈りこみばさみと、床をきれいにするためのつるはしとシャベルを持って、あずまやにひきかえした。

それは骨《ほね》の折《お》れる仕事だった。しかしオーランドが、しだいに熱心《ねっしん》になっていった。オーランドは土を掘《ほ》るように生まれついていた。仕事がすすむにつれ、とくにひとつの石の下ばかりを、はあはあいいながらひっかいて掘った。そこでトーリーも手伝《てつだ》いにいき、石を持ち上げてうごかした。すると、小石がゴロゴロと穴《あな》に落ちる音がした。石を一方にひねると、オーランドが地下に姿《すがた》を消した。はじめ、トーリーはオーランドが井戸《いど》の中に落ちたのかと思った。だが水のはねる音は聞こえず、下の、それほど遠くないところで、オーランドがまたひっかいて掘っている音が聞こえてきた。トーリーは懐中電灯《かいちゅうでんとう》をとり出して、穴の下を照《て》らした。すると、石の階段《かいだん》があって、そのいちばん上の段に、オーランドがいた。トーリーの手はとどかなかった。床からその階段まで、一メートルくらいは落ちこんでいて、くさりかけの木のふたがその入り口をおおっていた。

トーリーはいきおいこんではたらき、階段のはばだけ、じゃまなものをとりのぞいた。床の中心部分は、板石がしきつめられていることがわかった。そして、ほかのところよりずっとうすくして持ち上げやすくした板石の下に、はねあげ式の戸がかくされていたのだった。ただし、うすくてこわれやすくもあったため、あるとき、なにかのかたまりが落ちてきて、その板石をくだいてしまったのだ。トーリーは、ただ破片《はへん》をとりのぞきさえすればよかった。それからはねあげ戸を持ち上げると、人ひとりとおれるだけの穴になり、そこをおりるとトンネルに通じていた。

トーリーはオーランドといっしょになり、いまは上からぼんやりと照らされている階段をのぞきこんだ。かびのにおいが、つんと鼻をついた。壁にさわるとぬるぬるし、階段もふむとぬるぬるしていた。オーランドはさきに行くのを急にいやがって、トーリーのあとからついてこうとした。そしてバランスをくずして、すんでのことで、いっしょにずるずるすべり落ちてしまうところだった。階段の下にくると、トンネルの通路は、手入れさえしてあれば、トーリーがやすやすと歩けるくらいの高さになっていた。壁はいまにもくずれ落ちそうにふくらんでいて、じっさい、ところどころはくずれ落ちていた。トーリーは足もとを見るために、懐中電灯で床を照らしつづけていなければならなかった。ところが、通路の上の部分で、ニレの木の根が石のあいだからひものようにのび出て、空間をつきぬけ、反対側《はんたいがわ》の壁の中にはいりこみ、トーリーの首の高さのところで輪《わ》のようになっていたので、ときどき、それにぐいとひっぱられてひどい目にあった。

トーリーはよろめきながら歩くのでつかれはて、またなんとなくおそろしくもなってきた。あのふくれた壁がうしろで落ちてしまい、外に出られなくなったら、どうしよう？

この穴の中に、だれかほかの人や、ほかの物がいたら、どうしよう？ なにかぞっとするような反響《はんきょう》が聞こえてきた。懐中電灯が消えたら、どうしよう？

もうずいぶん歩いてきたように思えた。道のじゃまをしている根の種類《しゅるい》がかわった。こんどはイチイの木の根だった。上の庭で、幹《みき》のまわりにのびているのを見ていたので、トーリーにはすぐわかった。イチイの根は、地下にもぐっては地上に出、そしてまたもぐっているのだ。その木の皮も見わけやすい。してみると、トーリーはイチイの木の下か、そのちかくにいることになり、家のほうにむかっているのだ。イチイの木は、一本が、聖《せい》クリストファーの像《ぞう》と、古い礼拝堂《れいはいどう》と、堀《ほり》の近くにあった。もう一本は、焼《や》けてしまった家のほうにあった。

出口は、反対側にあるのかな？ そうだとしたら、どこなんだろう？ トーリーは好奇心《こうきしん》にかられたが、またおなじくらい恐怖心《きょうふしん》にもかられた。ぶじに外に出たくてたまらなくなった。オーランドがクンクン鼻を鳴らしていて、気がめいり、びくびくさせられた。懐中電灯が、しずまりかえっている黒い水を照らした。あさいかもしれなかったが、トーリーは深さをはかる枝を持っていなかった。ひょっとすると、トンネルをどんどん歩いたあげく、井戸の中に落ちてしまうかもしれない。ひょっとすると、トンネルは川と同じ高さで、だれかが水門をあけると、水がはいってきて、この通路いっぱいになるかもしれない。またひょっとすると――トーリーの空想は、とほうもないものになってきた――タコ入道のようなものが、水中から出てくるかもしれない。トーリーは、前に海底映画《かいていえいが》を見たことがあるが、そこではイカがクモのようにすばやくなめらかにうごいていたものだ。水と、こまくを圧《あっ》するようなしずけさが、がまんできなくなった。トーリーはむきをかえると、猛《もう》スピードでもどりはじめた。よろめきながら、必死《ひっし》になって、もときたほうへひきかえした。だが帰り道は、みじかく思えるどころか、きりがないように思えた。あるときなど、トンネルのひびわれた屋根に手をおいたら、ぐにゃぐにゃからだをくねらせている虫にふれ、まるでおそろしい怪獣《かいじゅう》の指にさわったみたいに、ぞっとした。懐中電灯が消えてしまった。だが、まっくらやみの中でおそれおののいていると、まえのほうで、オーランドが階段をとびながらのぼっている音が聞こえ、すぐに、古い煙突《えんとつ》から灰色《はいいろ》の夜明けがさしこむように、あれはてた壁にかすかな光があたっているのが見えた。トーリーは、オーランドを持ち上げて外に出してやり、それからじぶんも、腕《うで》をのばしてやっとからだを持ち上げた。足を上げてひっかけるには、戸口がせますぎたのだ。

あずまやはもう夜だったが、いままでトンネルの中にいたため、わりとよく見えた。トーリーは外にはい出て、ほっとした。いちばんはじめに見えたのは、宵《よい》の明星《みょうじょう》だった。トーリーは、時間の感覚《かんかく》をすっかりなくしていた。日の出も日の入りもない地下では、何日たってもわからないでいたかもしれない。ひとねむりしたら二十年たっていたというあのリップ・バン・ウィンクルのように、何百年たってもわからないでいたかもしれない。

トーリーは、家にろうそくの光がかがやいているのを見て、ほっとした。ひいおばあちゃんが帰ってきたのにちがいない。そしてぼくがどこへ行ったのか、心配しているだろう。けど、ひいおばあちゃんの知っていることはなんてちょっぴりだけなんだろう、とトーリーは考えてとくいになった。暖炉《だんろ》の火は、気持ちがいいだろうな。オーランドは、家にむかってつっ走り、トーリーは、じぶんがよく知っている枝をつけた木立の形や、木と木のあいだの空間の形をながめながら、そのあとをゆっくりついていった。木には、いつもだと鳥がざわめいているのに、いまはみんなねむりについていた。すべてのものが、いつまでもおなじ状態《じょうたい》でつづく夢《ゆめ》の中にひたりこんでいるように見えた。

居間《いま》のドアがあいていた。そしてトーリーがそこへつくまえに、たいそうひそひそとせきこんだような声が聞こえてきた。

スーザンが、暖炉のそばのじゅうたんの上にすわって、おちつかなさそうに、指でじゅうたんの毛をむしっていた。かたわらに、食料品をいっぱい入れたかごをおいていた。ジェイコブ——トーリーは、ジェイコブこそ百万人にひとりのよい仲間《なかま》だと思っていたが、そのジェイコブ——が、窓から外をながめて立っていた。

「だめ、おじょうさん。いま行くと、あの子、つかまってしまう。キャクストン、しょっちゅう見はっている。どの窓からも見ている。庭にも出て、たきぎをあつめるふりしたり、教会の時計を見るふりしたりしている。あいつ、ぼくたちが知っていることを知っている」

「まだ暗くないの、ジェイコブ？」

「あんまり暗くない、おじょうさん。それに、月、早くのぼってくる。フレッド、船長さんの帰ってくるまで、待つ。そうすれば、だいじょうぶ」

「でも、ジェイコブ。あの子、おなかがすいちゃうわ」

「ひと晩《ばん》で、うえ死にすることない。でも、たいそうこわがってる」

「暗いと、どうしてこわいの？　おかしいわ。それなら、あたしはしょっちゅうこわがっているはずなのに、そんなことないんですもの」

「だれも連《つ》れ出《だ》しにきてくれないんじゃないかと思って、こわがる。死人のおばけ、水の中からやってくると思って、こわがる。ヘビを、こわがる」

「ジェイコブ、食べるものもなく、いったいこれからどうなるかも知らないで、あの子をあそこでひとりにしておくなんて、いけないわ」

トーリーがはいっていくと、スーザンは話をやめた。

「だれ？」

「だれもいないよ、おじょうさん」

「ぼくだよ」とトーリーがいった。

「えっ！」とジェイコブはいった。ジェイコブのもじゃもじゃの髪《かみ》の毛《け》がまっすぐに立つものなら、きっと立っただろう。と、そのときぱっと、ジェイコブにトーリーが見えた。

「だれですか、おじょうさん？」

「だいじょうぶよ。あたしの友だちなの。いとこのトーズランドよ」

「フレッドってだれだか知らないけど、トンネルの中にかくれているんだね」とトーリーがいった。

「しいっ！　フレッドって、ボギスのいちばん下の子なの」とスーザンが説明《せつめい》した。「密猟《みつりょう》をやって、猟番につかまったんだけど、逃《に》げだして、いまトンネルの中にいるの。こんどつかまったら、しばり首になるかもしれないわ。これはね、キャクストンのしわざなのよ。キャクストンが、子どもたちに密猟をやらせているの。それでお金をもうけてるのよ。キャクストンは、フレッドにつかまってほしくないの。じぶんがめんどうなことになるかもしれないから。『プレス・ギャング』に売りとばしたいと思っているんだけど、フレッドがトンネルにいるのを見つけたら、殺《ころ》してしまうかもしれないわ。そしたら、だれがやったか、だれにもわからないでしょ。ジェイコブは、あたしたちがあの子をかくしたことを、キャクストンは知っているっていうの」

「ぼく、けさ、さかなつってたら、ジョナサン先生、フレッドを連れてきた。ジョナサン先生、いった――ジェイコブ、きみはいいかくれ場所をぜんぶ知っているなって。フレッドをかくしてやってくれって。そしてフレッド、いまにも死にそうに、こわがってた。それでぼく、トンネルの中にかくしてやった。キャクストン、どこもかも、いつも見はっている。それでフレッド、一日じゅう、食べものなんにもない。船長さんから、今夜、帰るっていう手紙がきたことも、フレッド、知ってない」

「そのかごは、フレッドに持っていくものなの？　ぼくが持っていってやるよ」とトーリーはいった。「キャクストンが追いかけてきたら、ぼくは――消えちゃうんだ」

トーリーは笑《わら》ったが、これがからいばりでないことを、心から願《ねが》った。かれはかごを手にとって、「行ってくるよ。見ててごらん」といった。その瞬間《しゅんかん》、トーリーは、ジェイコブの顔から、じぶんの姿がぱっと消えたことがわかった。トーリーは、ジェイコブに聞こえるといいな、と思いながら、もう一度笑って、外に出た。

トーリーは思いきって家に背《せ》をむけたが、なにかじぶんの考えたくないものがうしろにいることは、よくわかっていた。家そのものが、へんな感じだった。むやみと大きくて、暗闇《くらやみ》をつつみこんでいるようだった。トーリーには、キャクストンのへビのような目が見はっているのがわかった。もしふりかえると、一階か二階のガラスのむこうに、姿が見えるだろうと思った。あるいは、ひょっとすると、じぶんがとおっていかなくてはならないイチイの木の陰《かげ》に、待ちぶせしているかもしれない。トーリーはとっさに、こちらがこわがると、キャクストンの注意をひいて、すぐに気づかれてしまうが、いっしょうけんめいこわがらないですませば、見つからないですむだろう、と思った。そこで、大たんに声をはりあげてうたいだした。

ぼくの、じゃまするやつはだれ？

ぼくの、じゃまするやつはだれ？
ぼくの名は、リトル・ジャック・エリオット、
それで、ぼくの、じゃまするやつはだれ？

月がのぼっていた。トーリーがこんなへんな状況《じょうきょう》におかれていなかったら、ナイフのようにほっそりした影《かげ》をしたがえて、芝生《しばふ》をよこぎっていく姿が、はっきり見えたにちがいない。やぶの中の荒《あ》れたかくれ場所は、ちょうどうしろにさしかかった月に照らされ、空を背にして、くっきりと影絵を見せていた。その輪郭《りんかく》は、トーリーがおぼえていたよりも高く見えた。本物の塔《とう》のように見えた。だがたぶん、この黒いかたまりの一部は、木にからまったツタにすぎないのだろう。

ものごとをふりかえって考えてみる人なら、だれでも知っていることだが、むずかしい道を歩くのに、明るいときより暗いときのほうが、足もからだも、ずっとじょうずに早く進むものだ。それでもトーリーは、じぶんがやぶの中をこんなにかんたんに進んでいけることに、驚《おどろ》いた。月光は、窓をとおって、あずまやの床にさしこんでいた。懐中電灯がきれてしまったので、このことはありがたかった。トーリーがつい先ほどここをさってから、だれかが床のまん中に、

小さな石のテーブルをおいていた。そして、トーリーがおぼえていたよりも、すっかりひろくなっていた。たぶん、月光のせいかもしれないが、トーリーは驚きもしなければ気にかけもしなかった。というのは、かわいそうなフレッド・ボギスがその下にとじこもり、ひとりぼっちで、「いまにも死にそうに、こわがってる」こと以外《いがい》はなにも考えられないほど、気持ちがたかぶっていたからだ。そこで石のテーブルをおしのけて、その下を見、月光で目がちらつくので、手でさわってみた。すると、テーブルがおいてあったところに、鉄の輪があって、くぎで床にとめられていた。指でさわらなければ、そこにあるのは見えなかっただろう。これをつかむと、うすい敷石《しきいし》はかんたんに持ち上げることができた。ところが、トーリーがそうして、その下の木の戸に手をかけたとき、下のほうで、階段をあわてふためいてかけおりるくつ音がした。トーリーが暗がりの中をのぞきこむと、まだ正体はわからないが、とにかく逃げようとしているものの足音が、うつろにひびいているのが聞こえた。トーリーはからだを乗りだして、ジェイコブのように、アフリカの鳥のよび声を口笛で吹《ふ》いた。足音はとまり、その反響《はんきょう》も消えた。長いあいだ、しんとしずまりかえった。トーリーはまた口笛を吹いた。すると、おそるおそる、足音がもどってきはじめた。月光がひとりの少年の頭を照らした。青白く、やせて、びくびくしている顔だった。トーリーは、どうきりだしたらよいのかわからなかった。かごを手わたしたが、うれしいことに、その上にろうそくと火打箱があるのが見えた。フレッドが、老人《ろうじん》のように手をふるわせながら、ろうそくに火をつけるのを、トーリーはじっと見まもっていた。

「船長さんは、ほんとうに帰ってくるの——すぐに？」と、フレッドはすすり泣《な》きながら、ささやき声で聞いた。

トーリーはうなずいた。

「入り口をしめていってくれよね。だれかが明かりを見るかもしれないから。キャクストンに見つかりたくない。さっき、ぼくはきみがキャクストンかと思ったんだ。しめたほうがいい。ろうそくがあってほんとうにうれしいよ。船長さんが帰ってくるって、ほんとうなんだね？」

トーリーはまたうなずいた。木の戸と石をしずかにもとどおりにし、テーブルをおしもどした。まるで百歳《さい》になったように、ぐったりとつかれはててしまった。このままフレッドを残して立ちさっていくのは、あまりにも情《なさ》け知らずのように思えた。トーリーは壁に背をもたせかけてすわり、目をしばたたきながら、窓から月をながめた。なにかがへんだった。巨大なおばけのイモ虫のようなツタの茎が、細長い窓からやぶへとはい出していたが、月光がさしこんでくるのは、上のほうの窓からだった。屋根はなくなっていたが、その部分は真上の空にむいてひらいていた。トーリーはまた目をしばたたいた。しかしもう目をあけておくことができなかった。夢を見ているのかさめているのか、過去《かこ》なのか現在《げんざい》なのか、気にするのもやめてしまって、すぐにぐっすりとねむりこんだ。

トーリーは、オーランドのひげ面《づら》が耳にちくちくあたり、つめ物をしたような足の裏《うら》が顔にさわるので、目がさめた。ひいおばあさんがよんでいた。もうずいぶん長いあいだよびつづけているようだった。トーリーはやぶからはい出て、みどりの動物たちのほうへ行く道をこっそりとおり、そこからひいおばあさんに返事をした。じぶんのでっかい冒険《ぼうけん》を、もうすこし秘密《ひみつ》にしておきたかったのだ。

ひいおばあさんは、月光に照らされて、立っていた。耳をすますために、小さなからだを鳥のように、すこしまえにかたむけていた。

「ただいま、ウズラおばあちゃん」とトーリーは、ひいおばあさんの腕にじぶんの腕をからませて、いった。

「ああ、やっと帰ってきたのね、トーリー。姿が見えないので、ずいぶん心配したのよ。おやおや、こんなにつめたい手をして。それにかびくさいわね。あの中にはいっていたの?」

「ううん、まあね」トーリーはすっかり目のさめた声でいった。「おなか、ぺこぺこさ」

「わたしもよ。なにを食べましょうか。焼きソーセージとベーコンはどう？　おふろにはいって、ガウンを着ていらっしゃい。走りまわってきた犬みたいよ。それまでにすっかり用意しておくから」

17　キャクストンの悪だくみ

トーリーは、あらいたての髪《かみ》の毛《け》をかがやかせ、さっぱりして、つやつやした顔つきでおりてきた。

「ガウンを着ると、背《せ》が高く見えるわね。家におとなの男の人がいるみたい。まわりに男の人がいるのは、たのもしいわ。暖炉《だんろ》のそばの小さなテーブルで、ふたりさしむかいで、夕ごはんを食べましょう。お天気がくずれてくるわ。骨《ほね》がうずくのでわかるのよ」

夕ごはんがならべられると、オーランドの鼻が、舌《した》のようにうごめいたが、焼《や》きソーセージとベーコンにかぶりついているトーリーの舌つづみのうち方には、かなわなかった。そのあとで、オールドノウ夫人《ふじん》のおみやげのアップル・パイとチョコレートが出た。それから、トーリーはへやばきのスリッパを暖炉の灰止《はいど》めにのせ、頭のうしろに両手をおいて、ひじかけいすにながながとからだをのばした。

夕ごはんのあいだじゅう、トーリーはあの子たちのところへもどっていってきたことを、いまにも話しだしそうになった。だが、話すことができなかったか、話したくなかったのか、とにかくいわずじまいだった。オールドノウ夫人は、笑《わら》いをふくんだ黒い目でトーリーを見つづけていた。その目の上には、クロッケー（木づちで球をたたき、鉄の棒《ぼう》を曲げて作った柱門を通過《つうか》させる遊び）の柱門のようなしわがあって、額《ひたい》にいろいろな模様《もよう》をつくっていた。オーランドが夢《ゆめ》を見ながらほほえる声のほかは、あたりはしずまりかえっていた。オーランドは口をとじていたので、ほえ声は、ほおがふくらみ、それが情《なさ》けなさそうに小さく破裂《はれつ》すると、音になるのだった。トーリーは笑って、四つめのチョコレートを口に入れてから、いった。

「オールドノウ船長は、いつも予定どおり帰ってきたの？」

「予定どおりってことは、あまりなかったわね。ずいぶん行ったり来たりしていましたからね。でも一度――一七九八年のことだったわ。そのあとで事件《じけん》があったんで、おぼえているのよ」

船長の帰宅《きたく》

オールドノウ船長は、二週間の予定だったのに、何か月も家をるすにしました。でも、帰ってくるという手紙のついたその日に、帰ってきたのです。スーザンは、ソフトリーばあやが病気になって以来《いらい》着たことのないような、フリルやかざりのついたドレスをベッツィに着せてもらい、起きて待っていました。ジェイコブもいちばんいい服を着て、たいそうあらたまった感じでした。けれども、ふたりともおなじように胸《むね》をわくわくさせていたのです。

あのころは、人が到着《とうちゃく》するということは、みんなが長いあいだ心から興奮《こうふん》する出来事なのでした。ヘッドライトがさっとちかづいて、人の目をくらませ、ほかのものをみんな見えなくしてしまい、車のドアがバタンとしまって、おわり――なんていうものではないのです。まずはじめに、馬のひづめの音が砂利道《じゃりみち》にひびき、馬車がくることを知らせるのです。それは期待にみちたすばらしい瞬間《しゅんかん》で、みんながランタンを持って外へ走り出ます。馬車が車道をゴロゴロと走る音が聞こえ、先頭の馬がゆれうごくランタンの光の中にはいり、まもなく、馬車の車輪や窓《まど》、馬や馬丁《ばてい》や従僕《じゅうぼく》、それから紳士《しんし》に手をとられて出てくるご婦人《ふじん》方が、あかあかと照《て》らし出《だ》されます。

けれどもスーザンには、こういうさわぎが、みな音になって聞こえました。スーザンは、聞きなれた声のざわめき、だれのだかよくわかるあちこち走る足音、おばあさまの杖《つえ》の音と小さなせき、みどりの布《ぬの》ばりのドアがしまって音をさえぎるまえの台所のさわぎなどを、耳でうけとめました。速歩からなみ足へとかわる四頭の馬の足音をわくわくして聞き、水が水車から落ちるように、砂利が車輪からこぼれ落ちる音、しかも車の速度の落ちるにつれて、それが聞こえなくなることに、耳をかたむけました。御者《ぎょしゃ》がむちをむち差《さ》しに入れる音、馬の背《せ》で手綱《たづな》がピシャリと鳴る音、馬丁が馬のほうへ走る音、馬が長いあいだ馬車をひいてきたあとでほっとして、首をのばし、頭をふり、馬具をガチャガチャ鳴らす音、馬車のばねがきしり、ドアがあく音などを、聞きました。それから、熱《あつ》くなったランタンの金具のにおい、馬の汗《あせ》のにおい、馬具の皮みがきのにおいを、スーザンはかぎました。そして馬車のドアがあくと、どんな乗り物にもたちこめているいやなにおいが、ただよってくるのでした。

セフトンがそこにいました。それからジョナ

サンと、その父のモーレイさんもいました。家の中には、メイドたちがあいさつをするためにならんでいました。スーザンはジョナサンといっしょに、外に出ていました。そしておかあさんに少女らしくおじぎをし、「お帰りなさい」といい、香水《こうすい》のにおいと絹《きぬ》ずれの音とともにさし出されたほおに、キスをしました。それから、おとうさんがそこにいました。

みんな家の中にはいりました。もうおそい時刻《じこく》でしたが、牧師《ぼくし》とジョナサンは、夕食をいっしょにすることになっていました。召使《めしつか》いもふくめて、みんなが家の人からあいさつをうけました。マリアは、そういうときには、にこやかでやさしくふるまいました。みんなに崇拝《すうはい》されていると思いこんでいたのです――じっさい、キャクストンがしゃあしゃあと何度かマリアにそう話していたのですが。それから、ニュースの交換《こうかん》がなされました。船長は、見たところ旧《きゅう》友《ゆう》のモーレイさんの話に耳をかたむけていましたが、ほんとうは、スーザンを見まもっていました。そして、じぶんの見ているものがほとんど信《しん》じられない思いでした。スーザンはすっかりかわっていたのです。顔はまるまるとして幸せそうで、おとうさんの手をにぎってはいても、たよってしがみついているのではありません。おとうさんによりかかりながら、だれかをさがしているような気配すらしました。

「なにか気になることがあるのかね、スーザン？」

「パパはまだジェイコブに口をきいていらっしゃらないんですもの」

「ほんとうだ！　あのいたずらっ子はどこにいるのかね？　ジェイコブ！」

「きっとドアのすぐ外にいると思いますよ。連《つ》れてきましょうか？」とジョナサンがいいました。

ジェイコブは、こういう場合にとても気おくれがするのですが、目をぐるぐるさせずにはいられず、ほおはよろこびのあまりつき出てまるくなっていました。

「こんばんは、ジェイコブ」

ジェイコブは深くおじぎをしました。キャクストンよりもさらに深いおじぎでした。

「こんばんは、だんなさま」

「家についたとき、気づかなくてすまなかったな、ジェイコブ」

「こいつの顔は、暗がりでは見わけがつかないんですよ」セフトンが口をはさみました。「あそこにいたんですよ。熱いれんがの上のネコのようにはねまわって」

「まだジョナサン君から報告《ほうこく》をうけていないが、スーザンのようすから見ると、ずいぶんよく世話をしてくれたようだね」

スーザンは、待ちかねたようにおとうさんをひっぱっていいました。

「パパ、今夜、パパといっしょにお食事してもいい？　もうじょうずに食べられるの。ジェイコブが教えてくれたの。ソフトリーばあやが病気になってから、あたしたちはいっしょにお食事をしているの」

ジェイコブはうなずいていいました。

「そうです、船長さん。スーザンおじょうさん、とてもじょうずに食べる。ぼく、料理番《りょうりばん》さんが教えてくれる食べ方、ぜんぶおじょうさんに教えた。スープ、お皿に口つけて飲まない。豆、ナイフで食べない。スーザンおじょうさん、料理番さんのようにじょうずに食べる」

みんなは笑い、スーザンはもじもじしましたが、すくなくとも、船長とジョナサンと牧師さんは、やさしく笑っていました。

マリアがいいました。

「それはきっとかわいらしい食べ方でしょうね。この地方でいちばんのね」

「よくやった、ジェイコブ。うれしいことを聞いた。マリア、きみさえよければ、今夜、スーザンもいっしょに食事をさせよう。テーブルのはしにジョナサンとならんですわらせ、ジェイコブをスーザンの給仕役《きゅうじやく》にすればいい」

マリアとセフトンは、上きげんではしゃぎたい気持ちを、いままでおさえていました。それで、マリアは、もうこの話をおしまいにしたくて、いいました。

「どうぞおすきなようになさって。とにかく、家族パーティーをひらきましょう」

おばあさまが、かすれ声で口をはさみました。

「これもみんなベッツィのせいですよ。そんなことになっていたとは、思いもしませんでした。もし知っていたら、ゆるしはしなかったのに。わたしはね、ジェイコブのことで、おまえにとても重大な話があるんですよ」

「それは食事のあとにしましょう、おかあさん。スーザンもわたしたちのロンドンでの話を聞きたいでしょうし、こういう話は、二番せんじで聞いたのではあまりおもしろくありませんからね。キャクストン、ジョナサン君のとなりにスーザンの席《せき》をしつらえてくれ。そしてジェイコブがスーザンの給仕をするんだ」

(トーリーは、ひざをかかえ、ひそかににやにや笑いながら、もどかしい気持ちでこの話を聞いていた。早く話の先にすすんでほしかった。)

夕食のあと、マリアはセフトンに、ロンドンのいろいろなうわさ話をしていました(セフトンだけが、流行とか、気取ったかっこうとか、スキャンダルとかに、心底《しんそこ》から興味《きょうみ》を持っていたのです)。牧師さんは、おばあさまがだれかのとんでもないおこないにあきれはてたといって話していることに、礼儀正《れいぎただ》しく耳をかたむけていました。

そのあいだに、オールドノウ船長は、スーザンのために買ってきたプレゼントをわたしていました。こんどは、トーリー、あなたが二階で見つけた、あのさんごの首かざりと、腕輪《うでわ》でした。スーザンはうっとりしました。腕輪をはめて手首をふり、それがひんやりと、ゆったりすべるのを、感じていました。じぶんが、おかあさんのように、なにか特別《とくべつ》な女の人になったように思いました。

「手を見せてごらん、スーザン。指輪をはめているね。だれにもらったのかね?」

「あたしが見つけたのよ、パパ。ねり粉《こ》の中にはいっていたの。粉屋《こなや》さんに、だれかなくした人がいるかきいてみたけど、『いません』ですって」

スーザンは、心の中で想像《そうぞう》していることがあったとしても、ただ知っている事実だけをいいました。

「はめていてもいいかしら、パパ」

「ああ、いいとも。とてもきれいだ。でも、それがだれのものかわかったら、すぐにかえさなくちゃだめだよ」

おばあさまが口をはさみました。

「苦労《くろう》してスーザンに虚栄心《きょえいしん》を植えつけるなんて、いやはやですよ。目が見えないおかげで、おかさなくてもすむはずの罪《つみ》をね」

「お言葉ですが、おかあさん、スーザンに少しは見栄《みえ》をはるところがなかったら、わたしはむしろがっかりしますね。スーザンは、わたしがあの子を見てよろこぶことを知っているんですよ。さあ、首かざりをつけてあげよう、スーザン」

スーザンは、おとうさんが不器用《ぶきよう》に止め金をいじくっているあいだ、髪の毛がひっかからないように、首をかしげていました。そのとき、キャクストンがお盆《ぼん》を持って出ていき、ドアのしまる音が聞こえました。すると、スーザンはおとうさんのほうにさっとふりむき、心からの感謝《かんしゃ》のキスをするために、首に腕を巻《ま》きつけました。そして、長いあいだだきついているふりをしながら、おとうさんの耳に、急いでなにかささやいたのです。

「なんだって？　もう一度いってごらん」

(トーリーは、パタンと音をたてて、足を床《ゆか》におろした。

「かわいそうなフレッド・ボギスを、いったいいつまで、トンネルの中にひとりぼっちにしておくんだろう。そりゃあ、ろうそくを持っていることは知っているけど、あの子はこわがっているんだよ、おばあちゃん」

オールドノウ夫人は、縫《ぬ》い物《もの》をしている手をはっと止めた。そして針《はり》をちゅうにうかしたまま、トーリーをじっと見つめた。ひいおばあさんがこれくらい驚《おどろ》いてくれれば、文句《もんく》はなかった。それから、ひいおばあさんは力をぬいて、笑いだした。

「それじゃあ、あれはあなただったのね！　きわどい時にやってきて、それきり姿《すがた》を見せなかったふしぎな男の子のことを、これから話そうとしていたところなの。わたしは、その子はアレクサンダーだと思っていたのよ」

トーリーは勝ちほこったようにいった。

「ぼくだよ。けさ、トンネルを見つけたんだ。そのあとのことは、今晩《こんばん》起こったんです——いや、そういいたいとこなんだけど、なにかつじつまがあわないようだね？　ぼくはトンネルの上で見はりをし、フレッドが下にいた。ぼくはねむりこんでしまった。それから、おばあちゃんがぼくをよんだんだよ。でも、話をつづけてよ。『スーザンがおとうさんの耳にささやいた』——」

オールドノウ船長はしばらく考えこんでいるように見えました。目はそのへやにいる人たちの上を行き来し、信用《しんよう》できるかどうか考えているようでした。セフトンは？ 美しいけれども不注意で軽率《けいそつ》なじぶんの妻《つま》は？ 気の強い年とった母は？ 牧師とジョナサン——そうだ、このふたりならたしかだ。ところがそこへ、キャクストンが火にくべるたきぎを持って、またはいってきました。それで、船長はこういっただけでした。

「よし、よし、スーザン。わたしにまかせておきなさい」

それから、キャクストンのほうにむいて、いいました。

「ちょっと、ジェイコブをよんでくれたまえ」

ジェイコブは、ドアがあけば、あこがれの船長さんをちらりとでも見られるかもしれないと思って、あたりをぶらぶらしていました。それで、キャクストンのひじの下をかいくぐって、すぐに姿をあらわしました。

「ここにおいで、ジェイコブ。ロンドンにいても、おまえのことはわすれなかった。おまえにもプレゼントがあるんだよ」

船長は、ポケットの中から、つつみを取り出しました。スーザンがよろこんでとびあがり、くつのかかとを打ちあわせてカチッと鳴らしました。ジェイコブはかみそりのようによく切れるジャック・ナイフをもらいました。刃《は》が二つ、それにへらときりがひとつずつついているものです。ジェイコブは、耳もとまで、満面《まんめん》の笑《え》みをうかべました。

「スーザンおじょうさんに、きれいな箱、彫《ほ》ってあげるよ。それから、いろんなもの、たくさんつくる」

「ジェイコブは、ウサギの皮でドラムをつくってくれたのよ。ブンブン、ドンドンという音がして、すてきだったんだけど、おばあさまが悪いものだとおっしゃって、くつのかかとで穴《あな》をあけちゃったの」

おばあさまは、にがにがしげなかすれ声でいいました。

「ジェイコブが、聖《せい》クリストファーさまの像《ぞう》のまえで、邪教《じゃきょう》の祭りをしてたんですよ。そしてスーザンは、こともあろうに、ジェイコブのおどりにあわせて、悪魔《あくま》むけのリズムを鳴らしていたのです。わたしが苦心してスーザンに宗 教《しゅうきょう》を教えてきたというのに、わたしのむすこであるおまえが黒い野蛮人《やばんじん》を連れてきて、スーザンを地獄《じごく》へつき落とさせようとしているのです」

こんどはセフトンがいいました。

「とにかく、そのために、ジョナサンがジェイコブをさんざんむちで打ちすえましたよ。驚きましたね。いつも、ジョナサンはやさしいと思っていたんだもの。あの音！　しこたまひっぱたいたにちがいありません。もっとも、黒人は白人より大声でわめくものですがね。学校にいるときでも、あんなにひどいさわぎは聞いたことがなかったですよ」

ジェイコブの目は、ジョナサンのほうへぐるりとむきましたが、ふたりの顔は、ぴくりともうごきませんでした。

「スーザンには、手をむちで打ってやりましたよ。けれど、この子は、ちっとも後悔《こうかい》していないようなのです」と、おばあさまはいいました。

オールドノウ船長がスーザンのピンクの手をひらくと、むちのあとのついているのが見えました。船長はそれをじぶんの手でおおいかくして、悲しそうな顔をしました。

「たかが子どもの遊びなのに」

「ちがうよ、だんなさま、遊びでないよ」ジェイコブは正直でした。

「もちろん遊びだ。なんの意味もない。だが、ここはキリスト教の国だ。だから、そういう遊びは人をおこらせるんだよ。モーレイさん、この少年が無知《むち》なのは、わたしに責任《せきにん》があります。ちゃんとした教育をうけさせなければいけない。この子に夕方少し時間をさいてくださいませんか？　牧師館に行かせますが」

モーレイさんは、気持ちよくひきうけました。

「ジェイコブ、さあ、わしの書斎《しょさい》に行って、待っていなさい。ご婦人方が二階に行ってから、おまえに話すことがあるんだ」

ジェイコブは心配そうにスーザンを見ました。もちろん、スーザンにはそれは見えません。しかし、なにか心が伝わりました。スーザンは手をたたき、親指をくるくるまわしました。ふたりできめた、「だいじょうぶ」という合図です。「おやすみなさい、ジェイコブ」

ジェイコブは元気に出ていきました。

まもなく、おばあさまとスーザンは二階へ行き、セフトンはおかあさんのへやへついていって、ふたりでいっしょに笑い声をあげました。みんなのこと、すべてのことを笑いものにしたのですが、それには船長さんもふくまれていました。しかしセフトンは、おかあさんにさえかくしていることがたくさんありました。とくに、キャクストンといっしょにやっている、いかがわしく、はずかしくさえあることなど。

いっぽう書斎では、ジェイコブが、じぶんの知っていることをそっくり話していました。ジョナサンが、その真実をいちいち保証《ほしょう》しました。キャクストンがじぶんの利益《りえき》のために、少年たちに密猟《みつりょう》をさせているという話です。フレッド・ボギスは十三歳《さい》で、年のわりには力がありました。猟番につかまったとき、もがいているうちに、猟番がイバラに足をとられてころんだので、そのすきに逃《に》げだしました。密猟にたいする法律《ほうりつ》はたいそうきびしく、猟番と争《あらそ》えば、絞首刑《こうしゅけい》になることもありました。ジェイコブは、キャクストンがいろんな人をだまして「プレス・ギャング」に売りとばしていることも知っていましたが、海軍将校《かいぐんしょうこう》として、船長がそれをみとめているかもしれないので、このことはしゃべらないでおきました。

(「ぼく、まえから聞きたかったんだけど、『プレス・ギャング』ってなんなの?」と、トーリーは話のとちゅうで聞いた。

「それはね、海軍のためにあちこちから人をさらってくる団体《だんたい》なのよ。当時、軍艦《ぐんかん》に乗る水兵《すいへい》がじゅうぶんいなかった。そして軍艦がなければ、フランスを打ち負かすことはできない。それで、こんなひどい人あつめがゆるされていたのね。オールドノウ船長はそういうことをきらっていました。そして、やる気のない水兵に満足するようなことは、けっしてありませんでした。でも、そういう水兵は、オールドノウ船長の船のようなのではなく、評判《ひょうばん》が悪くて、人があつまらない船に、送られていったのです」)

ジェイコブが知らなかったのは、セフトンもまた、キャクストンとおなじように、このけがらわしい仕事に参加《さんか》していることでした。そしてまさにこの夜、ふたりはちかくの町、ダウナム・マーケットの祭りに、うかれさわいで行こうとしているいなかの若者《わかもの》たちを、つかまえる手はずになっていたのです。セフトンは昼間、馬に乗って一日じゅう外出し、その場所を知っているのは、キャクストンだけでした。

ここで話してもいいと思いますが、セフトンにはないしょで、キャクストンは長期計画を立てていたのです。セフトンは、父に見つかるまえに借金《しゃっきん》をかえしてしまいたいと思って、そのために賭博《とばく》をし、かえって一日一日と借金をふやしていました。これがキャクストンにはつけめでした。セフトンは競馬《けいば》に行き、キャクストンから金を借《か》りて、キャクストンがたしかに勝つという馬にかけました。だがどういうわけか、そういう馬は勝ったためしがありません。キャクストンは、船長が戦死《せんし》するまで戦争がおわらなければいいと思っていました。じぶんがセフトンを支配《しはい》して、けっきょく、お金をぜんぶせしめてしまう算段《さんだん》をねっていたのです。そうすれば、あのみじめなスーザンと結婚《けっこん》して、このやしきをじぶんのものにすることもできるだろう。必要《ひつよう》なら、マリアと結婚してもいいが、それはめんどうなことにもなる。スーザンなら、なにも気をつかうことはない。おっぱらってしまうこともできるのです。

オールドノウ船長は、それほど大それた秘密《ひみつ》の悪だくみがあろうとは、思いもしませんでした。しかし、フレッド・ボギスが破滅《はめつ》させられたことだけで、キャクストンを解雇《かいこ》することにきめるのにじゅうぶんでした。船長とジェイコブは、あわれなフレッドを連れ出しに行き、牧師さんはボギスとその奥《おく》さんにことのなりゆきを話して、むすこのフレッドに別《わか》れをつげさせるために、連れてきました。いっぽうジョナサンは、駅馬車をやとって村のはずれで待たせるために、出かけました。それから、フレッドは牧師さんといっしょに、大急ぎで馬車の中にほうりこまれ、ポーツマスへむかって出発しました。そこにはウッドペッカー号がおり、その船員のひとりとして、船長の保護《ほご》を受けることになったのです。こういうことをしてから、船長は、まだ二階で、なにが起こっているのか知らずにくだらぬ話をしている、マリアとセフトンの仲間《なかま》に加《くわ》わりました。

18　くずれた家

「そのトンネルをもう一度見つけることができると思う?」

つぎの日、朝ごはんのとき、オールドノウ夫人《ふじん》はトーリーにたずねた。

「もちろんできるよ。すくなくとも、できると思うよ。あのくずれた家の床下《ゆかした》なんだ。でも、とてもおかしいんだよ。ぼくがひっかえして、フレッドのところに行ったときは、かわっちまっているんだ。どうしてだかほんとうにはわからないんだけど、なんとなくかわってるんだ」

「かわってしまってたですって――トーリー、わくわくするわね。あのアルバムを持ってきてちょうだい。窓《まど》の腰《こし》かけにおいてある、あのアルバム。この家の写真や切《き》り抜《ぬ》きをはってあるのよ。見てごらんなさい――」

ひいおばあさんは、一枚《まい》の絵を写真にしたものを指さした。それは庭のはずれの夜景《やけい》であった。いまとあまりかわっていなかったが、やぶの中の空中に、くずれて、屋根がなく、ツタとボタンヅルのからみついた塔《とう》があった。ひくいところでかがやいている月が、上のほうの窓をつきぬけて光をなげかけていた。

「これは一八〇六年にかかれたものです。あのころは、くずれた家が流行していたんですよ。大きな庭には、ロマンチックな感じにするために、かならずくずれた建物《たてもの》がなければならなかったの。もしないときは、わざわざつくったんです。この家の庭には、運よく本物がありました。といっても、もとはなんのために建《た》てられたのか、だれも知らず、そのうちだんだんとくずれてしまったんですけどね」

トーリーはなにもいわず、のしかかるようにしてこの絵をながめていた。じぶんの見た夢《ゆめ》が写真になっているのを見るのは、おかしな気持ちだった。

「そこを見たいわね、トーリー。連《つ》れていってちょうだい」

「ずいぶん長いこと、はっていかなくちゃならないんだよ。かまわない？」

トーリーは、やぶのジャングルにひいおばあさんを連れていった。トーリーがつくっておいた穴《あな》は、トラが寝所《しんじょ》へ行くときにおしわけてつくるようなものだった。

「もっと大きな穴にすることもできるけど」とトーリーは気のりしない調子でいった。

「そうしたら、だめになってしまうでしょうね。頭にかぶるから、レインコートをとってきて。髪《かみ》の毛《け》にイバラがひっかかるのはいやですからね」

トーリーは、茶と黒のチェックのレインコートを持ってきた。ウズラおばあちゃんは、これを頭にかぶり、目をするどくのぞかせ、腰をまげて、勇敢《ゆうかん》に中へはいっていった。そしてどこか進みにくいところへくると、年とった女の人と鳥とに共通《きょうつう》の、コッコッとか、チッチッとかいう声を出した。

ふたりがあずまやにつくと、ひいおばあさんは、石の上に腰をおろして、いった。

「ね、トーリー、わたしはいままでここにきたことがなかったのよ。ただ聞いたことはあったけど、信《しん》じていなかったの。トンネルは、古い礼拝堂《れいはいどう》の下でおわっていると思うわ。あずまやは、牧師《ぼくし》さんのいいかくれ場所だったでしょうね。トンネルから出て、いい空気を吸《す》うことができたんだから。こんどの休みには、考古学をやっている友だちにとまりにきてもらって、トンネルの反対側《はんたいがわ》のはしがどこなのか、見つけることにしましょう。その人たちが入り口の穴を見つけたら、トーリー、あなたがいちばんにはいっていっていいですよ、やくそくするわ。水がすこしばかりたまってても、平気でしょうね」

「タコ入道はいやだ」

「おやおや！　『ヒマラヤの雪男』や、『シーラカンス』や、『巨大《きょだい》な赤毛のライオン』なんぞのことを読んでいるのね！　このトンネルは、人知れぬ海に通じる先史《せんし》時代のものじゃないのよ。エリザベス女王かジェームズ一世の時代より古いはずはないわ。せいぜい、がい骨《こつ》がひとつふたつ見つかるくらいね」

それはまあ、楽しみなことだ。

「おばあちゃんは、トンネルにはいらない？」

「えんりょしておくわ。きのうの晩《ばん》のあなたのように、かびくさくなるのはごめんだから。ミイラになったような気がするでしょうね。それより、小舟《こぶね》をこいで、川をさかのぼってちょうだい。カワセミをさがしましょう」

休みの日々は、川のようになめらかに、容赦《ようしゃ》なく流れていった。

19　マストの上

オールドノウ夫人《ふじん》は、パッチワークのかごをかきまわしながら、むかしを思い出していた。

「マリアは、新しいドレスの布地《ぬのじ》を、またなんてたくさん、ロンドンから買ってきたことでしょうね！　もちろん、この地方いったいに見せびらかそうと思っていたのです。今夜の話は、そのことよ」

ウッドペッカー号の支《ささ》え綱《づな》

オールドノウ船長は、長いあいだ家をるすにしていたので、じぶんの領地《りょうち》でいろいろ注意しなければならないことがあり、友だちや親類《しんるい》をたくさん訪問《ほうもん》しなければなりませんでした。キャクストンを解雇《かいこ》することについては、マリアにもキャクストン本人にも、なにもいいませんでした。近所の人たちから、キャクストンのかわりになる、もっと信用《しんよう》のできる人がいないものかどうか、聞きたかったからです。

訪問するときには、たいてい船長とセフトンが馬に乗り、マリアとおばあさまは馬車に乗って出かけました。スーザンは、もちろん家に残《のこ》されました。おとうさんは、子どものいる家を訪《おとず》れるときには、スーザンを連《つ》れていこうとしましたが、マリアがいやがりました。こういうのです。

「子どもって、めんどうなものですわ。それに、スーザンの手をにぎりづめで、おまけにしょっちゅう、この子のためにあやまっていなければならないんなら、訪問する楽しみなんてありませんわ。子どもの話ばかりする親ほど、たいくつなものはありませんことよ」

スーザンには、うめあわせのものがありました。料理番《りょうりばん》にたのんで、夕ごはんのために大きなパイをつくってもらうことにし、それを料理するまえに、リンゴ、アンズ、プラムなどの字を、パイの皮に書きこみました――おとうさんを驚《おどろ》かせるためです。スーザンは、じゅぎょうの時間、ジェイコブが石ばんに字を書いているあいだ、こういういたずらをすることをゆるしてもらいました。

午後には、あらたに胸《むね》のおどることがありました。ジェイコブがツタの縄《なわ》ばしごをつくりあげ、木の枝《えだ》に結《むす》びつけてくれました。スーザンは、ウッドペッカー号のマストの支え綱のつもりで、それをのぼり、帆桁《ほげた》に馬乗りになることができるのです。

ジェイコブは、目の見えない人は高いところをこわがらないものだ、ということをよく知っていました。それでスーザンにのぼることを教え、最大《さいだい》の注意をそそいで見まもっていました。スーザンは、長いドレスがまとわりついて、足の下にはいったり、木にひっかかったりしてじゃまになり、なかなかうまくのぼれません。ジェイコブは、船長さんがバルバドスで買ってくれた白木綿《しろもめん》の古いズボンを持ってきて、スーザンにはかせ、ドレスを中におしこみ、赤いハンカチをバンドがわりにして、腰《こし》のまわりにくくりつけました。その時代には、女の子がそんなかっこうをするなんて、とんでもないことでした。けれども、スーザンは服装《ふくそう》によってじぶんがどう見えるかわかりませんでしたし、ジェイコブには、白人の少女がしていいことと、していけないことがわかりません。黒人の女の子は、ほとんどすっぱだかで走りまわることができるんですものね。ですから、ふたりはまったく幸せでした。だれもふたりを見ている人はいませんでした。ボギスは菜園《さいえん》でジャガイモを植えていました。ベッツィは奥《おく》さま方のいないおりを利用《りよう》して、マリアの小説《しょうせつ》を読んでいました。ソフトリーばあやは、病気の気ばらしに妹の家へ帰っていました。

スーザンががんばって一段《だん》ずつ高いところへのぼるたびに、ジェイコブは木の皮にスーザンの頭文字を彫《ほ》りつけました。もちろん、スーザンがもういちどそこへのぼったときに、それとわかるためです。はじめに、イチイの木にのぼりました。ほとんどらせん階段のようで、のぼりやすかったからです。スーザンは、そのたれさがった葉の感じが、馬のたてがみのようですきでした。手でふれるとガサガサいう、うろこのような木肌《きはだ》や、のぼっていくにつれて強くなる、あの鼻をつくにおいもすきでした。そして、地上から高くはなれているという感じを、まちがいなくうけとめ、上のほうのまたにまたがって、ゆさゆさと木をゆすりながら、鳥がじぶんの下を飛《と》んでいく音を聞くのでした。

ふたりとも、たいていは、家族の人たちが帰ってくるときまでに、木からおりてきちんと身なりをととのえていました。ジェイコブは白いズボンをあずまやにかくし、スーザンはしわくちゃになった服をふりひろげ、髪《かみ》の毛《け》から小枝や葉をつまみとりました。それから、大いに満《まん》足《ぞく》して、家の中にはいっていき、手をあらうのです。

ところがある日のこと、馬車が予定より早く帰ってきて、子どもたちはまだ木の上にいました。スーザンが最初《さいしょ》に聞きなれた車輪《しゃりん》の音を耳にし、ふたりとも大いそぎでおりてきました。しかしスーザンがまだいちばん下の枝にいるときに、おとうさんとおかあさんが、庭にぶらぶらはいってきました。

「ジェイコブと遊んでいる男の子はだれだね？　ジェイコブは、村でひろってきた子と木のぼりなんぞしないで、スーザンの世話をしていなくてはいけないのに」

そのとき、スーザンが木からとびおりて、どんなツグミよりも大きな声で、パパ、パパとよびながら走ってきましたので、船長のしかめ面《つら》が、信《しん》じられないといった表《ひょう》情《じょう》にかわりました。マリアは、夫《おっと》のまごついた顔を見て、おもしろそうにいいました。

「あれは、あなたのお上品なおじょうさまと、冒険《ぼうけん》好《ず》きな黒いつきそいですわね。もしおばあさまがここにいて、ごらんになったら、どうなったことでしょう。でも、いらっしゃらなくてよかったですわ。発作《ほっさ》をおこして、死んでおしまいになるかもしれませんもの」

スーザンは、おとうさんがなんといっていいかわからないうちに、その足にだきついて、いいました。

「パパ、いつかウッドペッカー号に連れていってくださる？　あたし、船の支え綱にのぼれるの。いちばんてっぺんのマストの上までのぼっていたのよ」

「スーザンおじょうさん、ネコのようにのぼる。手足が器用《きよう》で、ちっともこわがらない」

オールドノウ船長はだまっていました。スーザンがついらくすることを思うと、心臓《しんぞう》が止まるほどでした。それでも、じぶんがまったく知らないうちに、スーザンはちゃんと木にのぼれるようになって、顔が誇《ほこ》らしげにかがやいています。危険《きけん》なことをさせた罰《ばつ》として、ジェイコブをむちで打つこともできる。しかしまた、スーザンに自由にふるまうことを教えてくれた礼に、だきしめてやることもできるのです。

「のぼってみせてあげましょうか、パパ」

スーザンは、イチイの木のいちばん下の枝からたれさがっている葉をつかまえるため、手をのばしました。それにつかまって、幹《みき》へちかづいていけるのです。

「ああ、そうしてくれ。ジェイコブ！」船長は心配のあまり苦しそうにいいました。

「ね、船長さん。スーザンおじょうさん、じょうずにのぼる。おじょうさん、安全なように、ズボンをはかせてる」

「ちょっと、ふたりの背中《せなか》をごらんになって！　なんてことでしょう。スーザンが首の骨《ほね》を折《お》るかと思うと、いてもたってもいられぬ気持ちですのに、あなたったら、どうしてながめていられますの？　わたしにはわかりませんわ。あなたはスーザンがかわいくてたまらないって、いつもおっしゃっていますのに。でも、スーザンがジェイコブとおなじくらいに黒くなって、おてんばになってもかまわないと思っていらっしゃるんなら、たぶん、わたしのほうがほんとうにスーザン思いなんですわ。だって、だれかにあんなところを見られたら、顔から火の出る思いですもの」

船長は、戦場《せんじょう》で戦《たたか》っているときよりも、もっとはげしい恐怖《きょうふ》をいだきながら、スーザンを見まもっていました。しかし、しばらくたつと、スーザンがほかのだれよりも落っこちそうにないということがわかってきました。

スーザンは、上のほうの枝からよびかけました。

「パパ！　ここにシジュウカラの巣《す》があるのよ。卵《たまご》があることが、手でわかるわ。あたたかいのよ。カモメの声が聞こえるでしょ。でもあれは本物じゃないの。ジェイコブなのよ。船ごっこしてると、ジェイコブはいつもカモメの鳴き声をするの」

おとうさんは、娘《むすめ》がぶじにおりてくると、いいました。

「よくやった、スーザン海軍少尉候補生《かいぐんしょういこうほせい》。おまえはたしかに、ウッドペッカー号に乗って航海《こうかい》するにあたいするよ。でも、ズボンがぼろぼろにやぶれてしまったね」

船長はジェイコブの肩《かた》に感謝《かんしゃ》の手をおき、なにもいうことができず、しずかにゆりうごかすだけでした。

「さあ、中にはいって、おかあさまの気に入るように、きれいにしておいで。それから居間《いま》にいるわたしたちのところへきなさい。『重病には荒療治《あらりょうじ》』だよ」と船長はマリアにいいました。

「スーザンは目が見えないのだから、ふつうの女の子にはゆるされないことでも、ときにはゆるしてやらなくちゃね。ズボンをはかせることは名案《めいあん》だった。スーザンの年ごろなら、別《べつ》に悪くないと思うよ。優雅《ゆうが》で品のいい娘になるのは、まだまだ先のことだよ」

「あなたは時代おくれですわ。それに、海のほかにはなにもごらんにならないんですから、世間知らずですわ。フランス革命《かくめい》以来《いらい》、だれも、むじゃきな年代なんて、信じていませんのよ。そんなのは流行おくれですわ」

20　消えた宝石

　ある日の午後、トーリーはボギスの手伝《てつだ》いをして、いつも春に刈《か》りこむ枝《えだ》やごみを燃《も》やしていた。強い風が吹《ふ》いていたので、新聞紙と灯油《とうゆ》で長いことかかってやっと火がつくと、いきおよく燃え、パチパチ音のする火柱になった。煙《けむり》が急に方向をかえて、トーリーを目が見えなくしたり、息苦しくさせたりした。ほのおはさらにさかんになって、とぐろを巻《ま》いて横にそれ、とび散ってちかくのやぶに落ち、火花を散らし、こてをあてた髪《かみ》の毛《け》のような音を立て、また小枝のはしにとりついて、ろうそくのほのおのようになり、もっと水気の多い木に行きあたって、ようやく消えるしまつだった。また、草や枯葉《かれは》のあいだをくねくねと燃えていくので、ふみつけて消さなければならないこともあった。桜《さくら》の花が満開《まんかい》だったが、そのうしろの空には、灰色《はいいろ》とあい色の雲が重くるしくたちこめ、煙はひくくたれて、庭のすべてのものに巻きついていた。トーリーは、みどりの鹿《しか》がくしゃみをし、みどりのウサギがバタバタとんでいってしまうのではないかしら、と思ったほどだった。

トーリーは、火のことにすっかり心をうばわれて、家に帰った。

「家が燃えおちたときのことを話してよ、おばあちゃん。たき火をはじめるのだってずいぶんむずかしいんだから、どうやって家に火がつくのか、ぼくにはわからないもの」

「わざわざ火をつける人がよくいるんですよ」

「家に火をつけたいと思う人なんか、いるのかしら？　敵《てき》なら別《べつ》だけど」

「そう、まず敵ね。いずれにしても、よくそういうことが起こるので、それようの言葉があるのよ――放火っていうの。とにかく、話してあげましょうね」

火事

オールドノウ船長は、ポーツマスまで行って、ウッドペッカー号の修理《しゅうり》がどうなっているか、航海《こうかい》の準備《じゅんび》は進んでいるかどうか、見てこなければならなくなりました。また同時に、フレッドのようすを、両親に伝えてやりたいと思いました。船長は、もうキャクストンを解雇《かいこ》していて、信頼《しんらい》できる人がかわりにくることになっていました。キャクストンがどんなに悪い人間か知っていたら、これからじぶんがるすになるときに、解雇するようなことはしなかったかもしれません。密猟《みつりょう》は、船長の目には、それほどひどい罪《つみ》だとは思えなかったのです。ただ、それが近所の人々の猟をだめにしてしまうので、紳士《しんし》として大目にみることはできなかったのでした。フレッドについていえば、男の子というものは、けしかけられてもけしかけられなくても、密猟くらいするものだ、と思っていました。しかし船長は、じぶんはずいぶん長いあいだ家をるすにするのだから、申し分のない男の召使《めしつか》いが絶対《ぜったい》に必要《ひつよう》だ、と考えました。マリアは、長いあいだここではたらき、じぶんの好《この》みを満足させてくれたキャクストンがいなくなることに、大さわぎをしました。また料理番《りょうりばん》の女もやめるおそれがありました。キャクストンは、もっと大それた考えをいだいていたくせに、料理番に結婚《けっこん》をほのめかしてごきげんをとっていたのです。セフトンは、キャクストンから金を借《か》りていたので、すっかりふるえあがりました。できるだけ早く逃《に》げだしたほうがいいと思って、お父さんといっしょにウッドペッカー号を見に行き、ポーツマスから、じぶんの勉強をはじめることになっているオックスフォードに直行したいといいだして、お父さんを驚《おどろ》かせたり、よろこばせたりしました。

船長とセフトンは、朝早くいっしょに出発しました。キャクストンはつぎの日に立ちさることになっていました。ジョナサンは、船長が行ってしまったので、スーザンを元気づけてあげようと、じゅぎょうを休んで、ジェイコブといっしょに、一日じゅう、川遊びに連《つ》れていきました。スーザンが帆《ほ》かけ舟《ぶね》に乗ったのは、これがはじめてでした。いっぽう、家にくすぶっていることのきらいなマリアは、その日、いつもじぶんのいいなりになっている上品な青年のひとりに馬車を走らせ、近所の家の新築祝《しんちくいわ》いに出かけました。あの絵の中にある、かっこうのいい四頭立ての馬車に乗り、はでな御者《ぎょしゃ》にそれを走らせて、大よろこびだったのです。マリアは、その日の楽しみをグリーン・ノウで仕上げるために、みんなを連れて帰るつもりでした。夫《おっと》が出かけたあと、キャクストンがもう一日よけいに家にいることを主張《しゅちょう》したのも、このためでした。

マリアが、宝石《ほうせき》がなくなっていることを発見したのは、帰ってきて、家に客がいっぱいいるときでした。宝石箱はみんなあるのですが、中がからになっているのです。てんやわんやのようすは、あなたにも想像《そうぞう》できるでしょう。そのころ、警察《けいさつ》というものはありません――ただ村の駐在《ちゅうざい》さんがひとりいて、だれかがどろぼうをつかまえてくれれば、逮捕《たいほ》することができるだけでした。ドアをしめて、家じゅうをさがし、召使いにも質問《しつもん》しました。客たちは、みな手伝いながら、これほどおもしろいことはないと思っていました。ただマリアは気がくるったようになり、あの青年が腕《うで》をまわしてささえてくれるのを、うれしいと思うゆとりもありませんでした。

スーザンはベッドの中で、いったいなんのさわぎかしらと思っていました。スーザンはいま、おとうさんの考えで、じぶんのへやを持つことになっていました。そしてその寝室《しんしつ》の手入れがされているあいだ、古い家のいちばん小さなへやで寝《ね》ていました。そこは、当時、新しい家の大階段《おおかいだん》からのぼっていくようになっていました。階段はふたつあったのですが、じっさいのところ、どちらも、それぞれ、古い家の壁《かべ》の外側《そとがわ》につく形になっていたのです。マリアのパーティーは、いつも、笑《わら》い声《ごえ》や、うきうきしたさわぎで、やかましいといったらないのですが、今夜のように、上から下まで行ったり来たりするさわがしさは、ふつうではありませんでした。

へやをさがし、召使いもしらべましたが、むだでした。キャクストンがいちばん助けになり、じぶんのへやや、荷づくりしたての荷物や、ポケットなども、しらべてほしいとすすんで申し出ました。かれは、ジェイコブが犯人《はんにん》かもしれないといいましたが、ジェイコブは、一日じゅうジョナサンといっしょで、いまはまだ牧師館《ぼくしかん》にいて、モーレイさんから宗教《しゅうきょう》の教えをうけているさいちゅうでした。なにひとつ手がかりがなく、とうとうマリアと料理番とベッツィは泣《な》きだし、おばあさまはとてもいらだたしいやり方で説教《せっきょう》し、キャクストンはめざましくたちはたらき、やっと夕食が出されました。マリアは、片手《かたて》に気つけ薬をもって、スープを少し飲んだだけでした。けれども、お客さんたちは話すことがたくさんあり、興奮《こうふん》し、笑い声さえあげて、いつもよりさらによく食べたり飲んだりしました。盗難《とうなん》さわぎは、じぶんたちをとくによろこばせるために、仕組まれたものかもしれない、と思ったりしていました。ひとりひとりに意見があり、大声で議論《ぎろん》していました。

鳥肉が出されているとき、ほとんどキャクストンだけにしか聞こえなかったのですが、ベッツィの金切り声がしました。キャクストンは、どうしたんだろうといって、ドアはあけはなしたままで見にいきました。ところが、キャクストンがなかなかもどってこないうちに、むっとする油くさいにおいが食堂《しょくどう》にはいってきました。それは食べ物のこげるにおいではなく、またそんなはずもありませんでした。それから、キャクストンがまっ青になってはいってきて、たいへんです、居間《いま》が燃《も》えています、といいました。台所から、火事だ！　火事だ！　というひきつったようなさけび声がし、だれかが馬車についている鐘《かね》を鳴らしはじめました。みんながテーブルからとびあがり、走りだしました。マリアは、友人をえらぶにあたって、賢明《けんめい》な人かどうかということをすこしも考えていませんでした。そのため、男の人たちはバケツで水をかけて火を消そうとしましたが、指揮《しき》をとる人がいなくて、ただ混乱《こんらん》するばかりでした。もし船長が家にいたら、火事はくいとめられたかもしれません。しかし、まもなく火は燃えひろがって、どうすることもできなくなりました。現在《げんざい》のような電話も、消防《しょうぼう》自動車もなく、二階には水がまったくありませんでした。

ジェイコブは、モーレイさんのじゅぎょうをおえて、おやすみなさいをいいました。そして牧師館の戸をあけると、空が黒いバラのように赤黒くなっていて、ひどいにおいで息がつまりそうになりました。白い灰《はい》が風にのってまいあがり、夜空に、戦争《せんそう》のような音がひびきわたっていました。馬がいななきあう陸上《りくじょう》の戦争のようでした。ジェイコブがびっくりして、鼻を鳴らしてにおいをかぎながら立っていると、木立のむこうに、赤い煙がもくもくと柱のように立ちのぼり、たけりくるうほのおと、けたたましい火花の上に、ぐるぐるうずを巻いてひろがりました。ジェイコブはふりかえって、戸をたたきました。

「モーレイ先生、ジョナサン先生、グリーン・ノウ、燃えている！」

みんなが走っていくと、とちゅうで、むかえにきた人に出会いました。村から、男も女も子どもたちも、みんなきていました。ぐるりと輪《わ》になって見ている野次馬《やじうま》のあいだを割《わ》ってはいるのは、むずかしいことでした。家のまわりには、ぎらぎら燃えるほのおを背《せ》にして、おどる悪魔《あくま》のように見える黒い人影《ひとかげ》が何人か、はこび出せるだけものをはこび出そうと、はたらいていました。家の中から、家具や絵がはこび出され、窓《まど》からは、寝具《しんぐ》がなげ出されました。だれもかもがさけんでいました――じぶんの声を、このさわぎと、ピストルのようにはぜる火の音とにかき消されることなく、聞いてもらうためには、さけばなくてはならなかったのです。

「家の両側に火がついている。両側の階段だ」ジョナサンがわめきました。

「おじょうさん、どこ？　スーザンおじょうさん、どこ？」

ジェイコブは犬のようにとびだし、あっちこっちかたまっている人たちのあいだを、さがしまわりました。

「おじょうさん、どこ？　スーザンおじょうさん、どこ？」

マリアは庭のソファで気を失《うしな》って、友だちにかこまれていました。ジェイコブは、こたえをもらえませんでした。

ベッツィと台所のメイドは、ボギスが二階の窓から投げてよこす枕《まくら》や毛布《もうふ》や服を、はこんでいました。

「おじょうさん、どこ、ベッツィ？　スーザンおじょうさん、どこ？」

けれどもベッツィは、階段が燃えているぞというボギスのさけび声に、気をとられていました。

「もうここにいられない――いまのうちに外に出ないと」

「ベッツィ、おじょうさん、どこ？」

「スーザンおじょうさま？　おばあさまといっしょでしょ、きっと」

老婦人《ろうふじん》は、書斎《しょさい》から持ち出してつみかさねた本にかこまれて、木の下の金色にぬった小さないすに、まっすぐにすわっていました。両手を杖《つえ》のにぎりにのせ、とんだりはねたりしながらあたりをなめつくしていくほのおをながめていましたが、勝ちほこった信心の表情《ひょうじょう》をうかべ、魔女《まじょ》のような顔をますますいかめしくしていました。

「スーザンおじょうさん、どこですか？」

「スーザン？　スーザンはベッツィといっしょでしょう。神よ、消すことのできない火で、くだらぬものを焼《や》きつくしてくだされ」とおばあさまはいいました。

ジェイコブは走りつづけました。心臓《しんぞう》がはげしく打って、からだからはみ出したように感じました。家をまわっていくと、キャクストンが、おもてドアからかれをひきもどそうとしている料理番を、つきはなそうとしているのが見えました。そのドアからうかがうと、うずまく煙のあいまに、階段が燃えているのが見えました。らんかんや手すりがパチパチ音をたて、ねじまがっていました。ほのおがいすわり、とびうごき、またいすわって、ぶくぶく泡《あわ》をたてているペンキにいきおいを得《え》、ついに火の垣根《かきね》のようになりました。それでも、壁にそっていけば、とおることができるかもしれません。キャクストンは、上着を頭からかぶってつっこんでいき、料理番は、その場に残《のこ》って泣きわめいていました。

「おじょうさん、どこ？」

だが料理番は、ただ さけぶだけでした。

「とおりぬけられやしないよ――けっして――」

家の正面では、たくさんの人が、高いところにあるスーザンの寝室の窓の下に立っていました。何人かが毛布を持ち、みんなが声をそろえてさけんでいました。

「とべ！　とびなさい！　とべ！」

ジェイコブは、モーレイさんとジョナサンが、じぶんとおなじくらい心配しながら、毛布をにぎっているのに気づきました。いちばん上の階で、スーザンが窓のところに立っていました。スーザンのへやは古い家の中にあり、火は一メートルもの厚《あつ》さの石の壁をこえることはできませんでしたが、屋根をつたってやってきたのです。ほのおが、鹿《しか》の角《つの》のように瓦《かわら》をつきぬけているのが、外から見えました。スーザンが空気を入れようとあけた窓から、煙がおし出ていました。スーザンは階段の上までいって、人をよんだのですが、だれにも聞こえませんでした。ものすごく熱《あつ》い風が吹いてきて、いったいぜんたいどうなっているのか、さっぱりわからなかったので、へやにもどって、熱い風と煙をすこしでもせきとめるように、ドアをしめること以《い》外《がい》、どうしようもなかったのです。

「さあ、スーザン、とんで！」

けれども、スーザンにはできませんでした。それも当然《とうぜん》でした。さけび声は聞こえましたが、火事の音は急行列車のように大きいのです。しわがれ声がなにをいっているのかわからなかったし、どこから聞こえるのかもはっきりしませんでした。スーザンのへやは息苦しくなり、家じゅうがくるったようなさわぎで、うなり、ふるえ、どっとゆれていました。だが、このへやには、ほのおがはいってきてスーザンをかり立てることはまだありませんでしたし、おまけにスーザンは、屋根からの危険《きけん》を見てとることができなかったのです。

「はしご、どこ？」とジェイコブはさけびました。

「ここにはないんだ。農夫《のうふ》に貸《か》してるんだ」

ジェイコブには、どういう状況《じょうきょう》になっているのか、わかりました。

「おじょうさん、連れてくる。煙突《えんとつ》をとおって。ジョナサン先生、きて！」

ジェイコブは、木造《もくぞう》の軍艦《ぐんかん》で大西洋を横断《おうだん》してきたのですから、火災訓練《かさいくんれん》を見たことがありました。つみかさねたリンネルの中から、タオルをつかみとって、バケツの中につけました。ひとつはじぶんの口のまわりにゆわえるため、もうひとつはスーザンのためでした。それから、ジョナサンを居間にひっぱっていくと、そこへ毛布を持ってきてくれるようたのんで、煙と熱い灰《はい》がふき出している煙突へ突進《とっしん》しました。ジョナサンが足を持ち上げてやり、ジェイコブはのぼっていきました。

その煙突は、古い家のまん中にあったので、まわりの火の手に比《くら》べれば、息がつまりそうではあっても、すずしく、ほかからはなれているので、トンネルのように反響《はんきょう》はあっても、まだしずかでした。屋根からの音は、遠くのいちばん上にある穴《あな》から、聞こえてきました。そしてジェイコブがのぼっていき、人びとのさけび声がさえぎられて聞こえなくなるにつれて、壁のむこうで、ほのおがヒュウヒュウとひろがっていくおそろしい音が聞こえてきました。また、のぼるにつれて、だんだん熱くなってきました。

ジェイコブは、屋根の下のあの空《あ》いた場所へ通じる鉄のドアにつきました。おしあけると、鉄で指が火ぶくれになりました。とたんに、耳のつぶれるような音が聞こえ、熱気で目がくらむようでした。ジェイコブは、汗《あせ》をたらたら流しながら、スーザンのへやの煙道《えんどう》へ通じているにちがいない鉄のドアへ走っていき、すべりおりました。ほとんどすぐに、スーザンの暖炉《だんろ》につきました。へやは煙がいっぱいで、火が天井《てんじょう》の板のあいだから、ちょろちょろ舌《した》を出していました。窓のカーテンが燃えあがっていました。窓にはいつくまで、スーザンがまだそこにいるのか、まだ意識《いしき》があるのか、ジェイコブにはわかりませんでした。スーザンは、野原の火事のときのウサギのように、床《ゆか》にうずくまっていました。

「ああ、ジェイコブ！　きてくれると思っていたわ」

ジェイコブは、ぬれタオルをスーザンの顔に巻きつけました。

「行こう、おじょうさん、早く。戦争とおなじ。上甲板《じょうかんぱん》、火事だ。おりていくよ。煙突を、甲板から船室へいく階段にする。はっていく。おじょうさん」

スーザンのへやの小さい煙道をよじのぼるのはかんたんでしたが、焼けつくような煙と、瓦がガタガタ落ちてくる中を、梁《はり》づたいに、スーザンを連れていくのは、たいへんなことでした。

それでも、スーザンはジェイコブを信頼《しんらい》しきってついてきました。ジェイコブは大煙突の中にからだをしずめ、両足をひろげ、背中《せなか》を壁にぴったりおしつけて立ち、スーザンをささえました。スーザンは足からはいりこんで、おりはじめました。スーザンに、こんなことはできっこないと思えるかもしれません。けれども、この暗い煙突《えんとつ》は――騒音《そうおん》と熱気をのぞけば――ふだんのスーザンの世界より暗くもなく、おそろしくもないのです。スーザンには、ついらくのおそれも、これから先の困難《こんなん》も、見えないのです。ちょうど木にのぼっているときのように、手がかりや足がかりをさぐって、バランスをとるだけです。またジェイコブとちがって、目にしみる煙や熱い火花のために目をとじても、少しも不利《ふり》にならないのです。苦痛《くつう》と不安をいだいているのは、ジェイコブでした。スーザンが足をすべらせたら、その体重をささえようとからだを張《は》りつめつづけ、どちらかがせきこんでどうしようもなくなったら、ふたりともどうなるかと想像《そうぞう》し、足のおき場や、つぎにどうすればいいかを、スーザンに教えてやり（このため、ジェイコブはぬれタオルをはずさなければなりませんでした）、もじゃもじゃの髪の毛に赤く燃えている粉《こな》が落ちても、両手がふさがっていて、ふりはらうことができない――それがジェイコブなのでした。

しかし、ふたりがやっとの思いで、煙突がひろくなってほんとうにむずかしいところにたど

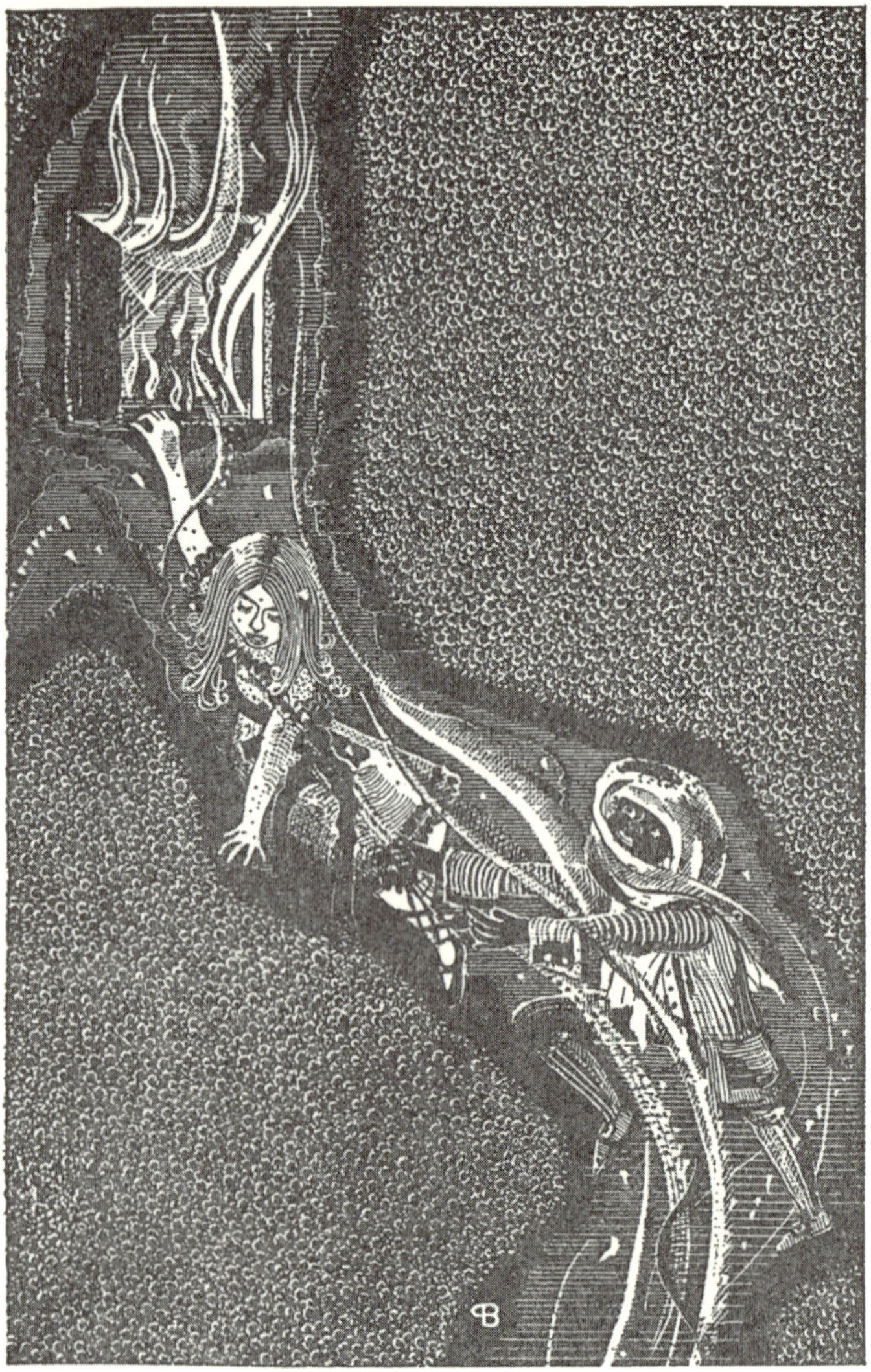

りついたとき、ジョナサンが、ほかの三人の人といっしょに、毛布をひろげて待ちかまえていてくれました。それでふたりは、つぎつぎととびおりればよかったのです。それから、ふたりは外へはこばれていきました。ふたりとも、小さなやけどだらけになっていました。ジェイコブの髪の毛がなくなり、頭のひふにひどいやけどをおっていました。モーレイさんとジョナサンは、ふたりを家に連れて帰り、モーレイ夫人がきれいにあらって、ほうたいをし、母親のようにせわをして、子どもべやに寝かせてくれました。モーレイさんは船長に手紙を書き、馬に乗った急使に、持っていかせました。

そのすぐあと、新しい大きな建物《たてもの》の屋根がくずれ落ち、噴火《ふんか》のようなほのおをあげました。それが、この火事のクライマックスでした。そのあとは、ほのおがちらつき、ぱっと燃え立ち、またおとろえるということが、何時間もつづきました。それでも、火は家の中の厚《あつ》い壁をとおりぬけはしませんでした。古い家のほうでは、スーザンの寝室の天井が落ちただけでした。ただその両側に新しくふやした部分は、焼けおちてしまったのですが。

さわぎがおさまると、マリアのお客さんたちは、たいそう楽しんだあげくに、くやみをいって、この家の馬といっしょに安全なところへ連れていかれていた馬車を、よびあつめました。マリアとおばあさまは、そのうちのひとりから家へくるようにというまねきをうけ、船長が帰ってきて万事ととのえてくれるまで、そこに仮住《かりず》まいすることにしました。スーザンとジェイコブは、モーレイさんの家にとまることになりました。ふたりとも特別《とくべつ》なお客さんのようにもてなされて、とても幸せでした。

あくる朝、ふたりはいっしょに、火事のあった場所へもどっていきました。手をつないで行きました。足もとがふみあらされて、スーザンには道がはっきりわからなくなっていたからです。ジェイコブの頭には、アラビアの王さまのターバンのように、白いほうたいが巻いてありました。

召使いたちは、夜明けからいそがしくはたらき、はこび出した家具類《かぐるい》を、庭から、小屋や物おきや馬車おき場へと、はこんでいました。どこもかしこも、めちゃくちゃの混乱ぶりで、たおれた材木《ざいもく》が、まだ土の上でくすぶっていました。新しい建物は、黒くなった壁のがい骨《こつ》のようで、窓だったところに、ぽっかり穴があいていました。壁の奥《おく》には、柱や板が、黒こげのモザイク模様《もよう》をつくり、ついきのうまでは家の宝《たから》だったものが、きたないごみになってつみかさなり、鼻につんとくる灰がたまっているだけでした。

「ああ、おじょうさん！　とてもせまい石の家だけ、残ってるよ。巨人《きょじん》のジュジュ、壁のそば

に、見はりに立ってる。ツタはぜんぶ焼け落ちちゃってる。ぼくみたいにまっ黒け」

「聖《せい》クリストファーさまよ、ジェイコブ」

「その名まえ、むずかしすぎるよ、おじょうさん。とにかく、それ、見はりに立ってる」

ふたりは、蝶番《ちょうつがい》ひとつでぶらさがっている居間のドアから、中にはいりました。スーザンは、窓の出っぱりに手をおきました。

「わあ！　きたない。煙突みたい」

「へやじゅう、すすだらけ。まったく煙突みたい」

「わあ、やだ！」

「きのうの夜は、すすなんか気にしなかったのに」

「でも、いまはもう、やだわ。口じゅうすすだらけになったんですもの」


トーリーは、キャクストンがどうなったか知りたかった。

「その後、キャクストンの姿《すがた》を見た人はいないの。宝石をかくしたところへ、とりにもどっていったにちがいない、とみんなはいいました。もしそうだとしたら、宝石を持って逃げたか、あの火事で焼け死んだか、どちらかです。悪だくみがすっかりだめになってしまったので、かわりに宝石をとろうとしたってことは、大いにありそうね。そして家の中に宝石をかくしていたのなら、火をつけたのがかれでないこともたしかね。でも、だれかが火をつけたのにちがいないのよ。家の別《べつ》の側で、同時に二か所から、燃えだしたんですから。それに油のにおいもしたのです。

しばらくして、キャクストンのいろんな悪事のうわさが村じゅうに流れはじめたとき、たいていの人は、セフトンとキャクストンの手で『プレス・ギャング』に売られた若者《わかもの》たちのあだをうつために、火がつけられたんだと考えました。でも、もちろん、火をつけた人の名をあげる者はいませんでした。ただひとり、この火事をよろこんだのは、セフトンでした。キャクストンがいなくなったので、おとうさんに、キャクストンからの借金《しゃっきん》のことや、『プレス・ギャング』について知られることがなくなったからです。それ以外にも、悪いことは十分やっていたんですから」

「キャクストンのゆうれいがここにいなければいいけど」とトーリーはいった。

「だれだって、あいつのことを思い出したりして、いやな気持ちになりたくはありませんよ。わたしだっていやですよ」

21 友だちもびっくりするぞ！

休みはどんどんおわりに近づいていった。トーリーには、楽しさと興奮《こうふん》とでいっぱいだったように思えた。またここをさっていくかと思うと、たまらない気がした。しかし、もうあしたが最後《さいご》の一日なのだ。「あしたまた――」ということのできない、最後の日なのだ。

トーリーは、別《わか》れをつげるような気持ちで、また木にのぼって日をすごした。てっぺんの枝《えだ》によりかかり、上から横から、家を観察《かんさつ》し、火事のまえはどんなふうだったか、古い家から新しい家への通路はどうなっていたのか、頭の中でえがいてみた。むかしはドアだったかもしれないところが、いまはれんがでふさがれ、ところどころしっくいがぬってある。切妻《きりづま》のすぐ下には、石の窓《まど》わくがつき出ていて、以前《いぜん》はこの家がどれほど高かったかをしめしている。スーザンがとべなかったのは、あそこからなんだろうか？

窓がどんなふうだったか考えるのはおもしろかったが、いまある部分は、ぜったいむかしとちがっていてほしくなかった。いまの細い箱舟《はこぶね》の形が、ちょうどいい。ひいおばあさんは、古い建物《たてもの》のほうは子どもや召使《めしつか》いたちのために使われ、ごうかなへやはみんな新しい建物にあったといっていた。とすれば、キャクストンのへやはいったいどこだったのだろう？

いつまでも心にきざみつけるように、ながながと家をながめてから、トーリーはゆっくりおりはじめた。あさってでおしまいだ。ここから立ちさるまえに、スーザンとジェイコブにもう一度会いたかった。ふたりがいそうなのは、どこだろう？　わかりっこなかった。

トーリーは、ボギスにまだトンネルのことを話していないのを思い出した。それでオーランドをよんで、ボギスをさがしにいった。ボギスは腰《こし》に手をあてて、からだをのばし、きげんよくやってきた。

「あっしが子どものころも、どこかにトンネルがあるって、みんないってましたよ。なけりゃあ、そんなことをいうはずはない。むかし、だれかが知ってたんですな。ぼっちゃんはいったい、どうしてあんなところに目をつけたんです？」

「オーランドが穴《あな》を掘《ほ》って、おりていったんだ」

トーリーは、トンネルがもうごくありふれたもので、じぶんの持ち物であるかのように、おりていったが、ボギスは一歩一歩ふみしめながら、ゆっくりと用心深く、進んでいった。天《てん》井《じょう》が落ちることよりも、床《ゆか》をふみはずしてついらくすることを、心配しているみたいだった。

「下になにがあるかわかりませんよ。ここにとじこめられたら、いやな気分でしょうな。いったいなんのためにこんなところが必要《ひつよう》だったのかな？　りっぱで公明正大なことのためじゃないってのは、たしかです。大声をあげたって、だれにも聞こえない。こんな下のほうなんだからね」

少し進むと、ボギスはまたいいはじめた。

「ここで、ネズミがうじゃうじゃいるのに出会ったら、どんな感じがしますかね？　ほら、ニワトリの骨《ほね》がある。ネズミがいたのにちがいない」

トーリーは大いにとくいな気分だったので、こわがるようなことはなかった。なにかおそろしいことがあっても、平気だぞ、と思っていた。

「それ、ニワトリの骨ではないよ、ボギスさん。人の指だよ」

こりゃあ、友だちもびっくりするぞ！　トーリーは、学期の中休みのとき、友だちを招待《しょうたい》しようと思っていたのだ。なにかでっちあげて、みんなをおどかしてやろう。でも、フレッドの話はしないほうがいい。みんな、ぞっとするような話は信《しん》じるけど、真実そのものの話は信じないんだ。とにかく、これはぼくのトンネルだ。（ぼくの、じゃまするやつはだれ？）

ボギスはいった。

「こんな地下にいて、こわくないのかね？　お墓《はか》のようだ。においまでそうだ。あっしは、夜ひとりでこんなところへきたくないね。五シリングくれたって、いやだね」

「夜だか、夜でないか、わかりはしないよ――これ以上暗くなりようがないんだもの」

「たぶんね。だが、もうジャガイモのところにもどりますよ」

22　髪の毛の絵

「船長さんは、帰ってきてからどうしたの？」

このトーリーの質問《しつもん》のこたえが、つぎの話であった。

ジプシーの話

オールドノウ船長は、スーザンがジェイコブといっしょに庭で遊んでいるのを見て、心からよろこび、もうほかのことはどうでもよいと思いました。ジェイコブにたいしては、よくやってくれたと感謝《かんしゃ》し、スーザンについては、不安《ふあん》が高まって悪い火事の夢《ゆめ》など見てはいけないと思い、船長はふたりにやくそくをしました。大工さんたちと家を建《た》てなおす計画ができたら、すぐにふたりをウッドペッカー号に乗せてあげよう、というのです。ウッドペッカー号は、ポーツマスからブリストルまで、海岸ぞいにおだやかな航海《こうかい》をすることになっていました。ふたりのよろこびようは、想像《そうぞう》できるでしょう。

船長は、もちろん、たいへんな損《そん》をしました。そのころは、家に保険《ほけん》をかけることがなかったからです。マリアにまたもうひとつ大きな家を建ててやることは、できませんでした。船長は、古い家に新しく屋根をつけ、台所を新しくつくるように取りきめました。そして、マリアが召使《めしつか》いをすくなくして、しずかに生活するのに満足《まんぞく》しさえすれば、いまわたしたちの知っているこの家で、心地よく幸せにくらせないわけはない、と思っていました。船長は、この家の古さと雰囲気《ふんいき》がすきでした。

「きみは趣《おもむ》きのあるくずれた家がとてもすきだけど、この家ほどロマンチックなところにすんでいる人が、きみの友だちにいるかい？　シェイクスピアの芝居《しばい》に出てくるシンベリンや、騎《き》士《し》物語のトリスタンとイゾルデにだって、まったくふさわしいところだよ」と船長はマリアにいいました。

マリアはすねるばかりでした。以前《いぜん》はしょっちゅう笑《わら》っていましたが、いまはいっしょにすごしている友だちと、船長のことを笑うのです。

その友だちのひとりは、マリアとおなじくらいにおろかな女でした。で、こういうのです。

「マリア、ゆううつなんて追っぱらっちゃいなさい！　広場にとまっているジプシーの馬車の群《む》れの中に、とてもよく運命をあてる女占《おんなうらな》い師《し》がいるのよ。この近所の人の小犬がいなくなっちゃってね——鼻をくんくんさせる、とってもかわいいわんちゃんなの——それで、たった金貨《きんか》二枚《まい》で、どこにいるか、そのジプシーが教えてくれたのよ。わたしたちだけで行って、宝《ほう》石《せき》のことを聞いてみましょうよ。ちょっとした冒険《ぼうけん》ね。だれにもいう必要《ひつよう》はないわ」

ふたりは、人にわからないように厚《あつ》いヴェールをかぶり、ジプシーが乱暴《らんぼう》なことをするといけないので、男の召使いをふたり連《つ》れて、出かけました。りっぱな四頭立ての馬車に乗っていったので、御者《ぎょしゃ》と馬丁《ばてい》もいました——それで、男はぜんぶで四人です。ジプシーたちは、ふたりがおろかな金持ちだということ、召使いの制服《せいふく》はだれにもすぐわかるのだから、ヴェールなぞかぶっていても、ただかっこうをつけているだけだということを、すぐに見てとりました。

ジプシーの馬車は、大きな車輪《しゃりん》の荷車に、はでな彫刻《ちょうこく》をして色をぬった小さな木造《もくぞう》の山小屋のようなものをのせ、すぐさま動きだせるようになっているものでした。それが隊《たい》をなして、林のはしにあつまり、そのちかくに、馬がつながれていました。あらあらしそうな犬が、十ぴきあまり、突進《とっしん》してきました。こわい顔をした男たちや、すばしこくぬけ目なさそうな子どもたちが、ふたりの婦人《ふじん》のまわりをぐるりととりかこみました。婦人たちは、召使いがふたりいても、まえへ進みかねました。ジプシーは、犬に声をかけるほかは、なにもいいませんでした。

子どもがときどき歯をむきだして笑いましたが、マリアたちの気持ちをらくにするものではありませんでした。

マリアとつれの女とは、マグダ夫人《ふじん》がいないかどうか、たずねました。するとすぐに、なにやらわけのわからない言葉でざわめきがおこり、ひとりの子どもが馬車のひとつにむかって走っていきました。それぞれの馬車から、色の黒いきたならしい女たちが、どぎつい色のショールをかけ、金の耳輪《みみわ》とコインのネックレスをつけて、出てきました。多くは、たけだけしいなりにととのった顔立ちで、ひとりずつにやりと笑うのですが、その笑いには、金をもらわなければ手をはなそうとしない物ごいのような、意地の悪い、人を見くだす感じがただよっていました。そのうちのひとりがまえに進み出て、マリアにまつわりつき、おそらく生まれてからあったことのないような指で、マリアのすばらしいロンドン製《せい》の服にさわりました。

「では、運命を占ってほしいんじゃね、きれいなお方。お金に不自由はしてないじゃろうから、きっと恋《こい》の占いじゃね？」

マリアはあたりを見まわしました。ジプシー女はみんな、ばかにしたような笑いをうかべていましたが、男たちは、まだおそろしい顔つきでした。

「運命を占ってほしければ、わしの掌《てのひら》に、金《きん》で十字を切らなくてはいけないんじゃよ。金は恋の幸せをもたらしますんでね」

マリアは、近所の女の人が犬のためにはらわなければならなかったお金より安いと思って、金貨を一枚あげました。マリアがさいふをあけていると、みんながすこしちかよってきました。

「ありがとうよ、きれいなお方。マグダ夫人にあわせてあげますじゃよ。夫人は、あんたの知りたいことを話してくれるじゃろう――たっぷりお金をはらえばじゃがね」

「あとどれくらいいるのかしら？」

「さいふに金貨を五枚持ってるね。それでじゅうぶんじゃろう――運がよければじゃが。マグダ夫人の気に入れば、さ。ときどき、気に入らないことがあるんじゃよ」

「マグダ夫人はどこにいるの？」

「夫人の孫《まご》が連れていくじゃよ」

その女は、小さな男の子に声をかけました。すると男の子は、みんなの先頭にたって、黄と赤にぬられた馬車へ走っていきました。そしてその中に首をつっこみ、よその言葉で、早口にしゃべりました。

「おはいり」と中から声がしました。

マリアたちは、ふたりの召使いを外に残《のこ》して、中にはいりました。召使いは、あらあらしい女たちにかこまれて、おどおどしているようでした。からだをこわばらせて立ち、堂々《どうどう》としているつもりなのですが、ジプシー女たちは、そう感じているようには見えませんでした。たがいにがやがやしゃべりあい、指さして笑っていました。

馬車の中は、動物園のサルのおりか、それよりもっといやなにおいがしました。ニンニクと、玉ネギと、ベーコンと、さかなが、馬車の屋根からぶらさがり、セキセイインコのかごとイタチのかごが、ありました。マグダ夫人は、陶製《とうせい》のパイプをくゆらしていました。ぶくぶくに太った女で、ひとつのベンチをひとりじめしていました。歯がなく、はだしでしたが、あぶらじみた黒髪《くろかみ》に、すてきなくしをさし、手は、指輪のまわりでふくれあがっていました。ほしいものは、権力《けんりょく》でもなんでも手に入れる人のような態度《たいど》をしていました。

「おすわり、きれいなお方。きょうは、あんたにとって、運のいい日じゃよ。で、とてもほしいものがあって、マグダの心の目がそちらをむくようにと、金貨を五枚出すんじゃね。あんたは頭のいい人じゃ。ほんのわずかで、たいしたものを手に入れるんじゃから」

「金貨二枚でやってくださることがあると聞きましたけど」

「なんじゃって！　たかが犬のことなら、わしの考えをみだす必要はないのじゃ。犬のために、厚いヴェールをかぶってやってきたとは、思いもしなかったじゃよ。マックス！」

マグダ夫人の孫が、頭をひょいとのぞかせました。

「この方たちはお帰りじゃ。この方たちには、気前のよいところがないとおとうさんにいうんじゃよ。むすこはね、男であれ女であれ、けちな人をにくみますんじゃ」

「ま、待ってください！」とマリアはいいました。「わたしはほんとうに大切なもののことで、来たのです」

「それなら、金貨をテーブルの上におきなさることじゃ。そこの五角形（ジプシーのあいだで神《しん》秘的《ぴてき》な力があると信《しん》じられていた形）の、五つの点の上にな」

マリアはそうしました。

「そのやわらかな白い手を、見せなさい」

ところで、ジプシーというものは、国じゅうをまわり、裏口《うらぐち》で召使いたちと話し合い、祭りの盛《さか》り場《ば》をぶらつき、いろんなところから盗品《とうひん》をうけとり、ニワトリをぬすんで商人に売り、キツネのようにするどい目と、馬のようにびんかんな耳と、ナイフのようにとぎすまされた記《き》憶力《おくりょく》を持っているのです。ですから、マグダ夫人がマリアの手をとり、目をとじてからだをゆすりながら、最初《さいしょ》につぎのようにいったのは、驚《おどろ》くべきことではありませんでした。

「燃《も》えるにおいじゃな。大きな家がほのおにつつまれているのが見えますじゃ」

マリアの友だちは、はっと息をとめました。マグダ夫人はつづけました。

「美しい婦人が泣《な》いているのが見えますじゃ。火事で赤くなっている庭で、金のいすにすわって、泣いている。若《わか》い紳士《しんし》たちも、なぐさめることができない」

マリアの手は、あのおそろしい思い出にふるえました。

「じゃが、婦人が泣いているのは、家のためじゃない。いいや、そうじゃない。なくなってしまった絹《きぬ》やしゅすや、高価《こうか》なレースのためでもない。家の中に宝石がかくされていたのじゃ。婦人の雪のように白い首すじをかざっていた宝石じゃ。美しい婦人！　婦人は、きらきらかがやく美しさのために、くだけて黒くなった真珠《しんじゅ》のために、ごみの中にちらばったダイヤモンドのために、赤い火でひびわれたルビーのために、泣いているんじゃ」

マリアは泣き声を出しました。

「宝石は家の中だと、わたしも思っていました。でもほんとうに黒くなって――ひびわれて――ちりぢりになってしまったのでしょうか？　もう永久《えいきゅう》になくなってしまったのでしょうか？」

マグダ夫人は大きく鼻を鳴らし、夢《ゆめ》からさめたように目をあけました。そして意地の悪いヤマアラシのような黒い目で、マリアをじっと見ました。マリアはくりかえしました。

「宝石は！　もう永久になくなってしまったのでしょうか」

「永久にというのは、ずいぶん長い時間じゃよ。たぶん永久にじゃない。見つかるじゃろう。もっとも、がまん強くやらなくちゃいけない」

「なにをしなくてはいけないんですか？」

「その美しい指で、縫《ぬ》うことができるかね、きれいな方。そこにいた人たちみんなから、髪《かみ》の毛《け》をもらい、それでもって、その日の、どろぼうがはいったときの、家のようすをししゅうするのじゃ。そして、ひと針《はり》ごとに、『偉大《いだい》なるモウロック、火の神よ、この針先に、真珠をつけてください』といわなくちゃいけない」

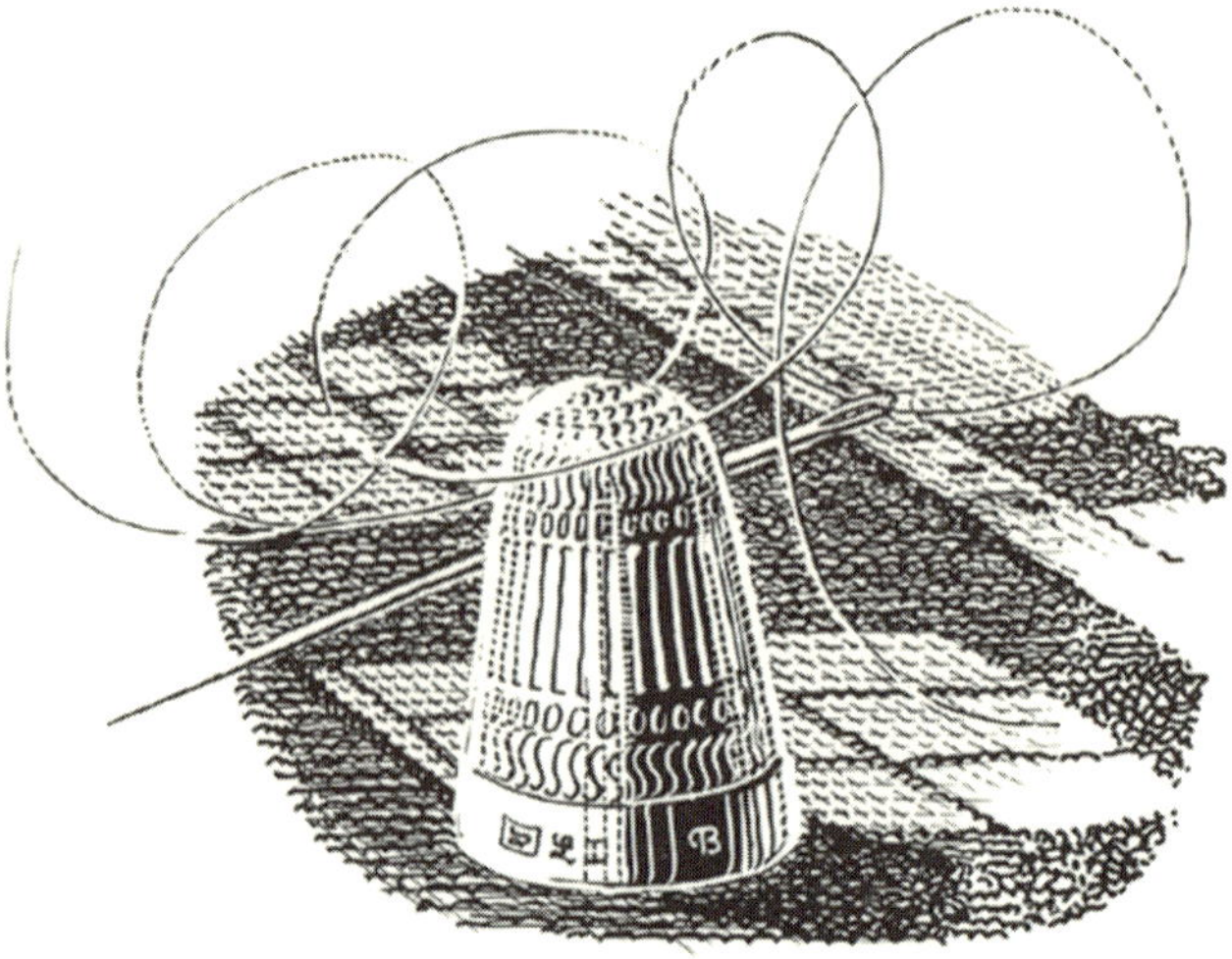

「なんておそろしいことをいわなくてはいけないんでしょう！　一度ではだめなんでしょうか？」

「ひと針ごとにじゃ、きれいなお方。でなければ、そのたびに真珠がひとつなくなるんじゃ」

「ダイヤモンドのほうはどうでしょう？」

「色のちがった髪の毛をとって、『偉大なるモウロック、火の神よ、この針先に、ダイヤモンドをつけてください』というのじゃ。家全体のししゅうがおわるまで、やめてはだめじゃよ。さもないと、宝石のかくされている場所は、見つからないままになるじゃろう」

太った指に指輪がくいこんでいるきたない手がさっと出て、金貨五枚をとりさりました。

「さようなら、きれいなお方。お幸せにな！　マックス！」

老女《ろうじょ》はパイプにまた火をつけ、もうまったく知らぬ顔をしました。ただマリアたちが、「ありがとうございました。マグダ夫人」とふるえ声でいったとき、うなずいただけでした。

マリアと友だちは、新鮮《しんせん》な空気の中に出てきてほっとしました。しかし、ジプシーたちはみんなまだそこにいました。ふたりは、四、五十人のとげとげしくあざけるような目に見つめられながら、しかもひとことの声もなくしずまりかえった中を、とおりぬけなければなりませんでした。

馬車までもどると、そこには、軽快《けいかい》な腰《こし》つきをした、力の強そうなジプシーの男たちが、五、六人、立っていました。別にすごまれたわけではないのですが、マリアはこわくなりました。さいふに残っていた金をすっかり草の上にばらまくと、子どもたちがわれがちにうばいあいました。ふたりは、上品な婦人というよりも、ネコのように馬車によじのぼりました。そしてすわるかすわらないかのうちに、御者が全速力で馬車を走らせました。安全なところまできて、マリアと友だちはやっと笑いはじめました。

「おそろしかったわ！　ひざがガくがくふるえていたの。けど、あの人、千里眼《せんりがん》にちがいないわ。ええ、たしかよ。こまかなことまで、ぜんぶ、正確《せいかく》なんですもの」

「あなた、ほんとうに金のいすにすわってらしたの？」

「いいえ。すわっていたのは船長のおかあさまよ。それでも、ほとんど事実のとおりだわ。ああ、あの顔を思い出すわ。そう、おかあさまも、モウロックに祈《いの》ってらしたみたいに思えるわ。そうじゃないといいけど。競争《きょうそう》で祈るなんて、いやですもの。あの方は、まちがいなく、わたしたちと反対の立場よ。なにもかも燃えてしまうようにって、祈ってらしたのよ」

「でも、あの方は金貨五枚はらっていないわ」

「わたしは六枚はらったのよ」

「マグダ夫人のいったとおりにするつもり？」

「そうね、しないはずないわ。あんなおそろしい言葉を口にしなくちゃならないのは、いやよね。でも、別に意味ない言葉なのよ。それを口にして宝石がとりもどせるのなら、くよくよする必要ないわ」

そこで、マリアは家の絵をつくりはじめました。ずいぶん時間がかかったでしょうね。ジェイコブのちぢれ毛のことを考えてごらんなさい。針の長さもないくらいですもの。それでもってできたのは、せいぜい、苦労《くろう》して結び目をつくることくらいでしょうね。ベッツィは、召使いたちの髪の毛をすくなくとも一本ずつは手に入れてきてくれました。しかし、キャクストンのは？　それがなければ、この絵は役に立たず、まじないはきかないわけです。運よく、キャクストンは髪の毛が自慢《じまん》の虚栄心《きょえいしん》の強い男で、料理番《りょうりばん》の女に、記念《きねん》としてひとふさあげていたのです。それで料理番は、キャクストンとないしょで結婚《けっこん》したと主張《しゅちょう》できる指輪と、その髪の毛をとりかえるように、ときふせられてしまいました。キャクストンの髪の毛は、煙突《えんとつ》が全部できるほどありました。

二年以上も、針はひそやかにうごきつづけました。そしてそのひと針ごとに、マリアはいったのです――「偉大なるモウロック、火の神よ、この針先に、真珠をつけてください」。宝石が出てこなくても、マリアは望《のぞ》みを失《うしな》わず、こまかなところを思い出しては、絵の中につけくわえました。しかし、なにかとり残したのか、うつしちがえたのか、けっきょく、宝石は見つかりませんでした。ひょっとすると、ジプシーたちがとっくにじぶんたちのものにしていたのかもしれません。

23　正しかった魔法

　いよいよ最後《さいご》の日だった。トーリーは絵のまえに立っていた。これこそ、トーリーが休みになってここへきたとき、すぐさま、ちがっている、と気づいた絵だった。そうだ、ひいおばあさんは、あのジプシーの占《うらな》いをにせものだと思っているようだが、もしそうでないとしたら、この絵に秘密《ひみつ》があるはずだ。トーリーは、けんめいにジェイコブの髪《かみ》の毛《け》をさがした。黒ずんだあい色にちがいない。トーリーは、堀《ほり》にうかんでいる白鳥の目に使われているのがそれだ、ときめた。スーザンのはうす茶色だ――それはずいぶんたくさんあった。それから、マリアのは金髪《きんぱつ》だ。キャクストンのは、古い煙突《えんとつ》をつくるのに十分だった。これが鍵《かぎ》かもしれない。

　トーリーは暖炉《だんろ》の床《ゆか》にからだをかたむけ、もういちど、煙突をのぞき、小さな四角い空を見上げた。ジェイコブがこれをのぼったのだ。そしてあの火事のときには、スーザンもとおった。だが、冬に火を燃《も》やしたあとなので、すすが羊毛のように厚《あつ》ぼったく、上のほうまでずっとつらなっていた。それに、考えてみれば、もしキャクストンが、いちばん手近のせまいたなにでも、なにかをかくそうとしてのぼったとすれば、おりてきたとき、まっ黒になっていることに、だれだって気づいたはずだ。トーリーは、そのうちいつかは、これにのぼってやろうと決心した。たぶん夏、水泳パンツをはいて、崖《がけ》をのぼるようにのぼれるときだ。そのあとで、泳げばいい。とにかく、ブナの木なら、じぶんはジェイコブに負《ま》けないだけ高く、つまり、もうのぼるところがなくなるまで、のぼったんだ。トーリーは煙突のてっぺんからながめて、「おーい、ウズラおばあちゃん!」と声をかけるまでは、満足《まんぞく》できない思いだった。

さしあたって、トーリーは、ジェイコブの物おきべやの天井《てんじょう》のはねあげ戸からのぼって、屋根瓦《やねがわら》の下を探検《たんけん》しようと決心した。そこはまだ探検したことがなかったのだ。ジェイコブの見た、いりくんでひろがっている場所や、アーチのようになった煙突は、見つからなかった。それは焼けおちてしまったのだ。しかし、はねあげ戸から頭をつっこんで、懐中電灯《かいちゅうでんとう》を照《て》らしてみると、屋根の下は気味悪いほどひろく見えた。人間のものではない、なにかすっぱいにおいがした。懐中電灯の光にまず照らされたのは、いままで見たこともないような大きなクモだった。まるでトーリーを見はってでもいるようで、わざとらしく、ゆっくりと、毛むくじゃらの足をすすめていた。へやの下の床に板ははってなく、梁《はり》と梁のあいだは、うすい割《わ》り木《き》といっ、いっ、しっくいとの、たわんだかご細工《ざいく》のようなものがわたしてあり、ほこりや、クモの巣《す》や、鳥の羽根や、古いネズミの巣のくずなどが、いっぱいにちらばっていた。こそこそした生き物が、たくさんすんでいるような感じだった。トーリーが思っていたようには、しずかではなかった。まわりいったいに、カサカサ、カチカチという、かすかな音がし、トーリーがふんでもいない梁が、きしるのだった。ひとつひとつの音が、瓦に反響《はんきょう》して、大きくなった。その上の、屋根の外には、きまった住人がいた。スズメが雨樋《あまどい》の中をはいまわり、ツグミがカタツムリを打ちすえ、ハチが油をよくさした機械《きかい》のようにぶんぶんうなっていた。

トーリーは、床にあかりをあてながら、からだをささえるため、ななめになっている屋根に手をのばした。すると、瓦ではなくて、なにかえたいの知れない生き物のかたまりに指がふれ、それがしわくちゃの紙のような音をさせてうごいた。トーリーは悲鳴をあげて、ひざをつき、梁の上にはいつくばった。懐中電灯を落としてしまったので、言葉には出せないほどのおそろしさと、いやな気持ちで、手をがらくたの中にうごかし、あちこちさがしまわらなければならなかった。そしてようやくまた懐中電灯を見つけた。それから、もっとおちつかなくてはだめだ、すくなくともどういう羽目におちいったのか知らなければならない、と勇気《ゆうき》をふるいおこして、瓦を照らした。すこしの間、トーリーは、かわいたシイタケのようなものかと思ったが、それはキイキイ鳴いた。コウモリだった。どれもこれもさかさになって、びっしりくっついてならび、ねむっていた。トーリーは、恐怖《きょうふ》をおさえるために、電灯の光をじっとあてて、ながめつづけた。そのうちに、一羽が小さなキツネのような顔をもたげ、トーリーにむかってあくびをした。ほんとうのところ、とてもかわいかった。トーリーは、スーザンはコウモリがすきかしら、と考えてみたが、はじめてさわったときの感じを思い出して、そのままにしておいた。

トーリーがしらべようと思ってきたのは、屋根の上にまでそびえている組合せ煙突だった。それは家の中央をつきぬけ、思ったよりずっと大きかった。居間《いま》から見上げていたのは、ひとつの煙道《えんどう》にすぎなかった。組合せ煙突は、ぜんたいで四つの煙道がよりあつまったものだった。そのそれぞれに、煙突そうじのための、小さな鉄のドアがついていた。トーリーは、天井をふみぬかないように用心しながら、そのまわりをそろそろ歩いた。この中央部には、立って歩けるすきまがじゅうぶんあり、また別《べつ》のコウモリの群《む》れに頭をぶつけるおそれはなかった。ドアをひとつあけた――かけ金はまだこわれたままだった――そして、てっぺんのほうをのぞいてみると、思ったよりずっと遠くはなれていた。これは居間からの煙道で、ジェイコブがのぼったものだ。つぎのは階下のへやので、そのつぎはひいおばあさんのへやのだ。そしてつぎが、トーリー自身のへやのだった。

ところが、この最後の煙道の片側《かたがわ》に、もうひとつよけいに煙道がついているようだった。屋根瓦までとどかず、へりがでこぼこになっていて、新しい屋根がつくられるまえに、おはらい箱にされてしまったように見えた――あの火事以来《いらい》、使われたことのない細い煙道なのだ。これはいったい、どのへやにつながっていたのだろう？　いまあるへやには、どこも暖炉があって、使っている。だからこれは、いまはなくなったへやへつながっていたはずだ。トーリーはけんめいに考えた。足もとが音楽室になっていることは、たしかだった。屋根までとどくほど高いので、騎士《きし》の間《ま》といつもよんでいるへやだ。二階ぶんをぶちぬいた高さだ。ひょっとして、むかしは半分のところにもうひとつ床がついていて、トーリーのへやのような屋根裏《やねうら》の寝室《しんしつ》が、もうひとつあったのではなかろうか？

ひょっとして、キャクストンがそこで寝《ね》ていたのではなかろうか？　トーリーは床に電灯のあかりをあちこちあてて、はねあげ戸だったかもしれないような骨組《ほねぐみ》を見つけたが、そこは、ほかとおなじように、割り板としっくいでふさがれていた。音楽室の天井に、戸がついているようすなどないことは、わかっていた。

トーリーは、細い煙道にもどり、苦労《くろう》してその鉄のドアをあけた。かけ金がつぶされているか、またはさびついてくっついているのだろう。くつのかかとで打ちつづけ、やっとあけてみると、こんなにくっついていた理由がはっきりした。内側の止め金のまわりに綱《つな》が結《むす》びつけられ、そのまま垂れて、先が見えなくなっているのだ。トーリーは綱をつかんだ。綱のはしになにか重いものがあり、煙道の壁《かべ》にぶつかって、ものをひきずるようなかん高い音がした。

これほど、トーリーをぎょっとさせたものはなかった。まずはじめに頭にうかんだのは、キャクストンが首をつって、綱のはしには、がい骨《こつ》がぶらさがっている——綱をひっぱると、歯をむき出してにたにた笑《わら》いながら、ぬっと顔が出てくる、ということだった。トーリーはなんだかぞっとして、煙突によりかかった。それから、もっと考えようとした。がい骨なら——まだ出会ったことはないけれど——ガタガタいうのではないかしら、と思った。勇気を出して、また手を入れ、綱をゆりうごかしてみた。またものをひきずる音と、にぶく、ガツンという音がした。がい骨だって、もちろん服を着ているかもしれない。上着なら、長いあいだもつだろう。重さは、トーリーに考えられるかぎりでは、まさにがい骨にぴったしだった。おそろしさで気が遠くなり、口はかわき、ひざはがたがたふるえていた。だが、そうするつもりがあるなしにかかわらず、好奇心《こうきしん》にかられて、トーリーは綱をひっぱりあげていた。綱のはしのものは、なんだか知らないが、ひきずられて、だんだんちかづいてきた。

ついに、茶色の毛をした頭のようなものが、すすだらけになってあらわれ、その首に、綱が巻《ま》きつけてあった。トーリーは、かわいてからからの口に出るかぎりの悲鳴をあげたらしい。だが、それからよく見ると、それは穀物袋《こくもつぶくろ》の首、まぎれもなく穀物袋の首であって、それ以上でも以下でもなかった。トーリーはそれをひっぱり上げ、あいているはねあげ戸のほうへひきずってゆき、声をはりあげてひいおばあさんをよびながら、物おきべやにおろした。

ひいおばあさんは、たまたま下の音楽室で、上のトーリーの足音を聞いて、楽しんでいた。トーリーがコウモリにさわってあげた最初の悲鳴を聞いたときには、ほほえんだだけだった。ひいおばあさんには、トーリーがとっさに思うことが、いつも愉快《ゆかい》だったのだ。しかし、トーリーが穀物袋をはじめて見たときにあげた、あのしめ殺《ころ》されるような金切り声を聞いたときは、年よりにしてはずいぶんはやく屋根裏階段《かいだん》をかけのぼり、ちょうどトーリーがへやに穀物袋をひっぱりこんだところに、行きあった。心配で胸《むね》をドキドキさせていた。

「どうしたの、トーリー？　けがでもしたかと思ったわ」

「もっとひどかったよ」

トーリーはあえぎながら息をしたが、なにがもっとひどかったのか、いうことができなかった。思い出しただけでもぞっとして、言葉が出てこないのだ。すっかり興奮《こうふん》した顔で、うわごとでもいっているみたいだわ、とひいおばあさんは思った。トーリーは、綱の結び目を苦労《くろう》してほどいていた。

「見て、ぼくの見つけたものを。キャクストンの煙突の中にあったんだ。きっとそうだよ。あれだよ」

トーリーは穀物袋の口をあけ、腕《うで》をつっこんで、肩《かた》のところまで入れた。みどりの毛織《けおり》の布《ぬの》袋《ぶくろ》をひっぱり出したが、虫に食われていて、銀のスプーンが穴《あな》から半分はみだしていた。

「これが骨だったんだ」とトーリーはいった。それから、ずっと重い麻布《あさぬの》の袋。この袋から、トーリーは熱《ねつ》にうかされたように、金貨《きんか》をまきちらした。金貨は、床《ゆか》にころがって、ぐるぐるまわり、日光にあたって、きらきらかがやいた。そのうちの何枚《まい》かは、割れ目からすべり落ち、せっかく見つかったというのに、すぐなくなってしまった。だが金貨は、数えきれないほど出てきた。トーリーのベッドの下や、ゆり木馬の下にもころがり、トランクの下から半分つき出て、みがいた床の上いちめんに、でたらめの模様《もよう》をつくった。もちろん、このほか、両手に、それは砂山《すなやま》のようにつみかさなり、ぎざぎざのついたへりが、かれのひふをしびれさせ、目を楽しませていた。

ふたりは、ともに声もなく、目をかがやかせて、見つめあった。ようやく、ひいおばあさんがいった。

「なんてきれいなんでしょう。よく見ておいたほうがいいわ。このへやに、金貨がこんなに吹《ふ》きよせられるなんてことは、もうけっしてないでしょうからね。さしあたり、そのままちらかしておいて、穀物袋の中のものをぜんぶ出してしまいましょう。まだなにかはいっているようよ」

トーリーが、シャツにくるんだ小さなつつみをひっぱり出した。そでを組み合わせて結んであり、レースのそで口が、チョコレート箱のすてきなちょう結びのようになっていた。

「こんどは注意してやらなくちゃだめよ」とオールドノウ夫人《ふじん》はいい、トーリーのタオルを床にひろげた。「もちろん、小銭《こぜに》にすぎないかもしれませんけどね。あるいはタバコかも」

シャツをひろげた。

「セフトンのだ」

トーリーは、パッチワークで見たことがあるので、すぐにそう気がついた。シャツの中には、黄と黒のエプロンが、またひもで結んであった。オールドノウ夫人はすわりこんだ。

「ほんとうに、つつみをあけることが、こんなに緊張《きんちょう》することだとは、知らなかったわ」

そして、あったのだ——真珠《しんじゅ》、ダイヤモンド、ルビー、イヤリング、腕輪《うでわ》、ブローチ、みんなごちゃまぜになっていた。

トーリーがその中からダイヤモンドのネックレスをひっぱり出すと、真珠のネックレスが、いくつか、岩から落ちる滝《たき》のようにずるずるとついて出て、てんでばらばらにぶらさがった。ただがんこな宝石《ほうせき》だけは、いりくんだ形ではめこみ台にはめこまれたり、腕輪にぴったりくっついたりしていた。トーリーは、それぞれをわけ、ひいおばあさんの首にひとつひとつかけて、きらきらかがやく花かざりでかざりたて、指には指輪をいっぱいつけ、耳には耳輪をチリンチリン鳴るほどつけた。頭には、エメラルドでつくったシダの葉のようなかざりをのせた。

「おかしいよ！　ちっともおばあちゃんじゃないみたい。いちばん年とったまじない師《し》が、特《とく》別《べつ》なジュジュをするためにやってきたみたいだ。ジェイコブに見せてやりたいな。それから、ね、ジプシーは正しかったんだ。あの魔法《まほう》は、ほんとにきいたんだもの」

オールドノウ夫人は、ざんねんそうにいった。

「さあ、お昼ごはんのまえに、金貨をひろいあつめなくちゃ。このままにしておくのは、いいと思えないし、品のよくないことのように思えるわ。なんて朝だったんでしょう！」

「これで、もうあの絵を売らなくてもいいんだね」

トーリーは、昼ごはんのためにへやにはいったとき、大いばりでいった。と、びっくりして立ちどまった。

「やー、おばあちゃん、あるじゃないか！」

マリアの絵がとりはずされて、そのかわりに、あのなつかしい油絵がかかっていた。鹿《しか》といっしょにいるトービーと、アレクサンダー、リネット、おかあさん、おばあさん、それにヒワと白黒の小犬の絵だ。トーリーはよろこんだ。

「ねえ、どうしてこんなに早くとりもどせたの？」

「あなたの最後の日に、驚《おどろ》かせてあげようと思ってたの。展覧会《てんらんかい》はおわって、買いたがってた人はいたけれど、わたしはすぐに手ばなす気になれなかった。それで、考えておきましょうといったの。運がよかったわね！　売ってしまって、そのあとであなたが宝石を見つけても、とりかえせませんもの」

「またあの子たちに会えて、うれしいな」

トーリーは、絵の中の人たちの目がついてくるかと思って、テーブルのまわりをぐるりとまわった。もちろん、みんなの目がついてきた。五人の目が、ぜんぶ。

食べるよりも、おしゃべりと笑《わら》いの多い食事だった。いまや、なんてたくさんのことができるようになったんだろう。屋根の修理《しゅうり》ができる。夏には、美しいコーンウォールの海岸に行ける。

「世界じゅうで、ほんとうの帆走船《はんそうせん》はたった三せきしかないのよ。けど、そのひとつのカティ・サーク号に、あなたを乗せてくれそうな知りあいが、ダートマス（コーンウォール半島の一角でイギリス海軍兵学校《かいぐんへいがっこう》もある港町）にいるわ」

ぼくが手に入れられるものは――そう、サラブレッドのつぎには、いったいぼくはなにがほしいんだろう？　まあ、ゆっくり考えることにしよう。

「もしテープレコーダーを手に入れたら、声をテープにとれるかしら――あの子たちの？」

「わからないわね。みんなが、いちどに、がやがやいいだすかもしれない。めずらしい『歴史《れきし》的《てき》パーティー』になるわ」

「あの宝物《たからもの》は、ぜんぶ銀行に持っていかなくちゃならないと思うわ。ここにおいとくのは、こわいですものね」

「いまどこにおいてるの？」

「またシャツにくるんだわ。ああいうもの、ほかにどうしたらいいのか、わからなかったもの」

「そのままで、銀行に持っていくの？　卵《たまご》のかごに入れ、上を紙でおおっていったほうが、いいんじゃない？」

「銀行は、スーツケースに入れていったほうが、ていさいがよくてよろこぶわね」

「おばあちゃんの分に、すこしはとっておかないの？」

「そうね。あの絵の中で、リネットのおかあさんがつけている、大きなブローチが見える？」

「やー、あれはぼくたちが見つけたものの中にあったよ」

「そうですとも。あれはみんな、家に代々つたわる宝石なんです。リネットのは、マリアがスーザンにつけさせてくれなかった真珠のネックレスです。そうね、わたしもすこしはじぶんのにして、ぜいたくしてもいいわね」


トーリーは、ひいおばあさんといっしょに、スーツケースをさげて銀行へ行った。その中身は、だれの想像《そうぞう》も絶《ぜっ》するものだ。しかし、もしトーリーが、銀行は大さわぎをすると思っていたとしたら、がっかりしたことだろう。支配人《しはいにん》は、お金をまえにして、うやうやしく、おちつきはらっていた。金貨とその年代について、二こと三こと口にしたが、それだけだった。お金を数えて山積《やまづ》みにし、それから、ひとつひとつみどりの毛織布の袋に入れた宝石といっしょに、鉄の箱におさめ、がっちりした金庫にしまいこんだ。

ふたりいっしょに外へ出てから、ひいおばあさんはいった。

「やれやれ。賢明《けんめい》なことなんでしょうけど、あんなふうに取りあつかうなんてつまらないわね。わたしはほんとうのところ、キャクストンの穀物袋のほうが、いいしまい場所だと思うわ」

24 休みのおわり

いまや、この最後《さいご》の日もおわりかけた。トーリーは庭に出た。もうほとんど時間が残《のこ》っていないな、とトーリーは思った。四時間、三時間、二時間、一時間――最後の瞬間《しゅんかん》にだって、なにが起こるかわからない。なぜみんなは、どんどん速く行くものばかり発明して、いまにとどめておくようなものを、見つけようとしないんだろう？

ライチョウが、堀《ほり》でおだやかにクックッと鳴いて、ひなたちに、だれかがそこにいると注意していた。コマドリがトーリーの耳のそばの小枝《こえだ》にとまり、トーリーの目をのぞきこんで、二こと三ことさえずった。そのくちばしにくわえられている虫は、しめつけられたように感じたにちがいない。それから、コマドリは、ツタの中のじぶんの巣《す》にもぐりこんだ。トーリーはしずかに立って、ひながものほしそうにキイキイ鳴く声を聞いていた。コマドリがふたたび飛《と》びさったとき、トーリーには、スーザンの声が聞こえた。

「あたしがかけてあげるわ」

スーザンとジェイコブが、みどりの鹿《しか》のそばにしゃがんでいた。ジェイコブの頭には、ターバンのようなほうたいが巻《ま》いてあった。ジェイコブは、花輪《はなわ》をつくることを教えていたようだった。スーザンは、それをみどりの鹿の首にかけようとしていた。

「どうしてほんとうの鹿を連《つ》れてきてくれないの、ジェイコブ。いつもたのんでるのに」とスーザンはきつくいった。

「でも、スーザンおじょうさん。フレッドのように密猟《みつりょう》しなくちゃ、ほんとうの鹿、手にはいらない。それもずっと遠くはなれた、王さまの森でね。スーザンおじょうさん、ゾウまでほしいっていうんだもの」

「ほんとうの鹿が、とってもほしいの」スーザンは、葉でできた鹿の首を、軽くたたいた。

「これ、ただのやぶじゃないの」

トーリーは、だれかがじぶんを見ているような気がした。目をあげると、スーザンとジェイコブのむこう側に、トービーが立っているのが見えた。ちょうどトーリーとおなじくらいに、ふたりからはなれている。トーリーは、古くからの友だちどうしのまなざしをかわした。ほかのふたりは、気づかないようだった。

「トービー、きみの鹿に声をかけてやってよ」

トービーはにやっと笑《わら》って、ひくいうたうような声をあげた。

風が少し吹《ふ》いて、みどりの鹿の背《せ》をそよがせた。すると、その背がやわらかになったようだった。しわがより、肩《かた》のところを、まるでハエがとまったように、ぴくぴくさせた。スーザンがびっくりして、そのあたりにかけていた手を止めているうちに、鹿は、かわいい耳をトービーのほうにむけ、ねむっているうちにこってしまったとでもいうように、首をあちこちのばし、それからスーザンの手をなめた。

「ジェイコブ！　ジェイコブ！　ほんとうの鹿がここにいるのよ。あたしをなめたわ」

「はい、おじょうさん！」

ジェイコブの声が、またトーリーひとりになっていた庭に、悲しげにひびいた。

「おじょうさん、目が見えないけど、ぼくに見えないものを、ときどき見るんだね」

コマドリが、また虫をくわえてもどってきた。ひなたちのさわがしい声は、こういうまったくのしずけさの中では、ずうずうしいくらいに聞こえた。

学校へ着てゆく服をかきあつめ、トランクを荷づくりし、食べ物箱にひもをかけた。トーリーはベッドにはいり、あとはもう、このじぶんのベッドに寝《ね》るひと晩《ばん》と、あしたの朝のうらめしいごはんだけしか残っていなかった。

大おばあさんは、トーリーのベッドにすわった。

「スーザンはけっきょくどうなったの、おばあちゃん？」

「ジョナサンと結婚《けっこん》して、ずっと幸せにくらしました。たくさんの子どもが生まれたわ。みんな目が見える子どもでした」

「それから、ジェイコブはどうなったの？」

「十三になったとき、船長さんが馬の世話係の見習いに出しました。そして訓練《くんれん》をうけて、スーザンの馬係になったのです。ジェイコブは、スーザンを乗せてやり、スーザンや馬の世話をし、馬車を使わないときには、女性用《じょせいよう》のくらにスーザンを乗せて連れ出しました。そして、スーザンとジョナサンが新婚旅行に行ったとき、ス

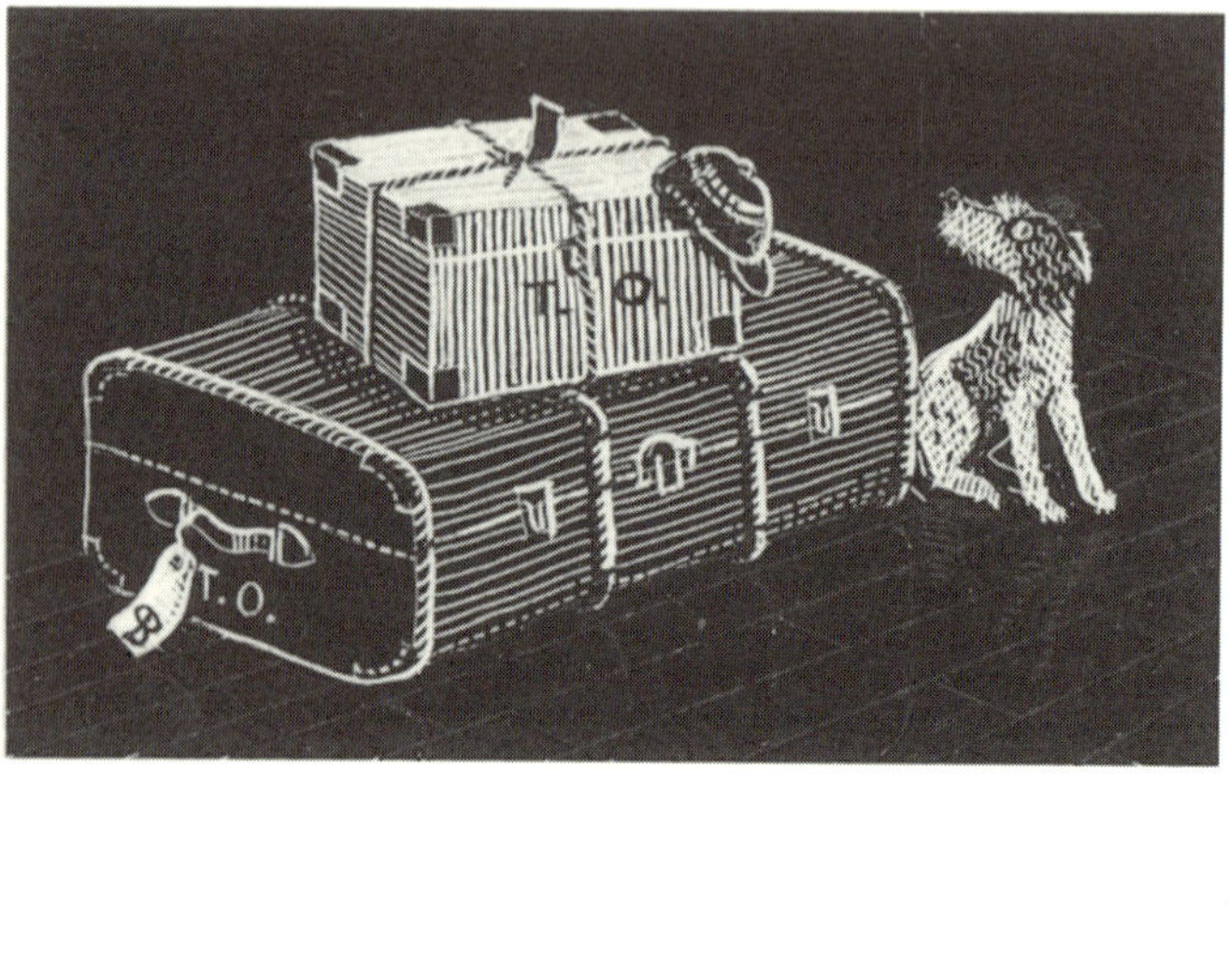

船長はジェイコブをウッドペッカー号に乗せて、バルバドスに連れてゆき、そこでジェイコブは、じぶんの国の人の中からお嫁《よめ》さんをえらんで、いっしょに帰ってきました。ジェイコブも幸せにくらしました。ジェイコブのお嫁さんは、スーザンの子どもたちの乳母《うば》になり、ジェイコブとスーザンは、いつまでも仲《なか》のよい友だちでした。子どもたちは、黒人も白人も、いつもジェイコブについてまわりました。ジェイコブはとても大男になり、みんなに愛《あい》されました。ちょうど、おとなしいいたずらずきのライオンが、愛されるのとおなじように――」

訳者あとがき

亀井俊介

『グリーン・ノウの煙突《えんとつ》』は、ルーシー・M・ボストン夫人作《ふじん》「グリーン・ノウ物語」の第二作で、一九五八年に出版《しゅっぱん》されました。夫人は一八九二年の生まれですから、このとき、六十六歳《さい》でした。

「グリーン・ノウ物語」は、ぜんぶで六さつの独立《どくりつ》した作品からなりますが、すべて、イギリスの田舎《いなか》にあるグリーン・ノウというやしきを舞台《ぶたい》にしています。このやしきは、ボストン夫人がじっさいに住んでいた、マナー・ハウスという家がモデルになっています。一メートルもの厚《あつ》い石を壁《かべ》にして、一一二〇年に建《た》てられた、イギリスで一番古い住居《じゅうきょ》のひとつだそうです。グリーン・ノウの女主人、「ウズラおばあちゃん」のオールドノウ夫人も、多くの部分で、ボストン夫人自身をモデルにしていると思われます。

第一作『グリーン・ノウの子どもたち』は、一九五四年に出版されました。そこでは、七歳の少年トーリーが、はじめてグリーン・ノウを訪《おとず》れます。両親が遠いビルマ（現在《げんざい》はミャンマーとよばれる国）に住んでいるので、クリスマスの休みを、ひいおばあさんのもとですごすことになったのです。トーリーは、この家のどっしりして暖《あたた》かみのあるたたずまいや、なにか神秘的《しんぴてき》な雰囲気《ふんいき》がすっかり好《す》きになります。グリーン・ノウでは、古い昔のことが、いまもすべて生きているように感じられます。

この家で遊び、少年の心の友だちになってくれるひいおばあさんと親しんでいるうちに、トーリーは、親からはなれているさびしさをしだいに忘《わす》れ、じぶんはグリーン・ノウの子どもなんだということを、心から感じるようになっていきます。そして、おなじようにグリーン・ノウの子どもである、三百年もまえにここに生きていたトービーや、アレクサンダー、リネットたちと、不思議《ふしぎ》なまじわりをするようになるのです。

とはいえ、時間のへだたりをこえて、これらの仲間《なかま》と親しくなるまでに、トーリーはけんめいの努力をしなければなりませんでした。そしてようやく、枝《えだ》の上に雪がつもって家のようになったイチイの木の下で、トーリーは三人に会い、パーティーに入れてもらうことができるのです。その喜び。そのあとの楽しさ。それから、悲しくつらい別れ。

この間に、トーリーは、トービーの愛馬《あいば》のフェステと仲よくなって砂糖《さとう》をやったり、グリーン・ノウのやしきに呪《のろ》いをかけているグリーン・ノアという名の木が、かみなりに打たれて燃えるものすごい光景を、三人の仲間と見たりします。これらの事件や名前は、トーリーの記憶《きおく》になまなましく残っており、第二作の中にもなんどか出てきます。こういう体験《たいけん》や、そのほかのさまざまな冒険《ぼうけん》を通して、『グリーン・ノウの子どもたち』は、子どもの夢《ゆめ》と、生きる姿《すがた》とを、まことに美しく表現《ひょうげん》しています。

こんどの第二作『グリーン・ノウの煙突』は、四か月後の春休みに、トーリーがふたたびグリーン・ノウにやってくるところからはじまります。あの仲間たちにまた会えることへの期待は、はじめのうちかなえられません。しかし、オールドノウ夫人のパッチワークがきっかけとなって、トーリーは、このまえの仲間から百五十年ほどあと、一八〇〇年頃《ごろ》のグリーン・ノウに生きていた子どもたちと、知りあうことができます。目の見えないスーザンと、奴隷《どれい》だったところを救われた黒人少年のジェイコブ。それぞれ不幸を背負《せお》いながら、元気に生きる子どもたちと、トーリーは心が通いあい、そのために、時間のへだたりをのりこえることができるのです。

そして、ひいおばあさんが毎晩《まいばん》のように語ってくれる昔の話に耳をかたむけ、その中にじぶんも入っていって、スーザンやジェイコブとひとつ心になることによって、トーリーは、行方不明《ゆくえふめい》だった宝石《ほうせき》を発見し、グリーン・ノウの家の危機《きき》を救います。最後《さいご》には、あの古い友だちのトービーとも、再会《さいかい》できます。これは、たいそう入念《にゅうねん》に作られた楽しい物語でもあるわけです。

しかし、この作品も、けっしていいかげんな子どもだましの小説《しょうせつ》ではありません。イギリスがフランスと戦っていたきびしい時代を背景《はいけい》にして、世の中のさまざまな不正や、おろかな社会の姿なども、描《えが》き出《だ》されています。オールドノウ船長のように、考え深くどうどうとした人もいますが、スーザンのおばあさんのように心のせまい人、お母さんのマリアのように見栄《みえ》っぱりな人、また兄のセフトンのようにじぶんかってな人も、少なくありません。召使《めしつか》いのキャクストンのように、邪悪《じゃあく》な人もおります。子どもたちは、そういう人たちの圧力《あつりょく》をはねのけて、たくましく生きなければなりません。

この作品のすばらしさは、読者を生き生きとした空想《くうそう》の世界にさそいこんでくれるところにあります。とくに私が感心するのは、その空想の世界の描き方のこまやかさです。目の見えない子どもの世界――ボストン夫人は、トーリーが作品中でするように、じぶんも目かくしをして、家の中や庭の芝生《しばふ》を歩きながら、それを描いたように思えます。木の上や、煙突の中や、天井裏《てんじょううら》の世界も、おなじです。六十六歳のおばあさんが、じっさいに木や煙突をのぼったとは信《しん》じられませんが、そう信じたくなるくらいに、ありありと描い

＊本書は、一九七七年に評論社より刊行された『グリーン・ノウの煙突』の改訂新版です。
本文中の差別的な言葉に関しては、時代背景を考え、言いかえは致しませんでした。

ルーシー・M・ボストン　Lucy M. Boston
1892年、イングランド北西部ランカシャー州に生まれる。オックスフォード大学を退学後、ロンドンの聖トマス病院で看護師の訓練を受ける。1917年に結婚。一男をもうける。その後、ヘミングフォード・グレイにある12世紀に建てられた領主館（マナー・ハウス）を購入し、庭園づくりや、パッチワーク製作にたずさわりながら、60歳を過ぎてから、創作を発表しはじめる。代表作は、6巻の「グリーン・ノウ」シリーズ。1962年、『グリーン・ノウのお客さま』でカーネギー賞を受賞。1990年没。

亀井俊介　Shunsuke Kamei
1932年、岐阜県に生まれる。東京大学名誉教授。岐阜女子大学教授。『近代文学におけるホイットマンの運命』（研究社出版）で日本学士院賞、『サーカスが来た！―アメリカ大衆文化覚書―』（岩波書店）で日本エッセイストクラブ賞、『アメリカン・ヒーローの系譜』（研究社出版）で大佛次郎賞を受賞。『わがアメリカ文化誌』『わがアメリカ文学誌』（ともに岩波書店）など多くの著書のほか、児童書の翻訳に『トム・ソーヤの冒険』（集英社）、注解に『大きな森の小さな家』（研究社出版）などがある。

グリーン・ノウ物語 2　**グリーン・ノウの煙突**
2008年5月20日　初版発行　　2022年5月10日　4刷発行

著　者　ルーシー・M・ボストン
訳　者　亀井俊介
装　画　ピーター・ボストン
装　幀　中嶋香織
発行者　竹下晴信
発行所　株式会社評論社
〒162-0815　東京都新宿区筑土八幡町2—21
電話　営業03-3260-9409　　編集03-3260-9403
URL: http://www.hyoronsha.co.jp
印刷所　凸版印刷株式会社
製本所　東京美術紙工協業組合

ISBN978-4-566-01262-2　NDC933　188mm×128mm　308p.

ボストン夫人がくらしたマナー・ハウスは、現在、息子のピーター・ボストンさんの妻である、ダイアナ・ボストンさんが管理者になっています。事前に連絡すれば、マナー・ハウスの庭園や建物の内部を見ることができます。連絡先は以下のとおりです。

The Manor: Hemingford Grey Huntingdon Cambridgeshire
PE28 9BN, United Kingdom
Tel: +44-1480 463134　Fax: +44-1480 465026
E-mail: diana_boston@hotmail.com
Website: www.greenknowe.co.uk